為愛鼓掌
If We
Meet Again
程雪森 著
青菜QINGCAI 繪
啪啪啪

第一章

「所以，你想怎麼還債？」

一名男人被三名壯漢壓在滿是泥濘的髒水溝旁，連句話都吭不出口。

陳三爺坐在啤酒箱上，雙腿交疊的他換了個姿勢，吐出煙說：「你不說話我也挺爲難的，難不成要我抓你妹妹去……」

「放過我妹！」地上的男人總算開口，他死命掙扎，青筋在額際直跳，「我會還錢的！我會還錢！再給我一點時間，我一定會把五百萬還給你！三爺我拜託你了！」

「我給了你多少時間？」陳三爺慵懶地伸展身子，眼神早就失去興趣，「拜託，我對你很好了，你爸欠這麼多，這四個月來都沒算你利息耶。」

陳三爺受不了似的擺擺手，地上的男人就被硬是拉起來。男人渾身髒汙，半邊臉上瞧得出剛被毆打過的青紫。

「給你多少機會了我問你？」陳三爺掰著指頭，不耐煩地說，「要你去賣腎你不要，要你去做海外黑工你也不要，幹，現在不過是要你去陪一下老闆娘睡覺，睡一次抵五萬，你還是死都不要。」陳三爺又嘬了口菸，滿臉無奈，「被幹個五十次而已，是有這麼難嗎？」

「幹！是一百次好嗎！」男人忍不住糾正，話還沒說完，馬上被一旁的小弟用藍白拖敲頭。

「幹你娘小聲點啦。」陳三爺嘖了聲，「張如勛，以前國中跟你同班時，我一直覺得你以後會變成有錢人，結果咧，頭腦聰明有什麼用？還不是被家人害慘了。」

「陳杉……陳三爺我求你了。」名叫張如勛的男人低著頭，汗水沿著他的眼周滑落，「拜託……再等一個禮拜，拜託。」

陳杉朝地上啐了口痰，屈起二郎腿：「不是我要掃興，我覺得飢渴的老闆娘等不了這麼久喔。」皮鞋上沾著髒汙，他用張如勛骯髒的襯衫隨意擦拭了下，「頂多兩天，老子還願意相信你的鬼話已經夠寬宏大量了。」

高級皮鞋的鞋尖戳著張如勛的胸口，曖昧中帶著威脅，張如勛垂下腦袋，彷彿鬆了口氣。

陳三爺哼哼地笑了兩聲，抬腿走人，獨留早已虛脫的張如勛癱坐在髒臭的暗巷，自己跨入乾淨而舒適的高檔名車。

俗話說好人無好命，陳杉覺得用在張如勛身上挺合適。

不中用的老爸欠了一屁股債，還想靠賭博孤注一擲，蠢啊，開賭場的黑道又不是搞慈善的，最好是能贏錢。結果老婆的保險理賠瞬間歸零，本來還有個前程美好的兒子，老爸卻為了還債盜用兒子公司的帳款，這下兒子不僅工作沒了，連交往多年的千金女友也說分就分，畢竟沒人想跟窮鬼過一輩子。

可憐呢，好好的一個人就這樣毀了。

兩天之後，張如勛當然依舊還不出錢，在打零工的加油站直接被陳杉逮個正著。張如勛的同事本來想報警，但陳杉笑著說：「報警可以，我就他媽燒了你全家。」

張如勛雙手反剪在背後，被兩名大漢押入車內，束手無策得近乎絕望。深夜的加油站根本沒其他人，同事也不敢輕舉妄動，他只好順從地跟陳杉走。陳杉打定了主意要把他像獻祭一樣上貢給老闆娘，張如勛現在只希望老闆娘長得漂亮一點。

一路上，陳杉心情很好，嘴上還哼著歌，像個迫不及待出門郊遊的小朋友，張如勛看了有點想慘笑。

車子停在一處高級私人會所，一下車就是旗袍美女環伺，每個都聳著胸脯軟聲軟調喊陳三爺。陳杉禮貌地問候鶯鶯燕燕，溫柔得體，跟國中時只會打架的那個野孩子截然不同，出乎張如勛的意料。

這私人會所看起來就不是正派經營的類型，室內光線昏黃，還瀰漫著朦朧的迷幻香氣。張如勛被帶到一處包廂，裡面的侍應生全是男人，高矮肥瘦各色皆有。

「莉莉天使寶貝姊姊。」陳杉面不改色對著垂簾喊出一個恥力無比高的名字，聽得張如勛渾身直發寒，「我把那個欠債的小帥哥帶來了，姊姊想看看嗎？」

「哦？」

簾內傳出低沉的疑惑聲，張如勛的心越來越沉，眼前發黑。

垂簾內伸出一雙大手，戴著GUCCI限量款竹節手環。

接著，莉莉天使寶貝姊姊從裡面優雅地步出，身上的薄紗洋裝跟著搖曳。身高一百八十九公分、體重目測八十九公斤、體脂含量百分之二，肌肉量媲美巨石強森的老闆娘華麗登場。

「我靠！」張如勛沒憋住自己的崩潰，「陳杉你他媽沒跟我說老闆娘是男的！」

陳杉無奈地聳肩：「你又沒問我嘛。」

幹！這什麼天使寶貝！這是天譴寶貝了吧幹！

聞言，天使寶貝手拽紅酒瓶朝桌上猛地一砸，在場的人全被巨響嚇得失魂，只有陳杉還悠哉拿酒喝。

酒瓶碎片灑遍地毯，莉莉天使寶貝手執碎裂的紅酒瓶，身上散發出足以威嚇百萬大軍的猛烈殺氣，冷笑說：「誰說我是男人的？」

殺氣太強，張如勛睜不開眼睛，也可能是壯漢離奇的女裝差點讓他瞎眼。天譴寶貝持著破酒瓶步步逼近，張如勛連連後退，無奈手腕扣著束帶，左右兩邊也都有人壓制，他無法逃難。

「有、有話好好說。」一陣寒意自屁股往脊椎上竄，張如勛牙關打顫，「那個、那個、先生、呃、不對、小、小姐，我、我我我、我、我們可以先從朋友……」

「叫我天使寶貝！人家最討厭當臭男生了！」天使寶貝氣呼呼將酒瓶往張如勛身上擲，張如勛立即偏頭躲過攻擊，耳緣仍不幸地被劃破，汩汩出血。

「冷靜！冷冷、冷靜！」只差幾吋就沒命，張如勛冷汗直流，連旁邊兩個抓著他的大漢也慌張想逃，「救、救命啊！」

四周猶如燃起熊熊的地獄怒火，天使寶貝周身有股隱形的氣場。他大手併攏成刀狀，踩著九吋細高跟朝張如勛狂奔而來，藏不住的不只是吞噬宇宙的氣魄，還有雙腿之間的粉紅丁字褲。

張如勛像個小女孩一樣放聲尖叫——他左右的兩名大漢也跟著慘叫。

天使寶貝長腳一抬，雙手如巨斧般從張如勛兩腿之間劈下，幸虧陳杉拽著他的領子及時退開，天使寶貝只劈中晶亮的大理石地板，讓張如勛得以逃過蛋破人亡的命運。

撥開奶茶色假髮，雙眼發紅的天使寶貝擦著斑斑淚痕，活像青面獠牙怒吼：「爲什麼！男人沒一個好東西！」

「哪有啊，好男人就在你眼前呀。」陳杉悠悠補了句，「沒看見嗎？」

天使寶貝「咿」了一聲，驀地撲進陳杉懷裡嚎啕大哭……不，正確來說應該是把陳杉像小雞仔一樣拎起來，摟在懷裡蹭：「小三！爲什麼男人都這麼無情！人家喜歡他這麼久了！我又被甩了！」

「別擔心。」陳杉拍拍高他一顆頭的天使寶貝，下巴朝張如勛一點，「這不就來了嗎？」

「幹！不要講政治人物的臺詞！」張如勛崩潰大喊，「我不要！我不要——」

「這個社會不是你說不要就能不要，不然你還錢啊。」陳杉涼涼地說。

莉莉天使寶貝下手不留情，大手一揮，張如勛襯衫的釦子就跟子彈一般噴了出去。在絕望的張如勛眼中，畫面宛如用慢動作播放，只見釦子在空中一顆一顆飛舞，後方是嘴角掛笑的陳杉，挑釁的姿態跟以前一樣討人厭。

左右兩側的大漢幫忙壓住張如勛的手腳，一股濃郁酒氣撲面而來，接著他的後腦直接朝地板重重一擊，天使寶貝溼熱的吻壓上。

「呀啊啊啊啊啊啊啊啊——」張如勛再度慘叫起來。

「厚。」陳杉悠哉地跟旁邊的男侍拿了杯酒，「你的叫聲還眞娘耶。」

「陳杉救救救救救我！」

「咿——咬我？你他媽給老娘安分點！老娘今晚失戀還敢咬我！」

「呀啊啊啊啊啊——」張如勛看見襯衣片片飛散，現在皮帶扣頭也失守了。

「難得姊姊這麼開心呢。」陳杉笑了下，「怎樣，喜歡嗎？」

「不不不——呀啊啊啊啊不要摸那裡！」

壯漢虎撲在張如勛身上，又啃又咬還一邊哭號，說是喪屍吃人也不爲過，張如勛連眼淚都快逼出來了。

救命啊！從出生到現在從沒用過的小菊花今天竟然要進貢給僞娘國女王！他這輩子安分守己出門總是行善路過就扶老太太，爲什麼上天要給他如此不公平的待遇！

「小三！幫我壓住他的臉！一直亂咬！」天使寶貝儼然是地獄魔鬼，張嘴就噴出業火似的狂吼。

陳杉依言從背後扣住張如勛的頭，把那張雖帶著紫青仍不失俊帥的臉硬生生擠成豬頭樣，又順便捏緊下巴，令那張嘴再也沒法呼救。

「唔唔唔……」張如勛恨透自己國中時爲什麼沒有拿球棒敲死陳杉——啊，他想起來了，他根本打不過陳杉。

回憶猶如走馬燈，浮現在腦海。

陳杉國中時就以擅長打架出名，是八個人圍毆他一個還打不贏的那種厲害，因此得到了一個很中二的稱號叫三重最強，陳杉還自己用立可白寫在書包上，現在想想眞夠羞恥。

然而畢業後，他就不知道陳杉去了哪裡，直到如今再度相遇……

「唔唔、唔唔唔！（不要摸那裡！）」張如勛扭動自己的腰，沒想到天使寶貝頓時笑得淫蕩，他越發驚恐，「唔唔唔唔唔唔唔唔！（變態強姦啊啊啊啊！）」

「很害怕對不對？」陳杉悄悄低頭在他耳旁說，「想不想要我救你？」

張如勛瘋狂點頭。

「這樣吧，我跟你做個交易。」陳杉輕輕揚起嘴角，略顯不懷好意，「你要是答應，我就立刻救你出去。」

不要賣關子了菊花貞操關天！張如勛再次瘋狂點頭，眼淚都快流出來了。

「很好。」陳杉貼近他的耳朵，低聲說，「條件就是跟我上床，一次五千，直到五百萬還完爲止。」

什麼！

張如勛眼睛睜大得差點流出血淚。爲什麼大家都要覬覦他的屁股！

而且爲什麼掉價了！

「嘖。」陳杉嫌棄地瞪了他一眼，「不要拉倒，被幹到屁股開花也不關我的事。」

張如勛奮力掙脫陳杉的束縛，朝他大吼一聲：「我答應！」

陳杉勾著嘴角，在張如勛眼中簡直就是邪惡的化身。陳杉放開手，悠哉地把菸叼在嘴裡，點開手機螢幕對莉莉天使寶貝說：「力哥。」

女裝壯漢如遭雷劈似的猛然一震，周身散發出濃烈殺氣：「不、要、叫、我、那、個、名、字……」

說到一半，他就說不下去了，天使寶貝怒目中蓄滿淚水，嘴巴一癟，斗大的淚珠沿著臉頰滑落。

陳杉手機螢幕上顯示的畫面，是一名看不清長相的女子獨坐酒吧一角，模樣相當孤寂，黑白濾鏡令畫面中的她顯得更加形單影隻。

「力哥，她在老爹的酒吧。」陳杉單拿打火機點菸，呼出一口，「看起來心情不好呢。」

「嗚嗚嗚嗚，小可愛怎麼會心情不好呢？」莉莉天使寶貝奪過陳杉的手機捧在手裡，哀傷地注視著螢幕中的女人。

「聽說又被同事欺負，她跟老爹說想爸爸了。」陳杉笑著從懷裡抽出一張紙，「不然這樣吧，小帥哥的錢我先幫他還，喏，五百萬支票。畢竟我是他的國中同學，不幫忙有點不好意思。」

哪裡不好意思！你他媽還殺價！

張如勛眼睜睜地瞪著那張支票被收入天使寶貝的低胸禮服內，底下還隱約可見捲曲的胸毛。

內褲勉強掛在腰上，牛仔褲脫到了膝蓋，襯衫褪至手腕處，張如勛全身上下滿是爪痕、淚痕與口紅痕。而陳杉從西裝口袋掏出手帕，替嚎啕大漢擦淚，更毫不猶豫把胸膛借給對方，看得出來彼此關係匪淺，張如勛不禁心想，希望不是他想像中那種金主與男孩的故事。

陳杉在背後手指一勾，張如勛兩旁的人就鬆了手，其中一名較為矮小的男人立即拖著他往後場走，張如勛在無力反抗的情況下只得跟著。

長這麼大從沒如此狼狽過，張如勛臉上羞紅，對於自己暫時保住貞操這件事感到既慶幸又崩潰，因爲他沒忘記陳杉在他耳邊說了什麼。

重點是五千塊也太便宜了！

在心裡不斷啐罵陳杉的同時，矮小男子已經帶他來到地下停車場的門廊，替他解開手腕上的束帶示意他盡速整裝。然而張如勛還沒扣好皮帶，又被連推帶拖地拉進高級轎車。染著金髮的矮小男子順勢坐上駕駛座，透過車內後照鏡挑眉打量他，活像張如勛長了三頭六臂。

不到二十分鐘，陳杉便開門進來了，他長腿一跨，毫不猶豫地鑽入後座。

原本整齊的西裝亂糟糟，劉海垂下一綹，領帶也歪了一邊，三件式背心的釦子全掉了，讓張如勛突然想起陳杉國中時代年輕桀敖的樣子。

陳杉呼出一口長氣，悠哉悠哉地轉著手腕，上面留有紅色血痕。他對著後照鏡朝金髮小弟說：「開車，去老地方。」

張如勛由衷希望老地方不是什麼閃著七彩霓虹燈的摩鐵或SM俱樂部。

「力哥就是感情用事。」陳杉朝他開口，語調輕鬆，「今天是他喝醉了，不然他平常不是這樣子的。」

「是喔，我看不出來。」張如勛下意識拉緊襯衫衣領。

「王八蛋給我放尊重點！」金髮小弟又透過後照鏡怒瞪張如勛。

陳杉立即踹了前座一腳，冷淡地說：「看前面，專心開車。」

氣氛突然變得尷尬，就連陳杉也懶得再給面子說話。轎車穩穩駛出私人會所，經過紅綠燈，過了幾十分鐘陳杉都沒開口，只是意興闌珊地撐著下巴看窗外。

其實張如勛從以前就搞不太懂陳杉這個人，上課睡覺，功課奇爛，沒事就鬧事，好似打架才能展現自己生存的價値，只有美術課不曾蹺課，且表現還異常出色，畫作參加比賽拿了不少獎項。

張如勛曾在無人的美術教室看過陳杉一個人靜靜地畫圖，當時他印象很深刻，因爲陳杉畫的是油畫，雙手及膝蓋上沾滿了各色顏料。後來那幅畫參加全國學生美術比賽得了特優，畫的是一朵插在白瓶內的紅色罌粟花，背景鋪滿濃沉憂鬱的靛藍，就和陳杉本人一樣叛逆而孤獨，沒有人能了解。

據說美術老師有意栽培陳杉，可惜後來他輟學了，人也不知去向。有人說他打架進了少年輔育院，也有人說他陳屍在淡水河中。

車輪輾過水窪，用力地顚了一下，張如勛回過神，這才發覺四周景色變成了濃密的樹林。

金髮小弟跟陳杉臉色沒有任何變化，車子仍穩當地行駛在泥濘路段，張如勛忍不住呑了口水，緊接著，車子一個急煞，差點讓他撞上前面的椅背。

「到了。」拉起手刹車，金髮小弟打開車門，口吻不帶感情，「三爺，那我先去把風，順便抽幾根菸。」

把把把把風？

陳杉哼哼地笑，車內頓時只剩下他們兩人，張如勛一瞬間涼透血液。帶到荒郊野外通常是毀屍滅跡的第一步！

陳杉不懷好意，斜眼瞟著張如勛：「知道爲什麼帶你來這嗎？」

張如勛臉色刷白，整個人貼在車門上：「我、我不知道，陳、陳杉，你放過我吧。」

說時遲那時快，張如勛只覺自己腦袋一晃，暈得想吐，緊接著就是一陣窒息。

陳杉以前臂壓著張如勛的脖子，使對方呼吸困難，這種壓制方式是他自己憑經驗學的，沒有過多花巧，一出手便直攻要害。

「還記得我們剛才的約定嗎？」陳杉笑了下，漆黑之中眸光如星，「準備好脫褲子還債了沒？」

張如勛瞪大眼睛，這一瞬間，他突然想起美術教室那次相遇的後續——

年輕而稚嫩的陳杉放下畫筆，怒瞪著不請自來的他說：「看三小，再看就幹死你。」

果然，年紀大了，總會想起一些無用的回憶。

第二章

陳杉跨坐在張如勛身上，柔軟的唇輕吻耳珠，沿著頸項往下輕啄，挑逗這種高技術性的工作張如勛還眞做不來，陳杉倒是挺熟練。呼吸像柔軟的羽毛搔過胸口，張如勛癢得縮起脖子，彷彿連血液也隨之沸騰。

樹林的道路旁只有一盞光線薄弱的路燈，略帶銀藍色的光芒打在陳杉的側臉，襯托出邪性與俊帥，張如勛看著看著，覺得陳杉眼角下性感的淚痣莫名恍惚了起來。

難怪國中時有那麼多女孩子喜歡陳杉，印證了一句古老的名言：「男人不壞，女人不愛」。

他們那個年代提倡打破學力藩籬實行齊頭式教育，因此以資優生之姿享譽全校的張如勛才會與惡名遠播的陳杉同班。老師時常誇獎張如勛的用功與禮貌，不過實際上關注最多的還是陳杉這個令人頭痛的孩子。

他們兩個時不時被拿來比較，無論是成績、言行，或是外貌。

張如勛是乖孩子代表，乾淨清爽、形象健康，就像卡通《小紅豆》裡面的勇之助一樣，只可惜那個年紀的女孩子都喜歡冷酷又帥氣的羽山秋人，還不曾懷疑爲什麼羽山的袖口或襯衫老是留有血跡。

愛情總是盲目的，情竇初開的少男少女尤爲看不清，張如勛也不例外。

他暗戀過班上第二名的女生，某天卻發現她的橡皮擦上面寫著陳杉的名字，那種心碎讓張如勛痛不欲生。陳杉哪點好？不過是運動神經好了點、長相帥了點、個性酷了點、身高高了點……

後來張如勛才得知，全班有三分之二的女生橡皮擦上都寫了陳杉的名字，於是他果斷放棄了戀愛這項青春期的成就，專心在自己的課業上。

「嗚！」

張如勛被咬了一口，陳杉像一頭小野獸般，張著獠牙威嚇：「認眞點，到底是誰欠誰債？」

咬痕落在鎖骨處，拜莉莉天使寶貝之賜，張如勛的襯衫釦子全沒了，敞著胸口任人吃豆腐。陳杉的氣息噴在他身上，惹出一身不知是因爲爽還是怕的雞皮疙瘩，張如勛赫然意識到接下來將發生什麼，頓時恐懼得不斷退後掙扎：「欸欸陳、陳杉，我們先、先打個商量好不好？」

「商量什麼？」陳杉溫熱的舌尖情色地舔著乳尖，另一隻手也不安分地揉捏胸前，「欠五百萬還敢討價還價？」

車內充斥曖昧的氛圍，張如勛哼了聲，見情況越來越不妙，他趕緊推著身上的人：「對不起我眞的不喜歡男……」

喀的一聲，張如勛的雙腕被扣上手銬，另一端鎖在車門的輔助手把上。

陳杉直起身抹嘴，晃了晃鑰匙：「我沒興趣知道你的性向。」

爸爸欠了五百萬，居然要用兒子的屁股還！張如勛驚恐地瞪大眼睛，救命啊，他到底哪裡得罪過陳杉！牙關嚇得直打顫，屁股冷得出汗，張如勛的眼淚在眼眶裡打轉，索性閉起眼睛不看。

黑暗中，陳杉笑了一下，俯下身繼續享用不安分的肉體。張如勛扭來扭去像條砧板上待宰的魚，卻又心有不甘，兩條腿胡亂踢踹，非得要陳杉一把扣住他的脖子，狠咬一口奶頭才肯乖乖就範。

張如勛再次怨恨起莉莉天使寶貝姊姊，沒了釦子防禦力明顯降低百分之三十，不過想想，比起一拳可以把他打入地心的肌肉猛男，陳杉明顯好太多了，人帥、腿長、渾身散發性感——

不對，他到底在想什麼！

撥開衣服的那雙手帶著燙人的溫度，每一吋被撫摸過的肌膚都像燒起來了似的，陳杉手心的薄繭輕刮著，在他的身上流連忘返。

張如勛不太清楚男同志之間是怎麼做的，什麼潤滑、開拓，都只是從字面去理解，如何實戰他眞的不懂，也沒打算懂過。

張如勛嚥了口唾沫，陳杉俯下身親吻他的肌膚，他能看見陳杉伸出舌尖，慢條斯理地滑過乳尖，引起一陣陣的戰慄。緊張得渾身僵硬的張如勛不斷掙扎，激怒了陳杉，換得胸口一排深刻的咬痕與腳上一記痛踹。

接下來，陳杉的手直接穿過構不成防線的內褲，抓住半軟不硬的陰莖稍嫌粗暴地開始搓揉。粗礪的手掌熱得像團火，不輕不重地搓著冠部與軟縫。

男人是種很好理解的生物，也很誠實，任憑嘴巴怎樣說不要，下半身就是不受控制。

爲了保全尊嚴，不屈服於高超的技巧，張如勛急了，連番反抗，於是陳杉連啃帶咬地吃他的肉，發了狠似的想令他折服，兩人像打架一樣讓整臺車不停搖晃。吻逐漸朝下而去，陳杉扯開張如勛的內褲，露出硬挺的陰莖，前端紅彤彤的發亮。

這一瞬間，張如勛眞的有種完蛋的感覺，強烈的羞恥感猛地湧上。

陳杉笑了聲，低低的嗓音彷彿連空氣都爲之震動，傳入張如勛耳中成了曖昧的嘲弄。陳杉還不忘嘴賤調侃：「果然是老實人。」

「閉、閉嘴啦！」張如勛的臉羞得發燙，簡直像被老鴇戲弄的小倌，幸虧是在昏暗的車內，不至於被陳杉看清。

陳杉的技巧太高明，慢揉、輕撫，還不忘照顧到下面的囊袋，張如勛的小頭不聽使喚地拚命熱情回應，可恥得令他想流眼淚（絕對不是因爲爽）。而他想不到的是，接下來陳杉突然扯開他的雙腿，一低頭就把陰莖含入嘴裡。

「喂喂喂喂！陳杉！喂、你——嗚！」

空氣彷彿變得灼熱，陳杉噴出來的氣息也像火一樣燙人。眞他媽欲哭無淚，張如勛心想，連他女朋友都沒這麼勤奮伺候過。陳杉輕舔著冠部，再一口含入，大概是不太熟練，陳杉蹙起眉頭只含入了一半，有些不得要領。

不過這樣已經足夠殺死張如勛了，他忍耐地說：「你……麻煩你等等好不好？」

唉，誰能想到十幾年後會被老同學在車裡幫口？

張如勛耐著性子，打算向陳杉曉以大義——這種事情爽歸爽，也得兩情相悅才行，雖說不見得要兩情相悅才能爽，起碼爽的時候兩個人都要同意——渾然忘記自己欠了對方五百萬。

車內空間太狹小，埋在張如勛雙腿間的頭顱細微地上下挪動，男人的口腔十分熾熱，連舌根的細微蠕動和喉頭的吞嚥都能感受得一清二楚。柔軟的頭髮蹭著大腿內側，輕柔的搔癢感使人招架不了。

陳杉的頭髮略微溼涼，還混著古龍水的香味。薄唇吞吐著陽具，在微光下透露著情色的意味。

說實在的，這種感覺確實銷魂，張如勛不禁繃緊小腹，差點呻吟出來，覺得自己實在是墮落得夠徹底的。

以前陳杉又帥又酷，如今則是充滿成熟氣息。曾幾何時，老在街上跟人打架的小混混也懂得品味跟體面了？穿起西裝人模人樣，襯出那雙長腿無以比擬的性感。

張如勛回過神來，見到陳杉正在脫衣服。

他傻愣愣地問：「爲什麼脫衣服？」

陳杉扯下領帶，剝掉褲頭皮帶：「弄髒就不好了。」

「那爲什麼只脫下半身？」

「方便。」

陳杉朝他一笑，那雙張如勛在心中讚歎過的長腿上只剩襪子，陳杉不知何時摸出一包袋裝潤滑液與保險套，上面隱約可見寫著「超激！草莓熱感大包裝！15ML」，口味還真他媽反差萌。再往下瞧，隱藏在襯衫底下的凶器若隱若現，張如勛瞬間全醒了。

這下可好了。張如勛臉色刷白，全身肌肉僵硬，要殺要剮只能隨便陳杉了。

陳杉直接跨坐在張如勛腰上，用牙齒咬開保險套包裝：「怕的話就閉上眼睛。」

「眞貼心。」張如勛依言閉眼，嘴唇嚇得發白，「……求求你放過我好不好？」

「好好伺候，以後甜頭少不了你。」陳杉又笑了一聲，伴隨著塑膠套摩擦的窸窸窣窣，張如勛恨不得像烈婦一樣咬舌自盡。

其實閉眼聽著黑暗中的聲響感覺更可怕，張如勛生無可戀地想，自己以前是不是做錯過什麼事讓陳杉記恨，否則他幹麼這樣整自己？就算陳杉眞的是同性戀好了，比起逼熟人幹炮，找個漂亮的陌生小帥哥豈不是更好？

他忍不住睜眼，恍惚之間，他看見陳杉的手有點抖，替碩大的陽具戴上了套子，訓練有素的腰線撐出漂亮的線條。陳杉喘了幾口氣，喉結上下滾動，睫毛在眼睛下方映出煽情的影子。

而後，陳杉把潤滑液全數倒在手上，往張如勛的性器抹，張如勛頓時瞪大眼睛，眼睜睜看著陳杉衝著他笑，扶著自己的陽具坐了下去。

「陳、陳陳陳陳陳杉！」張如勛的腦袋裡只有一個亂字，連話都講得七零八落，「你你你——」

突如其來的緊緻與熱度差點殺死張如勛，他甚至懷疑陳杉是眞的想整死他。緊得有點痛，伴隨而來的卻是又軟又熱的腸道緊緊包裹住陽具，快感直衝而上，令他頭皮發麻。

可能是未經開拓，光靠潤滑液仍有些吃力，陳杉扶著他的腰緩慢地挪動，一手握著自己的陽具自慰試圖解緩痛楚，眉頭卻疼得皺緊。張如勛的腦子亂成一團糨糊，突然有種賺到了的低劣想法，旋即又被大吼大叫起來的理智給拉了回來，雖然或許理智早就死了，所以張如勛才會舒服得想挺動腰部。

「啊……陳、陳杉。」張如勛咬著牙，試圖維持自己的紳士風度，「痛、痛的話就、就就、就不要勉強了，先停下來沒關係，停、啊、你這樣可以嗎？」

額上的汗水滑落，陳杉喘了口氣，不屑地說：「你話怎麼這麼多。」

等陽具齊根沒入體內，陳杉才吁出長氣。他扶著自己萎了的陽具緩緩揉弄，腰也跟著慢慢上下抽動。身體很熱，腹肌泌著薄汗，陳杉從鼻腔哼出的聲音像個鉤子，把張如勛勾得意亂情迷，套子用在對方身上，他自己是無套插入，可以感受到溫暖的體溫。

陳杉也不嫌害臊，仰著脖子喘氣，喘出變調的呻吟，那種呻吟要是換成別人，張如勛早把人給踹下去了，然而眼下的性愛對象是陳杉，倒還能接受，畢竟人帥聲音又好聽，也不失爲一種享受。

待前端完全硬挺，陳杉舔了舔唇，又等後穴適應了粗長的陰莖，能完全地進出後，便稍稍挪動自己的膝蓋，開始大幅上下擺動。前額的劉海覆蓋住皺起的眉頭，陳杉看起來又痛又爽，呻吟跟著逸出口，整臺車隨動作搖晃。

車震這種事張如勛還是第一次，陳杉環著他的脖子尋找支撐點，於是他屈起膝蓋好讓陳杉有得依靠不至於累垮，也順便用腿根吃點翹屁股的豆腐。還眞有彈性，比想像中的感覺更好。

老實說，這是張如勛體驗過最棒的性愛，簡直令人沉醉。

車內全是淫亂的氣息，陳杉渾身像從水裡撈出來一樣，汗水淋漓，後穴被操得又淫又熱。這時候張如勛就挺不爽手被銬住了，如果沒有束縛，或許能更盡興——

不對！

他趕緊把神智拉回，果然男人一旦下半身被把持以後就沒理智了！

不過說真的，陳杉在他身上挺著腰桿用後穴吞吐肉棒的姿態，陽剛中又帶著一點性感的情色，簡而言之就是騷，光是視覺上的刺激就夠他射出來了。陳杉起初還是悶悶地哼哼，後來越操越深入，他便仰著脖子迷離地越叫越大聲，車內只剩激烈的肉體拍打聲與男人承受不住的呻吟。

恍惚之間，張如勛想到了一件要緊的事情。五百萬的負債，做一次五千，到底要做幾次才能還完？

張如勛懷疑陳杉根本算不出來。

腦子還沒想個透徹，包覆住陽具的肉穴已越縮越緊，絞得張如勛得咬緊牙根才能忍住，陳杉倒是先射了，他粗喘了一口大氣，白濁射入套子內。他抬眼一瞟汗流浹背的張如勛，笑了下，刻意伸手揉弄軟囊，連搓帶夾地把人給弄到高潮，張如勛滾燙的精液全數射入陳杉體內。

完事以後，當金髮小弟上車時，陳杉才把最後一顆釦子扣好。

張如勛像個小媳婦似的縮在門邊不敢吭一聲，滿腦子全是陳杉穿內褲時精液沿腿根滑落的畫面。

小弟也懂得看氣氛，只問了去哪裡就閉嘴。

沿途陳杉都沒說話，似乎是累了，閉著眼靠著椅背休息。陳杉坐在身上搖的神態仍在腦中揮之不去，可惜張如勛現在冷靜得像個賢者，覺得自己糟糕透頂。

轎車沒多久就來到一處私人豪宅社區，張如勛定睛一看，眼珠子差點掉出來。這是號稱臺北地王的豪宅社區，他的前老闆與前女友就住在此地，黑道都這麼有錢嗎？

「明天晚上七點再來接我，啊，對了，鏢仔你先載他去富麗嘉。」陳杉關上車門，對著小弟說，「讓他去藍小姐那裡幫忙。」

「什麼藍小姐？」張如勛不明就裡，換來小弟鏢仔從後照鏡射來的一記白眼，「陳、陳杉，你要把我帶去哪？」

陳杉連回答都沒有，轉身就走了。

晚上十一點的月亮在光害的影響下只剩拇指蓋大小，一丁點掛在天邊，鏢仔透過後照鏡對他冷笑，張如勛越想越惴惴不安。

富麗嘉酒店是林森北路最具知名度的人間天堂，酒色財氣匯集之地。張如勛和鏢仔一起下車，從後門進入酒店內部，裝潢金碧輝煌、璀璨奪目，途中經過好幾個貌美如花的小姐身邊，各個像名模一樣高䠷出眾。

脂粉味、香水味、鶯鶯燕燕的笑聲圍繞身邊，張如勛一路低著頭不敢亂看。

鏢仔倒是早已習慣，專心地領路。

門廊末端是一道煙藍色大門，鏢仔敲了敲金色門環，不等應聲就竄入其內。張如勛跟著進去，只聽鏢仔對黑暗中那個身影卑躬屈膝地說：「藍姊，三爺交代的人來了。」

藍姊？張如勛不安地想，繼莉莉天使寶貝之後，這次不會是女裝拳擊手之類的吧……

「眞麻煩哪，沒事派工作給我，當我很閒嗎？」

女人嬌滴滴地埋怨，張如勛適應黑暗以後，總算稍微看出對方長什麼樣子——高䠷如志玲、豐胸比天心，臉蛋完美精緻堪比韓國女星，男人看了想必沒有不心猿意馬的，尤其是那從胸前開到肚臍眼的洋裝……

非禮勿視啊！張如勛撇過頭，臉上紅得發燙。

藍姊冷哼了聲，踩著高跟鞋緩步走來：「這身衣服是怎樣？是莉莉天使寶貝姊姊的傑作嗎？」她掐住張如勛的下巴，把他的臉轉回來端詳，「呵，我還以爲多帥呢，不過是個路人臉，這種貨色還叫我藍映月收留？」

這這這簡直就像惡霸欺負良家女！張如勛緊張得不敢亂動。他是不是該撇頭尖叫哭著跑掉比較好？

藍映月轉身，從沙發的布堆裡抽出一件皺得亂七八糟的襯衫丟給張如勛：「換掉你身上的破布，活像被人強姦過一樣。」

眞巧，還眞的是被……張如勛臉上一紅，強姦犯陳杉性感的腰與溼潤的唇……打住！腦海不斷盤旋著各種喘息的身影，張如勛紅著臉，扭扭捏捏換上有點緊繃的襯衫，肩寬明顯不太合適。

「那件是三爺的衣服。」藍映月挑眉盯著張如勛嬌羞的模樣，冷冷一笑，「怎樣？屁股被玩得很開心是不是？爽不爽啊？」

張如勛又是一陣臉紅，是挺開心的。他嗅著衣服上的味道（有點五味雜陳），又想起陳杉方才的呻吟和小巧可愛的乳尖……噢，陳杉大概也玩得很開心。

鏢仔不動聲色瞪了下張如勛，有什麼姦情都能透過那張臉上的表情看得一清二楚。

藍映月「嗯」了一聲，嘴裡罵著死娘娘腔，順手撈了一件罩衫套上：「皮給老娘繃緊一點，從現在開始，你就是老娘的奴隸。」

「啊？」張如勛驚呼，馬上被鏢仔痛踹一腳，「唉喲！痛！」

「識相點。」身高矮張如勛一截的鏢仔由下往上瞪著張如勛，「藍姊可是三爺手下最賺錢的經理。」

張如勛無辜地看著他們倆，嘴裡是說不出的委屈：「那個……我只是想問現在是什麼狀況？」

鏢仔毫不猶豫又賞給張如勛一腳：「閉嘴啦！」

「噢！」黑道好暴力！張如勛揉著左腿哀號，「下、下次輕點啦。」

鏢仔只想再賞他一拳。

「搞不清楚狀況是吧？」藍映月殘暴地捏扁啤酒罐，「簡言之，你現在的價值就跟畜牲一樣，老娘叫你去舔地板就要給我舔到發亮，直到你把債務還清爲止！」

什麼？張如勛摀著疼痛的小腿，震驚地盯著眼前兩個惡鬼。

陳杉竟然把他用完就丟了！

五百萬債務說多不多，對以前在會計事務所上班的張如勛來說，其實簡簡單單就能賺入口袋。

要不是他爸偷了他身上的公司支票本，還拿他的身分證件借了一筆他所有積蓄都賠下去也還不完的錢，他早就平步青雲了。

富麗嘉酒店內部的規模比想像中還要驚人，裝潢貴氣十足，張如勛一路上跟在藍映月與鏢仔後頭，不安地打量四周：「那個，我能先回家餵貓嗎？還有我妹……」

「餵你老師！」鏢仔受不了了。爲什麼這世上能有人這麼多話！

「煩不煩啊你？」藍映月穿過金光閃閃的走廊，許多旗袍美女見了她皆鞠躬行禮，「哼，你那間爛租屋的東西早就被典當光了，根本還不了多少錢！」

「什麼！那那那我的貓……」張如勛急忙問。

「閉嘴！」鏢仔青筋暴突，顯然快殺人了。

「還管貓？管管你自己吧你！」藍映月繞過雕著金色鈴蘭的花梯，拎起裙襬一步一步往上走，「從現在開始，晚上六點上班早上六點下班，十二小時制，上工一開始先去找領班領工作，頂多就是掃地掃廁所掃包廂或掃休息室，等姊妹們來上班後，就幫她們停車拿制服訂晚餐清垃圾，接著是包廂服務然後洗廁所掃包廂替包廂拿菸拿酒，有必要的時候替小姐擋客人應付應付一下，總之就是服務包廂的客人。聽說你小時候是資優生，我想這點簡單的小事情絕對難不倒你。之後凌晨三點記得替小姐們訂消夜，每個小姐口味不一樣你要謹記在心訂錯我就殺了你，四點送小姐下班時要幫忙拿制服去洗還有少爺的制服也一併清理，接著所有包廂都要收拾乾淨，這時候就差不多能下班了。這份工作薪水不多，頂多六萬五扣除勞健保、債務與房租以後你一個月可以領一萬五讓你不會餓死，至少每天都能吃便利商店。」

藍映月說得臉不紅氣不喘，張如勛卻嚇呆了。這這這這份工作換言之就是地獄奴隸，而且奴隸還有勞健保！

「等等？」張如勛回過神，「房租？妳不是說我退租了？」

「對。」藍映月踏上樓梯的最後一階，露出迷人的甜笑，打開了通往頂樓陽臺的大門，「你以後就住這裡。」

一陣狂猛的冷風吹來，寬敞的頂樓陽臺空空蕩蕩，星空之下，只有角落佇立著一間約六坪大的鐵皮違章建築，外觀髒亂，屋頂的鐵皮還被風吹掀了一角，殘破地喀啦作響，更顯無比淒涼。

新的租屋處看起來不像人住的，比較像後現代主義鴿舍。

藍映月的表情明顯流露出非常滿足於凌虐的快樂，好吧，張如勛心想，鴿舍的唯一好處是能俯瞰臺北夜景，唉，原來自己挺會正面思考的。

午夜十二點正是富麗嘉酒店人聲鼎沸的時刻，藍映月欣賞完張如勛的苦臉便蹬著高跟鞋得意洋洋走人。鏢仔無奈地雙手抱胸，只好攬下新進員工教育訓練的工作。

酷酷的鏢仔不苟言笑，在張如勛糾纏不休之下才講出自己的本名。鏢仔的名字叫林鋐鏢，據說五行缺金，是陳杉的助理，今年二十二歲，酒店內部的人對他頗有禮貌，見了面都會叫一聲鏢哥。鏢仔拿了幾套新制服給他，順便介紹幾位自己認識的領班，張如勛覺得這孩子不錯，心地挺善良的。

只是每個男領班都用一種曖昧的眼神瞧著他，逡巡一圈，最後視線黏在他的屁股上，搞得張如勛有點發毛，就連鏢仔也有點受不了。

鏢仔把張如勛拖到無人的工具間，低聲威脅：「警告你一件事，不要讓人知道你跟三爺在車內幹了什麼。」

「啊？」張如勛滿腦子問號，倏地漲紅了臉，「幹幹幹幹什麼你你你你是不是——」

「對對對！我都知道！」鏢仔翻了個白眼，崩潰地說：「大家都聽說了你跟三爺的債務問題，也知道是三爺替你還債給莉莉天使寶貝姊姊，但我勸你最好不要到處亂宣傳，尤其是對藍姊，你最好不要讓她曉得你幹了什麼好事！」

張如勛皺著眉頭一頭霧水，鏢仔心累地嘆口氣：「就算不是爲了三爺的面子，爲了你自己的命，最好對這件事守口如瓶。」

「我就問一句話。」張如勛抿著唇，「爲什麼你們都能面不改色念出莉莉天使寶貝姊姊？」

「你要不要去吃屎？」

雖然鏢仔是個好人，某種程度仍算凶狠，不至於讓白目如張如勛軟土深掘，因此他臉色一變，就把張如勛一個人丟在水深火熱的酒店，逕自離去。

凌晨一點開始工作，初次上工便從打掃每層樓的廁所開始。

張如勛不是嬌生慣養的孩子，家事向來一手包辦，打掃這種小事對他而言並不難，只是工作環境遠比他想像的嚴苛太多。例如三樓的客人喝醉了酒吐在地板上，呼叫器一CALL他就得趕到現場，跪在地上擦拭昂貴的大理石地磚。其他鳥事更不少，酒客吐的吐、哭的哭，還有客人遺落假髮必須追上前去替對方黏好，以免某某總經理失了面子，以後就不來光顧了。

除了應付客人，低等生物也得伺候小姐們，如果小姐們的地位是天仙，那張如勛鐵定是蟑螂，人人捏著鼻子喊打。他必須幫少爺小姐張羅消夜，哪個小姐在減肥、哪個少爺最挑食，慌亂間張如勛根本沒時間好好記下，他只得拜託廚房幫忙按照以往需求客製各式菜色，難免又接收到別人的白眼。

嚴苛的職場環境張如勛不是沒體驗過，在會計事務所也需要勾心鬥角彼此攻防，但這工作是身心俱疲的累，令他苦不堪言。這天他好不容易熬到六點雞啼天亮，清理完經理休息室的地毯後，才算完成了今日的工作。然而新手上路，任何事情都做得七零八落、出包連連，張如勛甚至被投訴了——原因是某男領班的制服沒有拿去洗。

這種小事用得著投訴嗎？用膝蓋想也曉得是該位領班惡意找碴。

藍映月笑了笑，懲罰就是張如勛必須下跪跟對方道歉。

打從老爸捅出了三千八百萬債務開始算起，張如勛起碼還了三千多萬，膝蓋早已跪過數百次，不差這一次。當鏢仔拿著早餐走入酒店時，正好目睹張如勛跪下，磕頭向別人說對不起。

鏢仔雖然不太開心，看在藍映月的面子上仍是忍了下來，等人走了，他才把張如勛拉起來：「這環境就是這樣，新人都會被欺負，等跟大家混熟一點，他們就不會沒事找事了。」

「尊嚴本來就沒屁用，等我還完債就好了。」張如勛拍拍手心，對鏢仔笑了笑，「放心啦，敵人都明著來我也挺開心的，起碼知道是誰在搞鬼，比我之前在事務所那種爾虞我詐的日子來得輕鬆多了，根本小意思。」說完，他又賊兮兮地補了一句，「而且這裡薪水挺高的，跪個幾次也無所謂。」

鏢仔一陣無語，心想自己或許是白擔心了。

天色剛亮，酒店的鐵門已經拉下，只剩通勤的上班族稀稀落落從人行道經過。張如勛扯下黑色小領結，跟鏢仔一起坐在大門前的花圃旁，拆開御飯糰享用。

張如勛塑膠套拆到一半，突然問：「鏢仔，我想問你有看見我的貓嗎？」

難得狗嘴看起來正經八百，鏢仔挑眉，打開罐裝咖啡：「你的貓在我家，你現在住的地方不太適合養寵物，藍姊也不喜歡。」

「太好了，謝謝你照顧牠。」張如勛露出寬慰的笑容，一口咬下半個御飯糰，「那隻貓有點年紀了，飼料我會買給你，老貓不太能吃一般飼料，還有水也要記得常補充，最好是用流動飲水器牠才會喝，然後有空帶牠去晒晒太陽。老貓用的我都會給你錢，如果方便，我可以這禮拜去看看牠嗎？」

鏢仔搖搖頭，蹙眉說：「先不用這麼急著感謝我，其實我不太會養寵物，也不曉得怎照顧，只是問過有養寵物的朋友而已。這禮拜的話恐怕沒辦法，等有空再跟你說。」

「謝謝你了。」張如勛笑著對他說，「如果是你我就放心了。」

「不用客氣。你的貓叫什麼名字？」

張如勛突然有點彆扭，鏢仔瞇起眼，察覺了不對勁。

「我的貓叫、叫、叫佛海無涯宇宙偉人民族救星……陳、陳三小。」

「你喜咧工三小。」

等鏢仔離開，張如勛才總算真正放鬆下來，但是當他打開頂樓的門，看見那間後現代鴿舍後，頓時只想仰天長嘆——一場硬仗又即將開始。

鐵皮屋內一片狼藉，廢棄紙箱、鐵櫃、鐵籠、不知哪來的皮鞭與一袋又一袋的髒毛巾隨處亂堆，完全是垃圾倉庫。

強迫症發作的張如勛睡不下去，他花了一整個早上才打掃完自己的住處，把鴿舍勉強升級成鴿舍2.0。好啦，起碼有床有櫃子，地板沒灰塵，也有淋浴間，勉強能住人了。

睡不到五小時，下午六點一到，蟑螂張如勛又得上工了。

他換好制服，準備向領班報到，還沒來得及打上班卡，休息室的小姐們突然大聲尖叫，一窩蜂地跑出來外面。擁有愛看熱鬧鄉民心的張如勛也想瞧瞧究竟發生什麼事，跟著擠到大門的接待廳才發現，有一臺眼熟的車來了。

鏢仔停好車，下車替後座乘客開門。

小姐們分兩列一字排開，由高至矮整齊有序，身上的旗袍顏色也是由深至淺。陳杉一下車，她們就齊聲喊三爺晚安，再全數一起鞠躬行禮，陳仗堪比皇帝遊後宮，三千佳麗任君挑選。

陳杉戴著墨鏡，一身名牌西裝，外套一件毛呢大衣，頭髮帥氣地往後撥，十足黑道架勢，身旁點菸的點菸、挽手的挽手，左右兩側的女人都美得像仙女。

誰能想得到，昨晚這位陳三爺竟騷氣地跨在他身上翻雲覆雨呢？

人帥多金就有皇帝待遇，張如勛開始埋怨起上天的不公平，而他眼神一對上陳杉，對方一下就撇過頭當他是空氣，連聲氣也不吭便在眾人擁簇下進入酒店。

這什麼意思？

張如勛一個人站在外頭，寒風呼嘯而過。難不成陳杉眞的把他用完就丟了？

「開什麼玩笑，晚上戴墨鏡是智障嗎？」張如勛悻悻然地吐槽。

他才不會承認自己有點失落。

第三章

張如勛怎樣也想不到，今晚匆匆一瞥，之後就再也沒機會碰到陳杉了。

接下來的日子活像地獄，突發狀況好似無窮無盡。晚上六點準時上工，有事就是應付包廂內各種莫名其妙的要求，沒事就是收拾如被客人轟炸過的慘況。

富麗嘉的小姐們是出名的貌美優質，同時也特別難伺候，對待基層人員總是頤指氣使百般刁難，張如勛自然無法倖免。除此之外，他還有個特別的任務，便是清理所有幹部的辦公室，不過最恐怖的還是面對大魔王藍映月經理。她心情好只是辱罵，若心情不好，全酒店的人跟著一塊倒楣。

反正薪水高，老闆就極盡羞辱不覺得有何不妥，人跑了大不了換一個。

無法準時下班這種事張如勛早已在前公司體驗過，每天超時工作以後的行程就是吃個早餐、洗個澡，偶爾上街買個貓飼料，再去醫院看妹妹。回到溫暖的鴿舍2.0時，通常都已過中午，珍貴的睡眠時間僅存不到五小時。

像他這種底層生物，爛著等死也沒人管，他們絕不可能有機會觸碰仙女，更不用說仙女們帥到逆天的老闆。陳杉的身影很快被張如勛拋在了腦後，畢竟起床一睜眼就得面對龐大的生活壓力，實在沒什麼心思想到其他方面去。

尊嚴被踐踏，身體累得跟畜生一樣，日復一日，換作是一般人早就逃走了。

但因爲盜用公款的關係，張如勛遭到業界封殺，這項罪名令他成了金融業的拒絕往來戶，找不到相關工作發揮長才，所有學經歷直接化爲糞土。張如勛敲打著計算機，如果不把肉身還債算在內，再把小費存起來，想還完債起碼也得要八年……

哦哦！比他想像的還要快多了！

張如勛握著計算機，覺得信心滿滿，這比加油站打工好太多了！

不過，他當然不能繼續這樣被磨難下去，要不然債還沒還完，人說不定先累死了。

他開始記錄每位少爺小姐的班表，留意客人來訪的日期與時機，分析小姐們與客人之間的關係，以及客人的喜好、開的跑車、穿著打扮與年紀；他留心小姐們的派系、避開少爺們的恩怨、記住廚房阿姨們有幾個親戚女兒，以便聊天時提及套好關係。老客人的要求比較多，喜歡使喚侍應生，A客人喜歡哪個牌子的菸、B客人喜歡喝哪瓶酒，先準備好就不用去倉庫找半天，因此張如勛統統記起來。

等到腦海裡的資料庫建構出雛形，張如勛便著手建立起自己的工作SOP。

工作有效率是省時的第一步，很多時候客人還沒開口，張如勛就先將對方習慣的菸酒給備妥了；而往往小姐還沒上工，張如勛便事先告知她哪位客人突然來訪，是否先換人接待，以免錯失熟客被人捷足先登。

只要客人小姐開心，小費自然不會少，於是張如勛積極地創造工作上的成就感，這天看著手中厚厚的一疊小費，少說也有萬把塊，他簡直樂翻了天。

難得準時六點下班，張如勛洗好澡，在天臺上吃著吐司，一邊欣賞臺北市早晨的風景。眼前霧濛濛一片，跟他的未來差不多。

鏢仔提著熱拿鐵與三明治推開天臺的門，遠遠對張如勛喊著：「勛哥，你有買貓飼料了嗎？」

張如勛回頭，腮幫子鼓鼓的，嘴裡還塞著吐司。鏢仔僅在沒有其他人的情況下才會稱呼他勛哥，畢竟在道上混，面子相當重要，在眾人面前，鏢仔連他的名字都不曾叫過。

張如勛笑了笑：「你來啦，飼料放在鴿舍門邊，不好意思老是麻煩你。對了，鏢仔，你要不要吃點吐司？」

鴿舍？鏢仔回頭一瞧，違章建築的破門邊的確擺了兩包昂貴的貓飼料，還種了幾盆鵝掌藤、木春菊與三色堇，增添一點綠意。

「那飼料我拿走了。」鏢仔放下手中的早餐，扛起兩包飼料，「早餐我吃過了，多買了一份給你，我會好好照顧宇宙偉人的。」

鏢仔會定期來跟張如勛拿貓飼料，有時發現違章建築裡面缺了什麼，還會自動自發幫忙買，也不收錢，說實話是個本性不錯的乖孩子。

即便如此，張如勛仍是沒勇氣告訴他貓的眞正名字，只好用宇宙偉人代替。

「再見，慢走，有空再來玩。」張如勛吞下吐司，雲朵悠悠地飄過山邊。

工作認眞有效率，自然就會有人崇敬。漸漸地，有些年紀比張如勛小的侍應生開始稱他一聲哥，唯獨老油條們依然不屑張如勛的工作方式，認爲他投機取巧，更時常在藍映月耳邊講他壞話，並把所有工作都推給他。

藍映月個性乖戾，喜怒好惡全由她心情，而今天張如勛眞的是衰小到家，莫名其妙踩到藍姑娘的地雷讓她發了一頓飆，摔破了兩個菸灰缸不打緊，甚至把紅酒瓶打碎在地板上。

聽人說，是藍映月的老金主今晚去了死對頭的酒店，所以她心情不好。

張如勛哀怨地清理被肆虐後的經理辦公室，一聲也不敢吭。這間高級辦公室其實更像私人休息室，裡面辦公區、更衣間、浴室、臥室、小吧檯、客廳一應俱全，可以想像張如勛打掃時有多困難。張如勛吸著地毯，順手撿起地上的洋裝摺好，準備等等送去給洗衣阿姨。

一旁的藍映月喝多了，眼皮子泛紅，一張嘴就噴火：「長這麼大隻又愛臉紅，死娘娘腔！看你這副窩囊相就想吐！」

被罵慘的張如勛連頭都沒膽抬，畢竟藍映月穿著性感睡衣晃蕩半邊奶，誰敢亂看啊！

藍映月搖搖晃晃地又替自己添了一杯酒，碎碎念罵著：「媽的業績這麼差，每年營業額都這麼低，金樂仙那老查某，奶都快垂到地毯了還不去整容！」

收拾完辦公桌，張如勛拾起散落的文件，上面寫滿密密麻麻的數字。

這東西他很熟悉，是財務報表，償債能力、經營能力、獲利能力，只要有數字，張如勛不需要計算機也能進行分析。二〇〇五年、二〇〇六年、二〇〇七年……他總算了解陳杉爲什麼能住在臺北地王的豪宅了，富麗嘉酒店眞是隻驚人的金雞母，炒地皮都沒這麼好賺。

張如勛嘖嘖兩聲，一不留神便繼續往下翻，所有細節全數呈現在眼前，應收款、放款、損益、淨利、報酬率……

「死垃圾！」藍映月一把搶過張如勛手裡的文件，往他的頭上狠狠敲下，「看什麼看！懂不懂禮貌啊！」

「對不起、藍、藍姊，等等……」張如勛抱著頭躲避母老虎的攻擊，再美的女人此時都變成了惡鬼，「對不起、我不是故意要看的，那、妳聽我、對不起，哎！痛、痛痛痛！」

藍映月發了瘋似的持續用軟趴趴的紙張攻擊張如勛：「你敢叫我姊！也不想想你自己的年紀！老娘今年才三十幾你叫什麼姊！」

張如勛受不了了，他一把抓住藍映月的雙腕，深吸一口氣直接吼出來：「妳聽我說！」

藍映月披頭散髮、面目猙獰，一口白牙咬得嘴唇發白：「你給我放手！」

「這張財報有錯。」張如勛喘著氣，往下一瞟是波濤洶湧的——他撇過眼神，紅著臉說：「那個，錢、錢錢、呃、淨利有少……」

「扭捏三小！去死！」

藍映月踹在他的雙腿之間，張如勛頓時跪了下去。

張如勛從六年前的財報開始看起，這並非簡單的工作。而這一看，他才得知原來莉莉天使寶貝姊姊才是富麗嘉真正的董事長。他是三重一帶出身的凶狠角頭，人稱力哥，三年前出櫃後，便把名下所有酒店與賭場交給陳杉經營。

鏢仔把主辦會計帶來了，對方是一名四十六歲的中年男子，在這裡工作六年多，厚重鏡片下的眼神看起來相當不安。

男子被鏢仔狠踹一腳，硬生生跌在包廂中央，正好匍跪在陳杉腳前。藍映月縮在陳杉身旁，端出職業級演技，蹙著眉頭、淚眼婆娑，活像被人欺負一樣委屈無辜。

陳杉大剌剌地坐在桌上抽菸，單手撥著打火機玩。

「人家一直信任會計王哥……哪知道他……」藍映月垂下目光，咬著下唇發抖，希望能替自己多爭取一點同情分。然而陳杉默不作聲，神情掛著一點漫不經心，藍映月跟鏢仔都很明白這表情暗藏的威脅性。

室內只剩下主辦會計急促的呼吸聲，以及張如勛敲著電腦鍵盤與快速按計算機的聲音，時間在無形中流逝，誰都不敢吭氣。

「算出來了。」張如勛敲下最後一個鍵，看著螢幕上的數字，「每年的報表都正常，唯獨這兩年隱藏了一點點淨利。之前沒看出不對勁大概是是因爲財務分項太多，轉帳安排複雜，在邏輯思考上會有盲點，不是財會相關背景的人或許比較難察覺……兩年內，大概短少四百萬。」

陳杉朝他笑了下，張如勛瞬間覺得陳杉挺可愛的。

藍映月張嘴想辯解，陳杉卻單手把她勾入懷裡：「別怕，我沒有怪妳，這些日子辛苦妳了。」

藍映月跌坐在陳杉腿上，立刻羞紅了臉，張如勛只覺陳杉王八極了。陳杉的笑容帶著深意，用下巴朝中年男子一點。

一旁的鏢仔毫不猶豫拿起高爾夫球杆，往中年男子的腦袋狠狠敲下。

血花灑落在地毯，一部分飛濺到張如勛腳邊，男人立即倒地昏死。

張如勛被眼前的畫面所震懾，腦袋一片空白。

「賺錢很辛苦的。」陳杉抽了一口菸，悠悠吐出，「都是大家的辛苦錢，我沒有少給，也不會讓別人多拿。」陳杉拍拍藍映月的後腦勺，「沒事了，收拾乾淨，妳今天先下班沒關係，去吃頓好的、做個SPA，轉換一下心情。」

藍映月臉色慘白，連演都演不出來了。對酒店來說，四百萬只是一點小錢，但這個紕漏足以大大影響她的管理信用。

陳杉把菸捻熄，站起身從西裝內側掏出一疊厚厚的紙鈔，目測至少有六、七萬。他拍拍張如勛的肩膀，笑著對他說：「做得很好，給你吃紅。」

說完，他把錢塞在張如勛胸前的口袋，微微瞇起的眼眸中流露一絲若有似無的曖昧，隨即推門離開包廂。張如勛老臉轟地漲紅，跟在後頭離開的藍映月瞪了他一眼，臉上寫滿「噁噁噁噁」。

誰想要動不動就臉紅啊！張如勛按著胸前那疊鈔票，只想喊冤。明明就是陳杉塞錢的時候用指頭偷勾他奶頭！王八蛋，心跳好快！

鏢仔踢了踢躺在地上痛得呻吟的男子，懊惱地說：「媽的，居然還會動。」

張如勛冷汗直流，慶幸自己沒有讓鏢仔知道貓的名字叫陳三小。

風波才剛落幕，已經有不少好事者把消息透露出去，更有誰不知去哪挖出了張如勛的過去大肆宣傳。打從他走出包廂，不少好奇的視線就一直黏在他身上，更有人立刻變了嘴臉，連忙鞠躬哈腰假意逢迎。

張如勛倒是不以爲意，畢竟人性皆然，趁著身價水漲船高，暫時沒人會找碴，他乾脆也領命提早下班。

清晨四點半，臺北仍在沉睡。

以前張如勛喜歡騎腳踏車、爬山，生活和菸酒八竿子打不著，閒暇之餘還能出國，現在卻離那樣的日子很遙遠。

他獨自躺在鴿舍的破床上，盯著天花板掀起的鐵皮，風聲呼嘯，能看見一點星空。還債的每一日固然辛苦，卻也莫名踏實，起碼不用四處躲避債主，反正等這一切結束以後，便能海闊天空了。

張如勛閉起眼，腦海浮現陳杉的影子。

小時候，陳杉總愛把「三重最強」書包夾在腋下，活脫脫就是個流氓，眼神總是帶著凶狠的敵意。

某天，有一隻貓卡在了下水道，幾個女同學說不去救可能會死，哭得稀里嘩啦。張如勛拿她們沒辦法，便爬進涵洞把貓救了出來，結果額頭擦傷，小腿也被碎石子割出一條血痕，把女同學們嚇得花容失色。在眾人圍繞之下，張如勛匆匆一瞥，遠遠瞧見陳杉，而似乎早就脫下外套的陳杉拎著書包，轉身默默走人，沒人發現。

原來陳杉也打算去救小貓，看來本性其實不壞。

長大以後，沒想到他們就這樣重逢了。

現在的陳杉斂起了暴烈的脾氣，顯得成熟優雅，腰窄腿長穿上西裝活像模特兒，怎樣都好看。尤其脫掉衣服後，鍛練過的精實肉體撫摸起來手感特別好，皮膚滑膩如蜜，令人著迷……

回憶慢慢遠去，睡意悄悄來襲。正當張如勛昏昏欲睡時，鴿舍2.0那扇破鐵門突然被人打開，發出刺耳的金屬刮擦聲。張如勛瞬間驚醒，從床上爬起，眼睛瞪得老大，卻看不太清楚黑暗中的來人。

「你還有時間種花？」陳杉碰倒了門旁的小花盆，低低笑了聲，「眞有閒情逸致。」

張如勛一時無法反應，對著不速之客愣愣問：「你來幹麼？」

「我來幹麼？」陳杉挑著眉重複這句話，感到極爲有趣一般勾起了嘴角，「我來討債的。」

討討討討討債！

陳杉直接虎撲而上，一把抓住張如勛的雙腕，雙眼在黑暗中像豹子似的閃著光亮。

張如勛一下子全醒了。

陳杉身上有著淡淡酒氣，一壓上來就急著剝他的衣服。外頭天氣冷，陳杉有如冰塊的手凍得張如勛一抖。天下沒有白吃的午餐，張如勛以往始終服膺這個原則，眼下卻有點懷疑人生。

果然是討債集團，都沒問過意見就硬來！

陳杉的手像條游魚鑽入張如勛的褲頭，緊繃的肌肉頓時陣陣顫慄。棉褲不比西裝褲至少還有皮帶能發揮一點點牽制作用，張如勛兩三下被扒個乾淨，宛若一隻準備被獻祭的無辜羔羊，躺在床上任人宰割。

張如勛有點意外自己不感到噁心抗拒，反而還有些期待，不過人總要有點矜持，起碼做個樣子欲拒還迎——內心是這麼想，他卻抓著陳杉的衣領，稍嫌笨拙地慢慢剝開了釦子，對方白皙的胸膛隨即袒露。

漂亮的結實身軀近在眼前，張如勛一下就看入迷了。

剛剛說什麼矜持來著？不是應該要嬌羞尖叫……他摟緊陳杉的腰，乾脆地吻上胸膛，總覺得自己像被狐仙迷惑的書生，什麼理智早已拋到九霄雲外。

「輕點……」陳杉哼了一聲，「不要亂啃，技巧這麼差，沒伺候過別人是不是？」

想到陳杉可能也與其他人有「討債」關係，張如勛便有點鬱悶：「不喜歡就不要做。」

從破窗透進來的城市微光映在陳杉眼底，如水晶一般璀璨奪目。他笑了起來，說：「先說好，我可沒當過零號，如果讓我不開心就換你脫褲子躺下來給我上。」

說完，他用力掐了張如勛結實的臀肉。

所以之前是陳杉第一次當零號？張如勛琢磨了一陣這句話，內心莫名產生一股欣喜的騷動。

陳杉翻身又把張如勛壓回床上，從口袋摸出袋裝潤滑液：「好了，安分當個按摩棒，不然換我幹死你。」

潤滑液包裝上寫著「草莓牛奶口味，甜蜜新上市」，張如勛忍不住心想，這人到底有多喜歡草莓？接著，下半身倏地一涼，張如勛回過神，陰莖被陳杉用手仔細抹上了一層潤滑，空氣中瀰漫草莓香。

「你很喜歡草莓嗎？」張如勛喘著氣問，然而陳杉恍若未聞，執意進行手上的動作。

張如勛握住他的手腕，卻阻止不了，陳杉的手指撫摸過陰莖的根部，不輕不重地往上捋動，令前端顫顫泌出溼潤的淫液。

不行！張如勛認爲如果自己射在陳杉手裡，鐵定會被笑一輩子。於是他靈機一動，不甘示弱地反握住對方的下身，原來陳杉早就和自己一樣硬得發燙。

陳杉的東西不小，形狀也漂亮，姿態剽悍，熱度幾乎快燙穿手心。

張如勛做夢也沒想到，有生之年會讓男人幫忙打手槍，且自己也禮尚往來地替對方打手槍。

「幹……」

陳杉難忍地爆出一個髒字，靠在張如勛肩上直喘，張如勛能感受到他身上細微的戰慄，體溫隨情慾逐漸攀升。

上下擼動的手勁越來發狠，出於男人的幼稚心態，兩人都想折服對方，張如勛熱得滿頭大汗，緊咬牙關，內心暗暗發誓絕對不能輸人！陳杉也瞪了他一眼，眼神充滿不屑。兩人像小孩一樣較勁，一股腦地猛揩對方的性器，張如勛直接攬過陳杉的腰，兩人更加貼緊，燙熱的陽具合握在一處，溼潤黏滑得捋不住。

陳杉哼了聲，乾脆把頭靠在張如勛肩上。

凌亂的喘息、狹窄的床、炙熱的體溫，意外強烈的快感將理智磨耗殆盡。張如勛從陳杉深邃的黑瞳中看見了自己，一隻屈服於本能的野獸，但他還是不能相信自己竟然在這張破床上與另一個男人狂歡。

陳杉眨了眨眼，霍然壓住張如勛猛地一推，像頭猛獸一樣死死勒住獵物的脖子：「發什麼呆？」

後腦勺撞到床杆，痛得眼淚都快流出來，張如勛本想吼回去，可箝在喉間的手指令他喊不出話。

「認眞點，弄痛我就把你做成消波塊。」陳杉口中威脅，神情卻帶有一絲玩味，而接下來的畫面令張如勛頓時不知道怎麼發脾氣了。

他身上那個男人，正淫靡地用手指脅開自己的後穴。

張如勛瞬間屏住氣息，直直盯著陳杉優美的手指不斷進出緊緻的穴口。

那手指很美，骨節分明，並不顯柔弱，不僅適合夾著菸，也適合像現在這樣的淫蕩性感。修長的手指想更加深入，卻有些勉強，黏滑而充滿甜香的潤滑液沾溼了手指，沿著腿根滴落在張如勛的腹部。

張如勛差點忘記呼吸，下面硬得更痛了。

陳杉察覺了張如勛內心的動搖，朝他笑了一下，眼角的淚痣彷彿個小鉤子，將張如勛的心緊緊懸在尖上。陳杉側著頭，隨著手指動作上下挺動腰肢操著自己，舉動既淫靡又騷氣，讓人完全無法招架。

眞、眞色！

「陳、你……」張如勛滿臉通紅，艱難地嚥了一口唾沫，偷偷地撫摸著對方的腰，「……別、勉強自己。」

陳杉沒說話，紊亂的氣息聽在張如勛耳裡更誘人亢奮，擴張進行得很快，沒兩下子，陳杉就扶著陰莖插入自己體內。

穴內腸肉又溼又熱，緊緊地包覆肉莖，張如勛頭皮陣陣發麻，渾身顫慄。上面的人退出去了一點，再度直接坐下，彷彿想藉此硬是肏開自己。穴口被撐得緊繃，陳杉當然不會好過到哪裡去，他咬牙費勁地來回幾下，張如勛的陰莖才總算徹底插入體內，彼此緊密得彷彿連對方的心跳都能感受到。

先前光是擴張，陳杉就出了滿頭汗，後面又麻又脹，渾身微微發抖。

主導權握在陳杉手上，張如勛活像隻祭壇上待宰的羊，任屠夫無情蹂躪。下半身的確爽得令人沉迷，可也太恐怖了，哪天他會不會就這樣折在了床上？張如勛咬著牙，還想來個道德勸說，俗話說東西要珍惜才能用得久，可惜陳杉沒有惜物的意思，他仰著脖子喘氣，話不多說便開始一下一下地擺動。

第一次太倉促無法細細體會，而這次彼此都有過經驗，稍微放得開了，頓時意識到雙方的身體某種程度上也算契合。陳杉不必太費力就能讓陰莖頂撞到自己的敏感點，用力一坐，快感如一股電流從尾椎竄至頭皮，陳杉仰起身軀，渾身打顫，彷彿連體內的五臟六腑都在發抖。

張如勛同樣體會到了銷魂快感，炙熱肉壁緊縮著包覆肉莖，簡直像吸住不放，只要是男人都會被這種爽度給逼瘋。但出於某種領錢辦事的職業道德，張如勛只能咬牙苦撐，忍得滿頭大汗，乖乖地扮演好按摩棒的角色任人擺布。

一邊上下挺動、一邊昂首喘氣，陳杉的氣息明顯十分急促，他按著張如勛的膝蓋支撐，瘋狂地頂弄自己，像是要把自己頂穿似的激烈。張如勛咬牙，扶著陳杉的腰，使對方的身體隨之往後仰起弧度。陳杉的陰莖高高挺立，前端無法控制地泌著銀亮的水漬，早就淌滿了柱身。

房間太暗，張如勛不禁可惜著看不清楚表情，光是想到陳杉那張俊帥的臉龐泛著紅暈，淫蕩地咬著唇，從嘴裡吐出含糊的悶哼，他就快忍不住。

「啊哈……」張如勛是個坐而思不如起而行的男人，立刻單手搆著床邊想開燈，「陳、陳杉，要不、那個、開、開個燈？」

男人的動作影響了體內肉莖的角度，陳杉腰突然一軟，伏在張如勛的胸口上喘氣：「你他媽……閉嘴行不行？」

「不、我、我只想、開、開個燈，畢竟太、太暗了。」張如勛思索了一會，語重心長地說，「怕你不太好操作。」

「你是想要我操你對吧……」背肌上下起伏，陳杉忍耐住即將崩盤的快感，「你能不能看情況少說兩句話？」

熱氣噴在胸口上令人發癢，張如勛扶著對方的腰際，順手體驗了下勁腰的手感：「我怕你跌倒嘛。」

陳杉罵了幾句聽不清楚的髒話，多半是譙他話太多。張如勛順著燙熱的肌肉往上摸，都是淋漓的汗水，活像從水裡撈出來似的，透過破屋頂灑下的微光，隱約能見到肩膀及脖子的漂亮線條。

張如勛扶著陳杉的腰當支撐點，慢慢磨蹭，緩緩地適應敏感的刺激，接著就不客氣了，他一下一下地撞，全撞在那處點上。陳杉開始無意識地放軟身軀，把主導權交給底下的人狠狠操弄，並一隻手緊箍著自己的陰莖，配合律動上下抽動，尋找更極致的快感。

室內只剩肉體撞擊的聲響，陳杉克制不住地哼唧，緊絞的後穴被捅得翻出白泡，手上動作隨之加快。痠麻感從後穴沿脊椎而上，陳杉頭皮發麻，覺得自己快被捅壞了。他悶哼一聲，隨即射了出來，指節沾滿了精液，張如勛的胸口和腹部也沾上了灼熱的液體。

秉持著敬業精神，這天凌晨張如勛連被討了兩次債也沒嫌苦。第一次是霸王硬上弓的騎乘位，第二次則是蕭何月下追韓信，只不過張如勛是那匹急追的馬。

完事後，陳杉躺在床上晾著兩條長腿，一副老大爺的模樣使喚張如勛拿毛巾，嚷了半天才見張如勛捧了條毛巾出來，表情痛苦得如喪考妣。

「幹麼？」陳杉把事後菸捻熄，鄙棄地說，「一次五千塊還沒售後服務，太爛了吧。」

「噢，售後服務當然包君滿意。」張如勛心如刀割地表示，「可是這條毛巾是我擦臉用的。」

「那你就繼續擦臉吧。」

陳杉一把奪過毛巾便胡亂抹去身上的淫漬，還不害臊地擦掉從兩腿中間流出的精液，張如勛看了就心痛。陳杉一邊擦一邊問：「浴室呢？」

張如勛往窗臺旁的小門一指：「那裡，不過是鐵皮的不太擋風，會有點冷。」

也不曉得有沒有聽見，陳杉隨手一扔毛巾，拎著褲子就準備去沖澡。不確定是不是錯覺，張如勛總覺得陳杉的腿有點抖，走路的姿勢跟跑過四十五公里的馬拉松一樣，很有障礙。

水龍頭的水流聲響起，接著是踢倒水桶的聲音，鴿舍2.0的隔音果然是立體環繞等級，四面八方的回音令張如勛彷彿跟著陳杉一起洗澡——好了，不能再亂想了。

意淫還沒結束，就聽見陳杉大罵了一句驚天動地的髒話，正在整理床鋪的張如勛被踹門而出的人給嚇了一大跳。

陳杉的頭髮半溼黏在臉上，鬢邊青筋暴跳，朝著張如勛崩潰大吼：「他媽這鬼鐵皮屋怎麼沒有熱水！」

膚白肉細的男人被冷水淋得渾身發抖，嘴唇也青了，頗有一種黛玉般病懨懨的美感，然而這個帥哥氣得像青面獠牙，套褲子的動作迅速得和準備上場作戰一樣剽悍。

「抱歉，我忘了說。」張如勛摳摳臉，覺得怠慢了金主有點不好意思，「這裡沒有熱水器。」

「幹！」

陳杉把毛巾狠甩在地上，光著上半身氣呼呼踹開大門出去，張如勛這才瞧見原來鏢仔守在天臺的樓梯出入口。不知是睡眠不足，還是聽了活春宮的關係，鏢仔臉色有點鐵青，張如勛完全不想去確認原因。

天啊，陳杉叫給別人聽難道都不害羞嗎？

隔天傍晚，張如勛穿好制服準備上工時，碰巧遇見鏢仔帶著幾個小弟前來，本以爲鏢仔是搰人來痛揍他了，沒想到那群小弟竟扛著一臺熱水器。

「欸？」張如勛發愣地看著那群似乎未成年的小弟替鴿舍2.0裝上熱水器，「怎麼，藍小姐是突然想到嗎？之前向她反應，她都不理我……」

鏢仔雙手環胸，以監工的姿態凜然說：「是三爺說要裝的。」

喔——張如勛恍然大悟。原來是自己的砲房自己造，好吧，鴿舍2.0堂堂升級成鴿舍2.5了。

張如勛把這件事視爲開工前的好預兆，心裡面樂乎乎的，一整晚都笑臉迎人，渾然不知某個男人會在今夜出現在他面前。

經歷了這麼多苦難，他以爲自己已經看開了一切，卻在見到那個男人時清清楚楚意識到，自己的心中仍舊存在著過不去的一道坎。

「這不是如勛嗎？」包廂內香霧瀰漫、酒氣沖天，曾善之摟著藍映月，和善地對他笑，「偷了我的支票給親爹還債，結果淪落到這裡來了？還不錯嘛，你挺有事業運的。」

張如勛跪著擦拭地板上的酒液，笑都笑不出來。眼前的男人是他的前老闆，當初無論他再怎麼辯解，曾善之就是認定是他盜用公款。

「來，曾董請你喝杯酒。」曾善之打開陳年威士忌，直接從張如勛的頭上淋下，「要好好喝喔，記得，舔乾淨，酒很貴的。」

第四章

酒水涼透腦袋，張如勛頓時清醒了不少。

他低著頭，一言不發，任由酒液淋頭。

在場所有小姐及侍應生的目光全落在張如勛身上，有的人瞧著可憐，有的人瞧著好笑，而藍映月勾著一邊嘴角，冷冷笑著，只打算旁觀好戲。

以前有多風光，現在就有多難看，在金錢的世界待久了，人心也就看透了，無論什麼時代，人世間的無情永遠上演。

曾善之會恨他不是沒有原因，公司的信譽若出問題，多年來的經營成果說不定就會付之一炬，張如勛認爲曾善之也是這場鬧劇中的倒楣人之一，所以即使人格被汙衊也認了。可惜並非把對方的惡劣行爲合理化以後，便能坦然面對，有些時候，那根扎在心頭的刺還是會隱隱作痛。

將一滴不剩的酒瓶丟在沙發上，曾善之傾身讓藍映月替他點菸，含糊說：「還好我要佳妍跟你分手了，沒讓她把青春賠在你這廢物身上。」

「曾總，之前那件事我再次誠心地跟您道歉，對不起。」張如勛盯著地面，捏著抹布微微發抖。

「過去的就過去了。」曾善之擺手，「誰都有做錯事情的時候，讓我看清楚你的眞面目也好，幸虧我還沒把重要任務交給你，不然可虧大了。」

地上的酒液反射出水晶燈的璀璨，張如勛看到自己的倒影眉頭深鎖，並不像他。曾善之的皮鞋踩在酒漬上，還旋了兩圈，使鞋底髒汙暈開。

「佳妍要結婚了。」曾善之吐出煙圈，對著身旁的藍映月說，「藍小姐，小女的婚禮您務必來賞光啊。」

藍映月笑著迎合：「當然嘍，紅包給您包個最大的，恭喜您了呢，女兒嫁得如意郎君，真令人羨慕。」

長袖善舞的女人向來懂得如何討好顧客，對藍映月而言，她寧可犧牲員工不值錢的尊嚴，也不願得罪老客人，甚至還樂意跟著客人一起踐踏別人的傷口。張如勛很清楚曾善之的個性，得罪他絕對不會有好下場，這是藍映月的生存法則，張如勛也不怪她。

額頭磕在冰涼的地板上，張如勛看不見前方：「曾董，對不起我弄髒了這裡，如果有需要服務，再請您指名。」

「別讓我再看見你了。」

曾善之笑了下，抬腳便往張如勛的腦門狠踹。

從包廂裡出來，張如勛穿過走廊，與一個個侍應生擦肩而過，換來眾人驚愕的注目禮，畢竟平時見人就笑的男人突然面無表情，任誰都會詫異。他抹了抹額頭上被皮鞋踹出來的傷，幸好沒有流血，只是微微擦傷與腫了個大包。

溼黏髒汙的臉龐，酒潑過的襯衫，完全不像樣。

他打開防火門走上逃生梯，一步一步往頂樓前進。他必須換一套制服，但值得高興的是，今晚有熱水了。想著想著，張如勛忍不住苦笑。

藍映月傳了訊息，警告他擅離職守必須扣工資，張如勛只好臨時請半天假。

這天晚上他一共收到了三則簡訊，一則來自鏢仔，他說老貓出了問題，他養貓的朋友也不曉得該怎麼辦，想拜託他明天送去熟悉的獸醫院。一則來自他妹妹的主治醫師，對方說健保不給付的標靶藥費用目前積欠不少，雖然是朋友，可是這次他幫不了了。

最後一則簡訊是一組熟悉的號碼，張如勛早就從通訊錄裡刪除的故人。

額頭上的傷好像又開始痛起來了。

「如勛，我們可以出來見面嗎？」

他不用回憶也知道是誰傳來的，其實他不願想起過去，卻偏偏任何細節都記得清楚。

緩緩吐出一口長氣，灰暗的逃生梯內只剩綠色的逃生指示燈光，張如勛刪除了那則訊息。

曾善之的女兒曾佳妍是他的前女友，其實是他主動結束這段感情的。

打開頂樓天臺的門，月亮還在天空高掛，灌入耳裡的是城市午夜十二點的喧囂。鴿舍2.5屹立在空曠的高樓頂上，和四周閃爍的霓虹燈形成強烈對比。

張如勛摸黑進門，鬆開了繫在脖子的領結，只想好好洗個澡。

鐵床上的棉被亂成一團，像顆大毛繭一樣隆起。張如勛停下脫襯衫的動作，回想著自己出門的時候難道沒有折棉被嗎？他一步一步逼近那坨床被，看見一雙講究的高檔皮鞋露在外面——

張如勛疑惑地詢問棉被裡的人：「你幹麼睡我床上？」

陳杉猛地甦醒，瞪大眼睛，頭髮亂得宛如睡了好一陣，渾身充斥著被抓姦般的震撼。張如勛嘖嘖兩聲，趁主人不注意偷偷來睡覺，這模樣還真像陳三小偷吃飼料被抓包，要不要喵個兩聲來聽聽？

「讓我睡一下。」說完，陳杉恢復處變不驚的姿態，縮回棉被裡。

「老闆上班偷摸魚，陳三爺想休息不會去睡藍映月的床嗎？」

「不要。」

「她那張是席夢思的呢，打掃的時候碰都不能碰，跟這張破床比起來差遠了。這床光躺都嫌腰痠，你看看，腳都露出來了……你個小王八蛋，上床要記得脫鞋子，下次再這樣就叫你去樓下睡。」

「煩不煩，在樓下睡覺根本就……」陳杉受不了似的翻身，看見張如勛額上的傷後頓時一愣，「誰欺負你了？」

「沒有，我不小心撞到的。」張如勛沒打算解釋，他背對陳杉，脫下襯衫丟進髒衣籃。

陳杉哼了聲，又躺回被窩。

手機響了，在黑暗中閃爍刺眼的光芒，張如勛趕緊關閉螢幕，幸好陳杉還在睡，可能是真的累了，呼吸緩慢而綿長。

訊息又來了。

「如勛，求求你。我很痛苦。」

張如勛怔了怔。

「痛苦」一詞並不適用在銜著金湯匙出生的曾佳妍身上，然而曾佳妍與生俱來就有種敏感的特質，像隻幻想能離開牢籠的金絲雀，卻又嬌弱得不適合生存於殘酷的現實。他想起分手那天，曾佳妍竟拿刀以死相逼，後來聽說她試圖吞藥自殺，只因為前一天張如勛沒回她簡訊。

「問你一件事。」張如勛盯著手機的訊息，「顧客的女兒覺得我很帥，打算找我吃飯，你認為我該不該赴約？」

陳杉似乎睡著了，沒有回應他。張如勛用眼角餘光偷覷，只聽見規律的呼吸聲。他繼續脫掉襪子、皮帶，而後冷不防聽到棉被傳出悶聲：「絕對不可能是因為你帥。」

一個重心不穩，準備脫褲子的張如勛差點踹倒地上的垃圾桶，他朝棉被窩忿忿地說：「不然呢，除了帥這一點我找不出理由了。」

「勸你不要蹚渾水。」不知何時，陳杉已經翻過身，凌亂的頭髮令他透著慵懶。

陳杉國中時的身影又在腦海中盤旋，那眼神是張如勛曾經看過的，平靜如水，成熟得不似叛逆期少年該擁有的。經過這麼多年，陳杉仍然桀敖不馴又難以捉摸。

張如勛笑了下，脫下最後一腳把褲子丟入籃內，打哈哈說：「放心啦，我都窮得跟鬼一樣了，不會有美女想要仙人跳。」走入浴室前，張如勛突然往後退一步，對著陳杉燦笑，「對了，謝謝你的熱水器，我先享用了。」

從浴室踏出時，張如勛發現陳杉再度埋在棉被睡著了，他側身面對著牆，空下大半邊的床。

張如勛躺上床的另一邊，凌晨兩點，他回了簡訊給鏢仔，又將標靶藥的費用轉帳給朋友順便感謝對方，最後回覆了曾佳妍，才把手機放在旁邊。

雙手交疊，盯著殘破的天花板，張如勛想了一些事情，沒打算想起的那些事情也跟著浮上心頭，例如國文課學到的某首詩，小時候領過的獎狀，還有陳杉的MP3播放著五月天的〈盛夏光年〉。

「陳杉，你怎麼對我這麼好？」張如勛問，但身旁的人毫無反應。

大概是睡了，他心想，揉揉眼睛也準備睡覺的時候，卻聽見陳杉回：「會這樣想的人也只有你。」

「你還沒睡啊？」張如勛挑眉。

「你不要說話我早就睡著了。」

「這麼淺眠？」張如勛笑了聲，「忘了跟你說，熱水器眞的很棒，居然是儲熱型的，你對我眞好。」

「把你丟在這個地方讓別人像對待狗一樣對待你，被人欺負、瞧不起，住的地方活像豬寮，這樣叫對你好？」

不知道爲何，陳杉的語氣聽起來不是很開心，似乎在爲他抱不平，張如勛只是笑笑。

「是鴿舍，不是豬寮。」

「……」

「記住，這個差很多，現在已經升格爲鴿舍2.5了。」

「……」

張如勛雙手合於胸前，祈禱著：「希望下次有小天使能幫忙升級洗衣機。」

床的另一邊是山雨欲來的威脅：「再不睡覺我就讓你住眞正的鴿舍。」

張如勛立即閉嘴。

一不說話，他就沉沉睡去了。

一早起床，陳杉已不見蹤影，連點痕跡都沒留下。

中午十二點，張如勛把自己打理好後出門，他跟鏢仔約在獸醫院見面。鏢仔提著貓籠，籠內是好久不見人稱貓界小眼怪的醜貓陳三小。

張如勛隔著籠子逗牠兩下，陳三小看起來懶洋洋的，不過打從三個月大的時候牠就是這副德性，張如勛早已見怪不怪。

「貓咪最近都不吃罐頭。」鏢仔語氣擔憂，「我養貓的朋友說牠可能身體不舒服。」

「陳……老貓就挑嘴。」差點讓眞名脫口而出，張如勛抹掉滿頭冷汗，「大概是想家，換環境也可能不吃飯。」

獸醫做了初步檢查，雖然陳三小養了十幾年了，堪稱貓界人瑞，但身體挺健康，可以說是還能爬山下田的那種，不過還是留院觀察一天比較好。

張如勛付了錢，跟鏢仔約好明天下午來領貓，兩人隨即分道揚鑣。

去醫院探望完妹妹，張如勛搭乘捷運藍線抵達了鬧區，跟著人群走出車廂。

他以前的上班地點就在這附近，熟到連閉著眼睛都能走到目的地。張如勛看了下手錶，晚上六點，跟預想的時間差不多。他走出巷子，拐個彎，抵達了一家巷弄內的咖啡廳，一名女子已經在門口等他。

如果把時間倒回幾年前，曾佳妍的美貌絕對令人驚豔，瓜子臉上帶著淡淡紅暈，櫻桃小嘴粉嫩誘人，可是那雙烏黑的水靈雙眸如今充滿了徬徨、驚慌，和恐懼。

進入咖啡廳，他們只一人點了一杯飲料，曾佳妍用銀匙攪拌紅茶，試圖把方糖化開。

「你最近……」曾佳妍好似有些恍惚，眼神空洞，「在忙些什麼呢？」

「佳妍，妳該往前走了。」張如勛溫柔地對她說。

「我知道。」她點頭，嘴角微微上揚，「但我走不動了。」

從小受高等教育薰陶，行爲舉止處處優雅，這樣的女人若是蹙起眉頭總是惹人憐。然而張如勛卻有些不安，曾佳妍的行爲和平常的她不一樣，簡直像換了個靈魂。

「妳到底怎麼了？」張如勛低聲問。

曾佳妍笑了起來，那張笑臉令張如勛感到更加恐懼。

曾佳妍輕聲問：「你知道蘭城營造的倒閉案吧？」

張如勛點點頭，這是業界的重磅消息，他自然知道。

「蘭城營造的惡性倒閉、五光集團的掏空案，全都是我爸爸替『那個人』處理的，我想你很清楚。」宛如戴著假面，曾佳妍笑著，眼淚卻緩緩滑落，「這些都是業障，我爸從來沒有把這項業務給你，就是因爲他早就打算把我嫁給那個人。」

張如勛背脊一陣發涼，他大概能猜到曾佳妍的目的。

「如勛，救我。」曾佳妍緊緊抓住張如勛的手，「我上個月訂婚了，我只是他們之間談判的棋子，如果哪天那些犯罪證據浮上檯面，而我爸爸鬥不過對方……我好怕，我絕對不能嫁給他……」

通常會計事務所必須超然獨立，職責在於審核客戶的公司財報，並給予財務簽證。但倘若客戶需要掩蓋一些見不得人的細節，也能透過會計師協助粉飾太平。

張如勛說不出話來，渾身血液如同凍結了一般，不斷發冷。

假如曾善之早就打算把曾佳妍當成棋子嫁給「那個人」，那曾善之爲什麼還對他們的交往睜一隻眼閉一隻眼？

張如勛如鯁在喉，逼迫自己說出一句話：「妳想太多了，妳父親……不會害妳的。」

「我是他的祭品，讓他獻給那個人以示效忠。」曾佳妍發抖個不停，對張如勛說，「現在只有你能救我，我所了解的就這些，拜託你！跟我去公司，我需要你幫忙找出他們不法的證據，我才有辦法活下來。」

「不、不可能的、我不……」

「如勛，聽我說，我知道那些資料在哪裡。」曾佳妍的眼中充斥紅色血絲，在張如勛的印象裡，她從沒這麼激動過，「我爸爸今晚要飛往倫敦，不會在公司。我只需要那些資料，我知道——你很清楚這些細節怎麼操作。」

「妳想太多了，擁有那些資料才是害了妳，妳未婚夫不可能會害妳的，還有妳爸爸他……」

「拜託你，如勛。」曾佳妍的眼神彷彿渴求著救命的泉源，「如果他們不會害我，那我擁有這份資料也只是自保罷了。」

張如勛自認自己的缺點就是太容易對別人的求助心軟，在曾佳妍不斷地擔保之下，他終究屈服了。

他們一起從地下室進入公司，曾佳妍刷了自己的密碼卡、指紋鎖，簡簡單單就踏入內部。她很顯然是有備而來，相當熟悉公司內所有監視器的位置，靈巧地一一避過。張如勛胃部沉甸甸的，眼前的室內裝潢太過熟悉，五個月前他還在這間公司擔任高階主管，呼風喚雨，如今卻是虎落平陽被犬欺。

曾佳妍推開大辦公室的玻璃門，拉起張如勛的手往前走，但他輕輕掙脫，刻意避開了那種親暱。

假日沒人上班，昏暗的室內只剩下窗外巨幕廣告的亮光，年輕女性的笑容和跳舞姿態無聲放映，令空蕩無人的空間顯得詭譎。

異常安靜。

張如勛並不是沒在假日加過班，卻總覺得此刻的安靜程度超乎尋常，甚至到了怪異的地步。

長廊綿延，宛如永無盡頭，廊末是總經理辦公室。

完全沒有任何人。

「我父親的辦公室只有他自己能開啟，不過我拿到了他的指紋跟仿造虹膜。」曾佳妍從小包裡取出像矽膠印章的東西。

「妳怎麼會懂這些？」張如勛突然感覺自己似乎從沒認識過眼前的曾佳妍。

「人被逼急就會激發求生本能。」她說，臉上毫無笑容。

機器感應虹膜、指紋按下，總經理室的木門喀地開啟。

曾佳妍推門而入，接著，眼前的景象猝不及防擊潰了他們表面的冷靜。

黑暗的寬敞室內中央，明顯垂吊著一個男人，窗外透入的霓虹燈光映在屍體上。

「呀啊——」

曾佳妍放聲大叫，雙腿一軟，匍匐著倒退出房間。

張如勛驚駭得無法動彈，他只想起之前曾浮現過的那個疑惑：若曾善之早就打算把曾佳妍嫁給那個人，他和曾佳妍之間便絕對不會有結果。

那曾善之究竟為什麼對他們的交往睜一隻眼閉一隻眼？

尖銳的哭喊聲幾乎穿破耳膜，張如勛趕緊扣住曾佳妍的手腕，對方掙扎的力氣極大，他不得不環抱住曾佳妍的腰部。

「佳妍！不！冷靜！妳冷靜點！」

「不要！不要不要不要不要！不要啊啊啊啊——」

曾佳妍像極撒潑的孩子，崩潰地雙手雙腳撲騰亂踹，散髮如絲糾纏在臉上，張如勛費了一番工夫才壓住她。曾佳妍如垂死的鳥，斷斷續續吐氣，眼淚鼻水口水糊了滿臉，原本再怎麼美貌也慘不忍睹。

張如勛的身體依舊在發抖，他再度抬頭看，曾善之的身體也依舊掛在空中。

為什麼曾善之死了？

偌大的辦公室裡，只剩死亡的氣息，襲入心頭。

臺北市鬧區的警局內，大小案件應接不暇，忙碌的員警來來去去。

張如勛與曾佳妍在休息區呆坐，一個會計事務所老闆的死去並不代表什麼，員警們疲於奔命，完全忽視他們的存在。一旁犯下竊案的歐吉桑還詢問張如勛是犯了什麼罪，這麼好，居然不用被銬住。

張如勛把外套給曾佳妍穿上，她的情緒十分不穩定，對外界訊息充耳不聞，兩眼空洞，沒一會又激動大哭。她的臉龐掛著淚痕，好似靈魂已死，只餘肉體空殼，連張如勛輕喚她的名字都毫無反應。

終於，一名年輕的員警來了，他端詳兩人的狀態後，選擇盤問張如勛：「你們跟死者是什麼關係？」

張如勛瞧了一眼曾佳妍，她仍毫無反應，他只好代爲回答：「她是……死者的女兒，而我是他之前的員工。」

警員在手上的本子寫了幾句，又問：「前員工？那你們半夜去那邊幹麼？」

張如勛愣了下，這問題他沒想好該怎麼回答，畢竟他們是去竊取——

「戒指。」曾佳妍驀地有了反應，唯獨眼神仍然空洞，「我的結婚戒指……在我爸的手裡。」

「戒指？」員警蹙起眉，「爲什麼結婚戒指要晚上去拿？那戒指長怎樣？」

張如勛望著曾佳妍，啞口無言，莫名的毛骨悚然感油然而生。他曾經送過她一枚戒指，但分手以後就不知下落了。

「粉紅鑽石……」張如勛喉頭緊縮，咳了聲，低下頭，「戒臺是玫瑰金。」

員警把細節記錄下來，又打量了一眼兩人，嘴角有意無意地一撇，心中大概已經編出一場苦命鴛鴦虐戀情深的戲碼。

「為了這種事情竟然連虹膜和指紋都複製了。」員警碎念，「到底在想什麼？」

「我不想嫁給那個人——」曾佳妍突然極力嘶吼，揪著自己的長髮猛扯，「我不要！我不要不要不要不要！我不要——」

員警一看事態不對，立即抓住曾佳妍的手防止她自殘，張如勛與其他人也加入壓制，警局內一片混亂。慌亂中張如勛的臉上被指甲抓了好幾道傷，所幸情緒失控的曾佳妍很快被制伏，在警方的層層戒護之下，緊急送往醫院。

只剩張如勛一人被強制留在警局。

他坐在板凳上，眉頭緊鎖，吐出一口氣，默默等待另一名員警過來繼續做筆錄。他的胃部隱隱抽痛，怎樣想也想不透。

曾佳妍明顯是預謀潛入公司，至於她的目的究竟真的是為了找機密資料，或者其實是要拿回戒指？現階段無從知曉。

到底哪個才是真相？

「欸？」過了好一會，一名女性的聲音在他耳邊響起，「你是張如勛嗎？」

張如勛抬頭，與那名年輕的女性對視，眼前的女警一頭俏麗短髮，稚氣的臉龐與十幾年前如出一轍，張如勛瞬間墜入了回憶，彷彿彼此都還穿著國中制服。
「江、江江……」張如勛回過神，瞪大眼指著女警，「江筱芳？」
「眞的是你！」女警立即捧腹大笑，引來眾人的注目，「你怎麼會在這裡啦！哈哈哈哈哈！不要跟我說你偷內衣被抓！」
「才沒有，妳別亂講。」張如勛差點失笑，「妳什麼時候當員警了？我記得妳大學考上了新聞系。」
江筱芳擺擺手，無奈地說：「別提了別提了，記者是火坑啦，不過現在也差不多是另一個火坑。所以你怎麼會在這……等等，我要做筆錄的人該不會是你吧？」
「嗯。」張如勛苦笑，「可能是的，員警小姐。」
江筱芳用手上的筆搔搔頭，嘆了口氣：「以這種方式重逢，眞的不太有趣呢。」
可能因爲是舊識的關係，張如勛的待遇明顯比方才好上太多，不僅有椅有桌，左手有杯熱騰騰的咖啡，右手還有一盤香甜可口的小餅乾。
「你跟前女友是想私奔嗎？」江筱芳咬著餅乾問，「不然幹麼陪她回去找戒指？」
「不，我不打算復合。」張如勛眉頭緊絞，「我只是……拗不過她而已，結果意外地撞見曾先生死亡的現場。」
「是喔？」江筱芳挑眉，「你知道曾佳妍有精神病史嗎？」
張如勛驚駭地抬頭，完全無法相信。
江筱芳翻了一頁報告，繼續說：「她從三年前就開始看身心科，一開始只是輕微的憂鬱症及躁症，但自從跟你分手後，病況變得越來越嚴重，出現了自殘的行爲，因此曾由警方協助送醫。研判是思覺失調，容易妄想、有認知障礙等等。」

消息來得太過突然，張如勛腦袋一片空白。

「我不知道……她……」

「這類疾病的患者多半很固執，我懂你的無奈。結果現在她又親眼目睹自己父親的死亡現場，或許往後會更難治療了。」

「曾先生到底是……」

「自殺喔。」江筱芳拿著藍筆在空中畫了個圈，輕描淡寫地說明，「用皮帶自殺挺常見，隨手可得，吊在吊燈上面一下子就掛了。」

「……那他有留遺書嗎？」

「你果然很聰明嘛，是不是有看柯南？」江筱芳笑了笑，「現場沒有留遺書，不過從曾先生的病歷來看，他長期罹患重度憂鬱症，有持續性的就醫紀錄，所以我們才研判曾先生是重鬱症導致自殺，而非他殺。」

重鬱症？

「怎麼了？臉色好難看。」江筱芳皺起眉頭，試探性地問，「你有聽到什麼風聲嗎？說他壓力太大還是其他消息之類的，否則幹麼這麼驚訝？」

張如勛搖搖頭：「不、沒有，只是我以前不覺得他像有憂鬱症，有點難以想像。」

江筱芳坦然道：「這種案例很多，這類患者如果自己不說，其實表現就跟普通人沒兩樣，很難察覺。」

「怎麼會……」張如勛低下頭，「我現在腦子一片混亂。」

江筱芳拍拍他的肩膀，故作輕鬆地說：「也是啦，我們員警看慣了這種場面，早就見怪不怪了，你只是個平凡老百姓，應該嚇得不輕吧。」

張如勛朝她苦笑，諸多的被害妄想究竟是曾佳妍的病徵，還是事實？情況撲朔迷離，因此張如勛暫時不打算把曾佳妍向他求助一事說出來。

老朋友久別重逢，弄得這場筆錄活像同學會，多半是江筱芳單方面詢問張如勛的近況。只不過張如勛回答得七零八落，江筱芳明白他心裡不好受，只好草草結束。

江筱芳收拾完桌面資料，告訴張如勛等等會帶他去醫院找曾佳妍，放心吧。

走出警局時已是清晨時分，天色依然灰暗，張如勛已經十二個小時沒吃東西了，胃部隱隱作痛。負責駕駛警車的是一名年輕的男員警，江筱芳坐在副駕駛座，三個人一路都沒說話，紅藍光束靜靜掃過清冷的街上。

警車經過幾條無人的馬路後，白色的醫院高樓出現在眼前。

即使是清晨，大醫院的急診室仍盛況空前，兩旁全塞滿病床，江筱芳進門沒多久就找到穿制服的員警同事。

曾佳妍躺在病床上，由兩名警察看守著，她的臉色蒼白如紙，失了魂似的直直盯著天花板，雙手手腕被用束帶緊纏在床杆上。

「佳妍……」張如勛喚她的名字，對方毫無反應，只有睫毛輕輕顫動。旁邊的女警向他低聲說，曾佳妍自從打了鎮定劑以後，就維持這種狀態好幾個小時了。

束帶將曾佳妍的手腕磨出一圈紅腫，張如勛蹙著眉替她解開束縛，兩名員警本欲趨前喝止，卻遭到江筱芳阻擋。

當張如勛碰觸到曾佳妍的那一刻，原本沒有一絲波瀾的雙眸逐漸蓄滿淚水，沿著眼角緩緩滑落。

「請問是曾佳妍的家屬嗎？」一名拿著紀錄板的護理師湊過來詢問張如勛，「麻煩來這裡填寫病患基本資料表喔，之後再去那邊拿一下診療單據。」

張如勛本想接過資料表，然而還沒碰到，就被旁邊的一名陌生男子劫走。

男子一身黑色西裝，年紀約莫與張如勛相仿，只是身高較矮，在這入秋的熱天裡，他竟戴著皮製手套。男人身旁跟了兩名魁梧的保鑣，模樣凶神惡煞，很顯然不是什麼好東西。

霎時，曾佳妍尖叫了起來，護理師與兩旁的員警連忙上前壓制她不斷躁動的四肢。

「我代表她的家屬來的。」陌生男子對著曾佳妍露出煩躁的神態，「不好意思，我得帶曾小姐回家。」

「你是誰？」張如勛全身豎起警戒，不善地回應，「我沒見過你。」

「恕我直言，張先生，您已經和曾小姐解除婚約了，請不要再來糾纏她。」男子從口袋裡掏出一枚戒指丟向張如勛，張如勛立即單手接下。

「給我站住。」江筱芳擋在張如勛前方，惡狠狠地質問：「姓羅的，你怎麼會在這裡？」

男人挑眉，勾起嘴角，戲謔地答：「我是曾小姐的家屬派來的代表，跟誘拐別人未婚妻的張如勛不一樣，警察小姐，請不要幫錯邊了。」

淒厲的吶喊穿透耳膜，曾佳妍拚盡全身力氣瘋狂反抗，員警們與護理師急得像和她打架似的猛力壓制。

男人冷眼旁觀這一切，接著揮揮手，從他身後走出了另一名穿著白袍的男性。白袍男子對著所有人說：「我是曾佳妍的家庭醫師，請讓我來。」

「等等！住手！」張如勛想阻止，卻被羅姓男人的保鑣攔住。

江筱芳同樣拉扯著家庭醫師大喊：「給我等一下！我是警察！你放手！」

三個人幾乎扭成一團，然而那名家庭醫師手腳更快，不由分說拿著針筒直接扎入曾佳妍細白的手臂。

曾佳妍的尖叫幾乎穿破雲霄，弓起的身體隨後逐漸軟了下來。她眼神渙散，慢慢地放鬆全身肌肉。

「你對她幹了什麼！」張如勛怒吼，青筋浮現，「你他媽幹了什麼！」

「鎮定劑罷了。」白袍男子不屑地說，「張如勛，你別再讓小姐更悲傷了，曾先生已經過世，現在能讓小姐重新恢復健康的，只有許先生了。」

張如勛捏緊拳頭，已經快按捺不住自己的憤怒。

突然間，他瞧見了令他無法置信的人。

又一名男子遠遠走來，容貌俊雅，臉上掛著一抹淡淡的笑容，一頭髮絲灰白相雜，讓人猜不出他的年紀。

許密雲。

《易經》曰：密雲不雨。

意指天上的烏雲密布，厚重地掩蓋著大地，風雨欲來。

許密雲的聲音像是從水底傳來，低沉且飄忽：「竟然是你，好久不見了。」

「許……先生。」

這一瞬間，張如勛跌入了回憶的深淵。

許密雲以一介商賈的身分縱橫政商界已久，而曾善之是他的簽約會計師，他們合作多年。

曾佳妍所提及的所有不法事件，包含惡性倒閉、洗錢、內線交易等種種陰私汙穢，表面上全都和這男人無關，許密雲只端坐在那高位之上，腳踩眾人的鮮血，俯視螻蟻生命的明滅，攤開的雙手仍然乾淨無瑕。

許密雲從冰冷的唇瓣吐了句話：「羅信行，把小姐帶回家，讓她好好靜養。」

雖是微笑著，卻感受不到他的情緒。

「住手！」張如勛急得滿頭大汗，「不行！不要帶走佳妍！」

然而除了他，沒有人敢出言阻止，就連江筱芳也屏著呼吸，眼睜睜看著許密雲底下的人將身軀癱軟的曾佳妍帶走。

臨走前，羅信行還對張如勛比了中指。

高級轎車張揚地停在急診室門口，警衛及員警勸導也無用，羅信行帶著一批人上了車，大搖大擺離去，完全不把其他人放眼裡。

江筱芳站在門口目送他們離開，雙手插腰：「張如勛，你前女友跟他們到底是什麼關係？」

張如勛瞪著前方，說不出完整的語句：「我……不知道。」

江筱芳見他失魂落魄，當他是二度失戀，拍拍他的肩膀：「走吧，別看了。剛好我下班時間也到了，就讓老同學請你吃早餐吧。」

手機震動，張如勛回過神拿起來一瞧，是藍映月的訊息：「蹺班一天扣薪五千元。」

另一則是陳杉：「你在哪裡？」

第五章

「抱歉，臨時有事情，來不及通知你。」

張如勛找了個藉口敷衍陳杉，隨手就把手機往口袋插。

回到警局，張如勛坐在外頭花圃等待江筱芳，仰望著天邊的雲，日頭從東方透出一層淡紫。江筱芳換好便服，隨即帶張如勛去附近市場覓食，豆漿店的老闆娘是個身材火辣的外配，一見到江筱芳便熱情地打招呼。

他們選了張傘棚下的桌子，背對人來人往的小街。

「來，菜單給你，推薦你點他們的燒餅蛋，超好吃！」江筱芳一人就劃了兩份燒餅蛋，外加一杯豆漿跟五顆煎餃。

張如勛心情亂糟糟，只露出一抹苦笑，手拿紅色奇異筆盯著菜單，又陷入沉思。

江筱芳嘆了口氣，拍拍他的肩膀：「別想太多，這類生死之事你必須看開點，你前老闆是自殺的，跟你無關。」

眼圈下方一片青黑，張如勛低著頭，顯得特別疲憊：「謝謝妳安慰我。」

「哎呀，你這樣我真的很放不下心。」江筱芳插起腰，振振有詞，「我看過很多自殺案件，走不出悲劇漩渦的大多是往生者的親人，他只是你老闆而已，你又沒有多領他加班費，他自殺是他自私，心情不要受影響。」

莫名其妙的精神喊話喊得張如勛一愣一愣，江筱芳繼續說：「看開點，放鬆心情，萬一憂鬱持續很久，記得去看醫生。」

張如勛突然噗哧一笑，又趕緊閉上嘴。

「笑什麼？」江筱芳臉紅了，嗔怒道，「拜託，我在鼓勵你耶。」

「妳還是一點都沒變。」張如勛歉然一笑，「跟以前一樣充滿正義感，又開朗。」

「哪有，跟以前不一樣了。」

江筱芳的臉紅得像煮熟的螃蟹，漂亮的眉毛糾結在一塊，就連嘟著嘴害羞的樣子都跟小時候差不多。

以前江筱芳是班上最高的女孩子，很早就發育了。她長相漂亮，皮膚白腿又長，個性活潑、功課也好，自然擄獲一票小男生。在荷爾蒙分泌旺盛的年紀，江筱芳是眾多男孩子心中的女神，張如勛也是其中一個。

小男生總喜歡在女孩子面前逞英雄，那時候江筱芳只掉了一滴眼淚，就讓一堆男生搶著替她救貓。

這麼說來，陳杉該不會也喜歡江筱芳吧？

張如勛頓了下，想起當時陳杉拎書包離開的畫面。這……不會吧？

餐點很快上桌，光是江筱芳一個人點的份就占了三分之二桌，幾乎快擺不下。張如勛從畢業以後開始說起，在哪工作、做了多久，然後父親債臺高築逼垮了他，他又被前老闆一狀告上法院，從此多了背信罪案底，一輩子翻不了身。

「怎麼會這樣……」江筱芳聽到連燒餅都忘了吃，擔憂地說，「如果你經濟拮据……

我可以借你。」

「謝謝妳。」張如勛朝她露齒一笑，「我現在的工作還不錯，雖然累，但賺的也不少，可以慢慢還債。」

「眞的嗎？」江筱芳癟嘴，「不要騙我啊，據我所知這世上沒有什麼能讓人輕鬆還債的工作。」

警察的直覺眞恐怖。張如勛頓時冷汗直流。

火辣老闆娘送上剛出爐的燒餅，燒餅冒著熱氣，看起來十分可口。張如勛端著不斷吹涼，一邊提問：「妳怎麼會知道許先生旁邊的人是誰？」

「羅信行是我上司的好朋友，就是個黑道。」江筱芳翻了個白眼，「幾次掃黃臨檢都看見他跟我上司有說有笑的，根本已經套好招。」

張如勛蹙起眉：「不怕被檢舉嗎？」

「檢舉要在不合法的情況下才成立。」江筱芳吸了口豆漿，「羅信行的酒店又沒違法，臨檢充其量是例行檢查，兩人有說有笑又不能證明是同流合汙。哎，其實警察也挺難當的，黑白兩道都不能得罪。」

「那羅信行跟許密雲是什麼關係……」說起這個名字，張如勛的胃部不自覺地緊揪，「許密雲的形象就是個成功企業家，根本和黑道扯不上邊。」

江筱芳放下筷子：「誰知道？世間的事情這麼複雜。」

腰後一震，張如勛趕緊拿起手機，是鏢仔傳訊息問他在哪裡，因爲今天沒空一起去接貓，所以要來把貓籠給他。

張如勛回傳地址，不忘告訴鏢仔如果忙的話，他可以自己跟獸醫師借籠子就好。

吃掉燒餅、喝光豆漿，江筱芳順手追加雞塊。

畢業後失聯多年，再度碰面，兩人聊的都是過往的回憶，例如誰結婚了、誰又生了小孩，江筱芳說：「大家都有各自的未來，能再度碰面也算是種緣分。」

說話的時候，她不自覺偏著頭，短髮底下不經意地露出紅色的小耳墜，閃閃發亮。江筱芳的一舉一動毫不造作，氣質自然且親和，能令人感受到那份發自內心的良善。

小時候的戀愛情愫早已淡去，張如勛笑了笑，如今心中只剩下欣賞與尊敬。

豆漿店內人潮來來去去，張如勛把燒餅蛋吃得一乾二淨，用吸管慢慢吸著熱豆漿。一夜未眠，他早就累了，下巴鬍渣也悄悄地冒出頭來。

他瞥了一眼手錶，九點五十五分。正當他準備打個電話給鏢仔時，就聽見鏢仔喊他的名字。

張如勛轉過頭，遠遠地瞧見一個熟悉的身影，熟悉到連做夢時都會夢見那個人。長相俊帥、皮膚細膩，那腿有多長、衣服底下有多性感，張如勛全都一清二楚。

「你你你你——」張如勛差點噴出豆漿。

陳杉一身與市場極爲不和諧的黑西裝，外面套著一件大衣，不知情的人還以爲是黑道來市場討債。鏢仔乖乖地跟在旁邊，手提貓籠，面無表情，渾然沒有把張如勛給出賣的罪惡感。

「唷。」陳杉冷冷地笑，「來市場把妹吃早餐啊？」

「你你你怎麼——」

「老子親自幫你領貓，不跪下來謝恩嗎？」陳杉不快地撇著嘴角。

同桌的江筱芳也轉過頭，噗的一聲，把口中的東西全噴在張如勛臉上。張如勛雙眼痛得睜不開，臉龐滿是甜膩的豆漿：「哇啊啊、江、江筱芳！」

江筱芳指著穿西裝的黑道男人大喊：「你你你你你——」

陳杉也愣了，眼神中有絲錯愕。

「陳陳陳陳陳杉！」江筱芳尖叫起來，活像小女孩一樣，「你怎麼會在這裡！」

張如勛用衛生紙擦臉，江筱芳縮著肩膀左顧右盼，滿臉通紅，接著似乎赫然想起自己一身隨便的衣著，趕緊攏攏髮鬢，又整理了下發皺的上衣。

「怎、怎麼會是你？」江筱芳神態羞澀，不斷揉著衣襬，輕聲地說，「原來你們有在聯絡呀。」

「嗯。」陳杉用鼻腔哼聲回應，微昂著下巴。

這什麼情況？張如勛抽了好幾張衛生紙替自己擦臉，順便擦掉滿頭冷汗。

爲什麼這個場景似曾相識？

江筱芳持續臉紅，原先大方自然的態度蕩然無存，陳杉則是一臉不以爲意，有種國中屁孩小混混特有的機掰。

爲什麼這場景這麼像純情女孩與霸道總裁！張如勛冷汗直流。

「喵嗷——」

低啞難聽的貓叫從貓籠竄了出來，張如勛猶如聽見死亡的喪鐘從地獄深淵傳來。如此難聽的叫聲完全是棲息他家十八年的好吃懶做大魔王所獨有，他絕對絕對絕對不會認錯——

「哇！」江筱芳雀躍地溜到鏢仔身旁，鏢仔矮她一顆頭，想用黑社會式冷眼看人都顯得裝模作樣。

「是貓嗎！」江筱芳大喊，「我看看、我看一下。」

張如勛頓覺大事不妙，連忙伸手阻止：「等一下！不要啊！」

「哇啊啊啊啊！」江筱芳少女式高分貝尖叫，朝著張如勛開心地喊：「這是陳三小嗎！是不是當年那隻貓！張如勛，這隻是陳三小嗎！天啊！他還活著！」

陳杉跟鏢仔兩人頓時睜大眼睛，彷彿晴天霹靂。

張如勛雙手抱頭，瞬間想去死一死。

時間倒回十幾年前，張如勛替江筱芳救下貓之後，卻遺憾地沒能抱得美人歸。因為那天下午，他撿到了江筱芳的橡皮擦，上面寫著陳杉的名字。

小男孩純純的愛慕就這樣破滅了。

心碎又心痛的張如勛把原因歸咎於貓太醜，眼睛太小、臉又尖，明明是隻白貓，卻長了衰到極限的黑色八字眉，簡直醜到沒人性，所以江筱芳才會喜歡陳杉。

張如勛捧著貓咪，無處可去，在前往補習班的路上遇到了陳杉，那個小王八蛋正在騎樓玩夾娃娃機，娃娃被夾起後又不幸滾了回去。

張如勛陰險地呵呵笑，活該。

陳杉轉過頭，不屑地瞪著張如勛，嗆了一句看三小。

兩人互看不爽，一言不合就打起來了。想當然耳，張如勛只有被打趴在地上的份，雖說如此，陳杉也挨了幾拳，臉上掛彩，不過比起張如勛還是顯得人模人樣了點。

江筱芳也在去補習的路上，親眼目睹了這場無意義的戰鬥。

溫柔的天使朝戰敗者遞出手帕，問他貓呢？

張如勛的腦海盤旋著那塊令他感到羞辱的橡皮擦，一怒之下便喊：「那隻醜貓以後就叫陳三小！陳三小陳三小！」

幼稚啊，太幼稚了，張如勛完全預料不到，十幾年前的幼稚行爲可能會是自己被滅口的主因。

回憶戛然而止，江筱芳講完這件往事，毫無形象地捧腹大笑，渾然沒察覺自己即將引發一件殺人案，壓根不打算結束話題。

「天啊，眞沒想到。」江筱芳抹抹眼角的淚花，「這麼多年以後遇到老朋友，講起回憶都特別有趣。」

鏢仔用充滿殺意的眼神怒瞪張如勛，彷彿想把人大卸八塊。

「哼哼……呵呵呵呵。」陳杉冷笑，張如勛已經可以幻想自己被綁在床上翻來覆去，

「眞有趣的回憶呢。」

「喵——」貓籠裡的陳三小又發出嘶啞的慘叫，好似在嘲笑他的主人。

「啊！」江筱芳靈機一動，開心地問：「陳杉吃過早餐了嗎？」

陳杉招招手，鏢仔就送來菜單，他長腿一跨，在桌旁空著的一邊坐下。

「我餓了。」陳杉悠悠地說，渾身冒著令人戰慄的寒氣，「找不到債主討不到債，害我今天火氣有點大。」

一股冷意從張如勛腳底竄起……等等，張如勛摀著心臟，為什麼心跳得好快，還有點期待？

江筱芳也拉著椅子重新坐下，向早餐店老闆娘點了一份蔥抓餅與奶茶。

「陳杉，好久不見了。」江筱芳率先開口。

陳杉沒說話，掰開筷子，先嚐了一口煎餃。

「你最近還好嗎？」見他沒回答，江筱芳自己苦笑了下，慢慢收斂起笑容，「你這三年來，過得還好嗎？」

換成張如勛差點把嘴裡的豆漿全噴在陳杉臉上。

陳杉只幽幽回了一句：「我過得很好。」

江筱芳又笑，卻面帶愁容，看似隱含綿綿柔情。

一看就是有姦情！

張如勛冷汗猛流，左看看陳杉、右瞧瞧江筱芳，三個人各據桌子一邊，呈三國鼎立之勢。這什麼修羅場！

而鏢仔獨自一人坐在隔壁桌，冷眼瞪著張如勛，準備看好戲。

吃進嘴裡的食物猶如無味的蠟燭，張如勛一口一口咀嚼，連鹹甜都嚐不出來。

火辣老闆娘陸續送上新的餐點，蔥抓餅、肉排蛋餅、培根土司、草莓厚片，再度把桌子擺滿。江筱芳開了話匣子就停不了，滔滔不絕說著以前最喜歡理化老師的實驗課，最討厭公民老師亂噴口水，爬牆蹺課結果只有自己倒楣被抓……

「唉，我們都老了。」江筱芳關愛地打量眼前的兩個男人，「緣分眞的很奇妙，國中時常常打架的兩個人，長大以後竟然持續聯絡。」

張如勛嚥了一口蛋餅，拍著胸口拚命猛咳。

陳杉依舊是那副沒聽進耳裡的死德性，吃完一盤煎餃再來一份草莓厚片。

「哪、哪有。」張如勛漲紅臉，結巴地反駁，「我跟他哪有常常打架？」

「下課時看不順眼就打架。」江筱芳扳著手指數，「去補習班的路上遇到就莫名其妙扭成一團，連吃午餐都可以吵架，上體育課也鬧得讓老師看不過去。」

「那是陳杉先來找碴的。」張如勛有點不滿地指著身旁的人。

「哪是我？」陳杉瞪了他一眼，「明明就是你一臉蠢樣找我麻煩，嫌命不夠長。」

「我哪有找你麻煩。」張如勛癟嘴，「你才是又煩又跩，整天聽MP3，音量大到隔壁都聽得見，還以爲你耳聾。」

「好啦好啦，都幾歲了還吵架？」江筱芳突然曖昧一笑，傾身壓低音量對張如勛說，「嘿嘿，其實我知道你跟他打架的原因喔，是雅婷告訴我的。」

何等黑歷史！張如勛抱著頭，只想把江筱芳的嘴塞起來。

陳杉挑起眉，幸災樂禍地看張如勛。

「那、那是小時候，小時候不懂事。」張如勛羞得只想找個洞鑽進地底，「拜託，現在講出來很糗。」

「哪裡糗了？」江筱芳仰天大笑，「哈哈，小時候挺可愛的不是嗎？」

「倒是你們兩個也一直有聯絡？」張如勛趕緊轉移話題，「該不會是橡皮擦魔法奏效了吧？」

陳杉跟江筱芳雙雙一愣，張如勛差點懷疑自己說錯話了。江筱芳的臉像爆炸一樣砰地漲紅，結結巴巴：「我、我那是、我因爲、我、我我我——」

陳杉盯著張如勛，突然賊賊一笑：「你羨慕嗎？還是吃醋？」

「陳杉你不要亂說話嘛！」江筱芳急得頭上冒煙，「張、張如勛，我以前、以前、呃——不是啦，哎呀我到底在說什麼！」

一邊無所謂地吃著最愛的草莓口味食物，啃得津津有味，另一邊支支吾吾慌亂得手足無措，空氣中瀰漫不言而喻的曖昧。一看就有姦情啊這兩個人！張如勛撇撇嘴，活像妒夫當場抓姦，內心有點難過。

好後悔沒參加同學會從此被邊緣了十幾年！

當張如勛還在幻想時，狹小的市場巷弄冷不防竄出一名不長眼的年輕人，跑過他身旁狠狠撞了他的肩膀一下。

「哇啊！」張如勛慌張大叫，豆漿灑了一身。

奔跑的年輕人重心不穩在地上滾了一圈，只見他半邊臉被揍得不成人形，鼻孔冒著血，模樣狼狽。他搖搖晃晃地想從地上爬起來，手腳卻不聽使喚地直發抖。

「麥造！」後方四名壯漢追上來，「幹！哩擱造！」

附近所有人都投來目光，陳杉瞧了眼地上的年輕人，好心情立即煙消雲散。他把筷子甩在桌面，冷冷地用眼神對鏢仔示意，鏢仔把貓籠放在地上，拍拍手就把狼狽的年輕人拉到一旁。

「幹你娘！幹！」四名壯漢一見到鏢仔便停下腳步，其中一人用長鐵棒指著他的鼻子，「放人喔，把人給我，否則我手上的棍棒不長眼，倒楣的就是你！」

鏢仔默不作聲，拿了衛生紙替發抖的年輕人擦拭鼻下的鮮血，江筱芳皺起眉吸足一口氣，正想大聲罵人時卻被陳杉抓住手腕。江筱芳盯著那隻手愣了愣，只聽陳杉冷靜地說：「不要多管閒事。」

「我是警察。」江筱芳咬牙，眼神藏著怒火。

陳杉一笑。

這瞬間，眾人還來不及看清楚，鏢仔就一記迴旋踢踢碎了最前方那名男人的下顎骨。鼻血噴濺，市場內尖叫四起，鏢仔速度極快，扣住第二個人的手臂往上一抬，翻身一招過肩摔，力道之大恐怕能造成肩骨斷裂。

張如勛當場看傻了眼，嚇得闔不攏嘴。

江筱芳僵在原地，連罵人都忘記了。

陳杉悠閒地喝豆漿，說：「我徒弟厲害吧。」

等鏢仔把四個人都解決，陳杉也剛好喝光豆漿。他抹抹嘴，蹲下對著躺在地上痛得打滾的混混說：「這是老子的地盤，你他媽揍我的人算什麼意思？」

第一個被打倒在地的男人滿嘴鮮血，淚流滿面，根本無法回答陳杉，眼神充滿恐懼與驚慌。

陳杉嘆了口氣，用筷子一下一下地敲著對方的額頭，一字一字地說：「我、他、媽、最、恨、有、人、打、狗、不、看、主、人。」

地上的混混幾乎快哭出來，含糊不清地討饒：「陳、陳三爺、偶、我、我不知道、是你、的……」

陳杉揪住對方的頭髮，混混嚎得像待宰的豬一樣，張如勛看得頭皮一陣生疼。

「喔——不知道就可以來我這邊玩遊戲嗎？」

男人不斷掙扎，胸前口袋溜出一包拇指大的四方形白色包裝。陳杉迅速將那東西藏在手中，眼裡冒著怒火：「哇，跟老子爭地盤，很敢嘛。」

「三爺、對、對不起。」混混嗚嗚地哭，鼻涕血液交融糊了整張臉，顯得醜陋無比。

陳杉放手，起身。

——猝然間發狠地往對方的腦袋一踹。

江筱芳爆出尖叫：「陳杉！」四周的人也慌亂尖叫，髒血瞬間噴濺在陳杉的褲管上，混混直接昏死過去。

張如勛被這一幕駭得後背冷汗直流，陳杉接過鏢仔送來的手帕擦擦鞋尖的髒汙，把垃圾丟在桌面上。

江筱芳顫巍巍地走過去：「那包東西是什麼？」

「妳不用管。」陳杉隨口敷衍。

江筱芳嘴唇發白，抖著聲音：「你不是不碰那東西的嗎？」

陳杉哼哼地笑，笑聲越來越大，最後哈哈大笑。

「講得好像妳很了解我。」陳杉冷冷說，「現在已經不是以前了。」

他從皮夾抽出五千塊拋在桌面，揪住張如勛腦後的頭髮對江筱芳說：「老子沒空陪妳玩家家酒，也沒空陪妳敘舊。」

鏢仔提著貓籠，一手抓著受傷的年輕人走在前方，陳杉沉著臉，緊揪張如勛的頭髮，用拖行的方式把人帶離，張如勛痛得差點流淚。

他匆匆一瞥江筱芳的身影，只見她紅著眼眶，嘴唇抿緊，不發一語站在原地。

拐出市場，直射的陽光讓張如勛睜不太開眼，人來人往的市場入口停著一臺格格不入的高級轎車，還違規停在紅線上。

張如勛幾乎是被陳杉扔進車內的，一個踉蹌差點撞到車玻璃。

陳杉跟著坐進後座，關上門就點起菸。

鏢仔把貓籠放在副駕駛座，自己在車外跟受傷的小弟談話，講沒幾句便掏出厚厚一疊藍色大鈔給對方當醫藥費，也算是順便補償小弟「因公受傷」。

車內的兩人都沒開口，張如勛盯著膝蓋，悶不吭聲。

陳杉吐出煙圈，略顯不耐煩地率先發話：「捨不得江筱芳？」

張如勛搖搖頭，撫著後腦勺：「我捨不得的是我的頭髮。」

陳杉挑眉，發現自己指尖還夾著幾根髮毛，險些笑出來：「抱歉，我忘了你有少年禿。」

張如勛只想罵他一句「禿你老師」，但想起陳杉踹人的狠勁又把話吞回去。

鏢仔上車，發動引擎，陳杉只說了句回公司。車內煙霧瀰漫，從不抽菸的張如勛忍不住咳了聲，陳杉這才勉強降下一點車窗。

「你又惹上什麼麻煩了？」陳杉皺眉問。

道？」

「才不是『又』。」張如勛反駁。

「不然呢？」陳杉說，「江筱芳可是警察，沒事跟警察混一塊幹麼？警民合作打擊黑

張如勛沒回話，悶了一會才緩緩說：「曾善之自殺死了。」

車窗外的景色恍如流光，陳杉吐著煙：「我知道。」

「你知道？」張如勛心頭一凜，掌心冒著冷汗，「你——」

「爲什麼跟曾佳妍回去你前公司？」陳杉直視張如勛，「理由是什麼？」

張如勛遲疑了一陣才答：「她……要我去拿戒指。」

夾在指間的菸停在半空中，陳杉似乎有些不敢相信這個答案：「眞的是戒指？」

陳杉言下之意彷彿早就聽聞此事，張如勛失笑，悽慘地說：「你怎麼什麼都很清楚？」

「老主顧死了我自然會知道。」陳杉冷冷地笑，「畢竟轄區的警察長官也是我們酒店的老客戶之一，沒有什麼是我不清楚的。」

張如勛一時半刻說不出話，胃部沉重的不適感又油然而生，壓得他喘不過氣。

「戒指也太可笑了。」陳杉自顧自地說，「嗤，分手還惦記著舊情。」

陳杉抽著菸，不耐煩地碎念，鏢仔從後照鏡看了陳杉與張如勛一眼，旋即收回視線。

車內重歸寧靜，陳杉無言地望著窗外，只剩下持續不斷的車聲與細微的呼吸聲。

閉上眼，曾善之死亡的場景宛如再度在眼前重現，張如勛的胃隱隱抽痛。既然陳杉對於曾善之的死這麼了解，又爲什麼問他？

張如勛的唇一張一闔，半晌開不了口。

他垂首思索了許久，最後選擇相信陳杉，啞聲說出眞相：「其實曾佳妍是告訴我，有人要害她……所以，她要我回公司幫忙找出曾善之的機密資料。」

陳杉愣了一會，微張著嘴，表情流露出驚訝。

張如勛苦澀一笑，接著說：「我對誰都沒提過這件事，即便是警方也沒有……因爲這一切都是曾佳妍的說法，無論是去找機密資料還是戒指，我不曉得曾佳妍說的哪個是眞，哪個是假。」

陳杉把菸捻熄，冷笑：「你眞的很幸運。」

這句話好似把張如勛推入冰窟，令他渾身血液發涼。

碰見死人算幸運嗎？看來曾善之的死，果然沒有表面上那麼單純。

陳杉又問：「曾佳妍呢？」

「被帶走了。」張如勛喉嚨緊得快發不出聲音，「被，她的未婚夫，帶走了。」

空氣再度沉默，陳杉似乎無意再問，視線落在車窗外的景色。

張如勛低著頭，雙手顫抖：「陳杉，你告訴我，曾善之的死亡……究竟是怎麼一回事？」

「我不知道。」陳杉漫不經心地回。

「我不懂……」張如勛皺著眉，臉色蒼白如紙，「曾佳妍說有人要害她，是眞的嗎？」

「我怎麼會知道瘋女人說的話是眞是假。」陳杉言語中藏著一絲玩味，「你是聰明人，問你自己最清楚。」

過去在曾善之底下工作，許多業務都牽涉到許密雲，因此張如勛必須小心翼翼，畢竟在這個玩慣金錢遊戲的世界，爾虞我詐的劇碼層出不窮。

如今曾善之竟然死亡了，以自殺結案。

假如事情沒有想像中那麼單純，張如勛只能推測，也許是曾善之手上和許密雲有關的業務出了預料之外的紕漏。

而滅口是保護祕密最好的選擇。

被滅口的人原本可能是自己，所以曾善之才讓女兒與他交往，確保他不會在被處理掉之前，先做出危害公司的行爲。

這也是爲什麼曾善之並沒有打算將曾佳妍嫁給他，卻放任兩人的交往關係維持到張如勛因侵占公款而離開公司、遠離了風暴中心才結束。

張如勛的腦海突然浮現出一張面孔，蒼白又削瘦。

那時候許密雲在高級酒店宴請了許多貴賓，舉杯輕輕地笑說：「希望能跟各位合作愉快。」

在場所有人，都是許密雲用以獻祭的羔羊。

第六章

一回到富麗嘉，鏢仔就把貓帶走了，他說張如勛住的環境不適合養貓。獨自踏上頂樓，張如勛將自己關在鴿舍，洗好澡後仰躺在破床上盯著天花板思索。只要假裝閉上眼不去面對，便能彷彿毫無所覺地踩著危橋前進嗎？

張如勛捏著鼻梁，眼睛痠痛。

他想起了自己被法院判刑的那一刻，以及曾佳妍在分手那天的崩潰。大學時代的書卷獎、高中時期的圍棋冠軍，還有父親的出軌、母親的喪禮、妹妹病發倒下的那一夜，無數畫面掠過腦海。脆弱來得猝不及防，絕望悄悄蔓延，將他牢牢困在黑暗之中。

校園裡的榕樹隨著夏風搖曳，青春年少的陳杉經過他身旁，耳機裡的音樂不經意傳來，唱著「長大難道是人必經的潰爛」。

大概是青澀時代對叛逆多半有種豔羨，張如勛其實不討厭陳杉，只是出於幼稚的心態，總是莫名其妙想和對方作對。直到脫離懵懂的時期，他才明白那是年輕無知對於早熟的憧憬。

短暫人生的一幕幕在張如勛的腦中上演，每一刻的痛苦或歡笑，形形色色猶如光河流動。

最後是熟悉的一幕，美術教室裡的陳杉沉默地作畫，那幅藍底紅花在叛逆少年身後綻放。陳杉轉過身，微光穿過玻璃映在稚嫩的臉龐，他平靜地對張如勛說：

「一直假裝是局外人，你還能硬撐多久？」

張如勛猛然從夢中驚醒。

他冷汗直流，不斷喘氣，全身隱隱作痛。

窗外透入褐光，他抬頭一望，外頭天色早已昏黃。

臺北天空下，城市的燦爛隨著日落逐漸甦醒，沿街霓虹閃爍，張如勛又開始了一天的工作。

富麗嘉不會因爲一場意外死亡而停止璀璨，今晚的主題是女僕之夜，環肥燕瘦皆穿上俏麗的合身粉紅女僕裝，在大門兩旁一字排開喊歡迎主人回家。

張如勛正在清掃第五間包廂，CALL機突然傳來藍映月的怒罵，命令他去五樓打掃休息室。

根據關係不錯的二號領班小弟陳述，那間是陳三爺的房間，但他本人根本不在那裡過夜休息。張如勛拿著掃把抹布，慢慢地往傳說中的「王之寢間」前進，一顆心撲通狂跳，感覺一踏進去就會觸發什麼支線劇情。

轉動金色門把，打開休息室的門，迎面而來的是半樓高的巨型貓跳臺。

張如勛瞬間傻眼了。

富麗堂皇的大型寢室內，左手邊是智慧型全自動清潔太空艙型貓廁所、右手邊是除菌濾砂溫度調控型流動飲水器，地上還有數來款日本進口的逗貓用玩具，以及一個超柔軟純棉巨型寵物窩——配備完全碾壓鴿舍2.5！

鴿舍連臺洗衣機都沒有啊！

「啊，勛哥。」鏢仔正坐在地毯上組裝附軟墊實木貓屋，「可以幫我拿一下你腳邊的十字起子嗎？謝了。」

這什麼情況？

張如勛被眼前畫面震懾得久久無法自已，一聲悠揚又催魂的貓叫突然把他的魂魄拉了回來，無敵醜貓陳三小背靠陳杉的胸膛，露著鬆垮的粉色肚皮，昂起脖子任帥哥撫摸。喵一聲，衰尾八字眉底下的小眼睛對正牌主人透露出不屑。

陳杉躺在沙發上摸貓，輕笑一聲：「幹麼這麼愛撒嬌，裝可愛呢。」

哇靠！張如勛差點罵出聲。無論長得多醜，只要是貓就會被說可愛！

太驚人了，張如勛已經無法理解這世界的真理。

醜貓伸了個大懶腰，貓爪直接按上帥哥的嘴唇，陳杉挑挑眉，撩貓不用錢似的笑著說：「還不給誇獎？」

扒屎的手還能親得這麼香，貓奴果然不可理喻！

張如勛刻意咳了聲，陳杉這才注意到他。

「噢——你什麼時候來的？」

「站在這裡很久了。」言語中參雜一股酸勁，張如勛刻意擺出主人的姿態，「幹麼買這麼多東西，老貓體力不好很少玩玩具的，浪費錢。」

「好歹貓也跟我姓，你管我。」陳杉不屑地哼，又抓著貓爪寵溺地對貓說：「對不對？有沒有開心？」

醜貓識時務地嚎了兩聲，陳杉的連續搔下巴攻擊爽得牠翻白眼，活像吊死貓。開心開心！本孽畜好開心！張如勛腦內自動幫陳三小配音，差點捏爆掃把柄。

地上各種紙箱胡亂堆疊，張如勛含恨地開始整理，時不時瞟幾眼躺在沙發上的一人一貓。醜貓用盡全身力氣在陳杉胸口上又咬又蹭吃足各種豆腐，陳杉那件黑色襯衫全黏滿細長的白毛，還自顧自地哈哈笑，搔完下巴換撓額頭。

醜貓三小連個屁股都不給他拍！難道這就是帥哥的福利嗎！張如勛不平地心想。老貓折算人類年紀差不多是個八十八歲的阿婆了，拜託陳三小有點道德，歐巴桑吃小鮮肉都不害臊嗎？

「你還想要什麼？」

張如勛打掃到一半，心頭突然一驚，不敢相信自己的耳朵。他緩緩轉過身，難不成三爺難得開恩，鴿舍又要升級了嗎？

然而陳杉只是在逗貓玩：「給你的還不夠嗎？怎麼這麼黏人？」

醜貓陳三小瞇著小眼睛，長長地喵了聲。

張如勛差點衝上前翻桌，不過被陳杉暴打的機率恐怕高達百分之八十七，他只好憋著一肚子悶氣瘋狂大掃除，化悲憤爲力量。

住鴿舍也有住鴿舍的尊嚴！人不跟貓爭寵！

直到張如勛離開王之寢間，什麼事都沒發生，陳杉根本沒察覺他已經關門走人。做噩夢就算了，身爲人的價值還被一隻醜貓給踐踏，張如勛心情十分惡劣，連其他侍應生都察覺了他的異常。

俗話說，人若倒楣到極限，喝涼水也會塞牙縫。張如勛拿出班表，好死不死，今天的班正好是藍映月坐的檯。

在包廂內伺候客人的藍映月勾起紅唇，露出不懷好意的笑。

這晚張如勛不怎麼好過，工作量大概是平常的兩三倍以上。

面對藍映月的刁難，張如勛強迫自己平常心面對，無論藍映月提出多麼無理的要求，工作就是工作。但老天似乎嫌張如勛不夠累，包廂那道銅製大門無預警左右開啟，在場所有小姐放聲尖叫，急忙推擠到前方左右依序排開。

推門而入的男人穿著合身西裝，氣勢十足宛如巨星磅礡登場，小姐們紛紛鞠躬歡迎老闆。

陳杉笑了下，帥氣逼人。

張如勛又一次看傻了眼，連冰水倒滿了杯子也不自知。

左邊女孩奉上威士忌給陳杉，右邊美女趕緊幫他點菸，後面還有另一名頭戴兔耳的女僕搶著替他脫外套。身爲總經理的陳三爺不常下凡，每次來都像颶風一樣橫掃少女們，挽個袖都能引來女孩子們幾乎快衝破雲霄的尖叫。

哇靠，現在是皇帝出巡還是媽祖遶境？陣仗也太大！

藍映月高貴地坐在皮沙發上，刻意挪出空位等待陳杉臨幸。身爲高階主管的她當然不能跟小妹妹們一般見識，只是交疊的雙腿不斷換腳，嗅得出一股迷妹看見偶像的緊張，還假裝自己很端莊。

包廂內的金主帶著一大票小弟開心地邀陳杉喝酒，心機重的藍映月順理成章靠在陳三爺旁邊作陪。然而藍映月一接近陳杉，就開始控制不住地打噴嚏，定睛一瞧，陳杉的西裝上面都是貓毛。

可憐喔，張如勛嘖嘖兩聲，過敏沒藥醫，藍大姊跟注定跟貓奴小帥哥無緣。

男男女女皆圍繞著陳杉，各個伸出手想碰觸他的身軀，好似奢求得到慰藉。張如勛擦乾桌面的水漬，不曉得爲何心情也跟酒店小姐們一樣，有點激動、有點蕩漾。

果然帥就是吃香，張如勛忍不住想，雖然沒穿衣服的樣子更帥。

大概大男人扭扭捏捏的嬌羞姿態點燃了藍映月的歸卵巢火，當晚不過五小時的點檯，張如勛就換了八次酒杯、十次熱毛巾以及無數次的熱食與烈酒。

藍映月顯然是鐵了心要整死他。

最後，她嫌棄張如勛年紀太大又不會說好聽話，便指使其他侍應生跟他換班，結果張如勛跟對方交換工作以後，才得知接下來的任務是傳說級屎缺——下班前的廁所大清掃。

張如勛離開包廂，把「打掃中」的立牌拿到廁所外，開始著手清潔作業。

大清掃雖然人人嫌惡，但是往好處想，這份工作沒人會來打擾，而且有時還能撿到錢。喔唷，瞧瞧，地上立刻就有五十塊硬幣。張如勛撿起來往口袋放，心情瞬間轉好，刷地板的時候還忍不住哼起歌。

洗手間的隔音非常好，張如勛哼著曲調，怎麼哼都是以前陳杉MP3裡播的歌。

今夜總是想起無用的回憶。

以前陳杉被導師評價為長大絕對沒路用，如今卻出入名車、坐擁臺北最高檔地段的房子。反而是受盡老師疼愛的自己，淪落到在酒店裡替人打掃環境。張如勛一笑，人的際遇真的挺有趣，幸好陳杉是自己的同學，起碼得到對方施捨還不至於餓死。

白色泡沫淹沒大理石地板，張如勛的清掃差不多到了收尾階段，此時洗手間的金鈴不合時宜地作響，有人推門而入。

張如勛趕緊放下手邊的工具：「先生抱歉，這邊正在清潔，麻煩請去別間……」

陳杉雙手環胸，勾著嘴角問：「我是這裡的老闆，還不准我用？」

張如勛回過神，突然扭捏了起來：「欸喔，呃……老闆，有何貴事？」

「上廁所還得跟你報備嗎？」

「不、是、是是，是我還在打掃中……」

哇靠靠靠靠——陳杉靠過來了！

張如勛有點緊張。

陳杉明顯喝多了，臉頰與脖子覆著一層薄紅，那不懷好意的雙唇更顯紅潤。重點是他剛才不曉得玩了什麼鬼遊戲，胸前的釦子全不知跑哪去了，敞著胸膛完全就是衣衫不整！

幹麼呢，張如勛在內心大喊，陳杉非得要露出胸口深怕別人不曉得有練過嗎！

陳杉步步前進，張如勛則步步後退，渾身越發緊繃。

陳杉跨過地板上的水桶，旁若無人地走到小便斗前解決起生理需求。張如勛整個人貼在休息區的牆邊，一動也不敢動，聽著令人害臊的水聲、洗手聲，他視線黏著地板，沒膽亂瞧。

搞什麼，整個富麗嘉有十幾間廁所，陳杉非得挑這間嗎！

張如勛悄悄抬頭，透過大片鏡子看見陳杉正盯著他，還戲謔地笑了笑：「你還想要什麼？」

這不是陳杉問老貓的那句話嗎？張如勛愣了下，原來陳杉是存心戲弄他！

「你故意的。」張如勛瞪了他一眼，覺得臉有點痛，「無聊！」

「逗一下也不行？」陳杉仰著臉哈哈大笑，「跟貓吃什麼醋，你明明就挺厚臉皮的。」

「我哪有。」張如勛賭氣地哼了聲，繼續拖地板，「麻煩老闆不要來打擾工作，要是沒在時間內掃完又會被罵。」

這話聽起來倒像埋怨了，陳杉挑挑眉，慢條斯理地擦乾手：「誰欺負你了？」

「你不要欺負我就好了，我想專心工作。」

「我看看。」陳杉刻意踩過張如勛剛拖完的地板，笑著說：「是不是又偷哭了？考試考不好，躲在廁所偷哭好丟臉喔。」

孩提往事被翻出來嘲笑，張如勛臉上一陣紅：「講屁啊，我那時候才沒有哭！是眼睛流汗！」

「哭就算了，本來想安慰你一下的，結果那時候你居然罵我，真不應該。」陳杉傾身瞧著張如勛，「現在還不算太晚，我問你，心情不好需不需要我安慰一下？」

兩人距離越來越近，張如勛能嗅得到陳杉身上濃厚的酒氣，那對長睫搧啊搧，眼神有一絲不正經，邪氣得撩人。張如勛瞬間就懂了，這男人號稱千杯不倒，但眼下分明是醉了！正醉醺醺地調戲良家少男呢！

心臟漏跳一拍，張如勛趕緊抓著領口的鈕子：「想幹麼！」

地板太滑，張如勛退得太快，一個腳下不穩，趕緊伸手一抓想找支撐點，沒想到抓到的是陳杉的衣領，兩個人雙雙栽了個大跟頭。

後背直接撞擊冰冷的地板發出巨大悶響，躺在地上的張如勛差點吐血，而陳杉順勢把張如勛當成緩衝墊，靈活地跨坐在他身上。

「……快被你撞成腦震盪了。」背後痛得想吐，張如勛身上滿是地板的白泡，「我可以申請職災賠償嗎？」

「傷到哪裡？」陳杉露齒一笑，「要不要幫你看看？」

張如勛癟嘴，悶聲說：「你明明就想吃我豆腐。」

「哈哈、哈，你說呢？」陳杉指了指下面，「我看你也滿想被吃豆腐的。」

男上男下，剛好是傳說中的騎乘位，更令張如勛想死的是，自己的手就這樣指著陳杉的腰，輕輕一動，彷彿在搖。

只要陳杉一個動作，張如勛的下腹立即能感受到那股致命的快感。

「嘴巴說不要……」陳杉刻意摩擦過那處微硬的地方，「身體倒是很老實。」

張如勛紅了臉，咬牙切齒：「閉嘴啦你！」

陳杉瞇彎了眼，眼神中充滿笑意。

身上的男人不爲所動，張如勛緊張地扭動身軀：「幹、幹麼，你、你快起來讓我工作，我可不想怠工。」

「這麼認眞工作……」陳杉的手指沿著衣褶輕輕往上撫摸，「是想要我幫你加薪嗎？」

「不用不用不用。」後腦貼著冰冷的地面，張如勛覺得渾身血液正朝著某個無法控制的地方流去，「拜託你起來，你這樣我怎麼工作？」

陳杉笑了笑：「別忘了，還債也是你的工作之一。」

接著，他雙手迅速一扒，張如勛襯衫上的那排釦子全噴了出去。

「強姦啊！」張如勛趕緊遮住奶頭，但沒啥卵用，陳杉仍自顧自地解皮帶，於是他抓住那雙手，「等一下！你把我衣服弄爛了，我等等怎麼走出去見人！」

陳杉揚起不懷好意的笑：「反正你早習慣被人糟蹋了，區區一件衣服毀了沒人會在意的。」

張如勛想反駁，想想卻好像挺有道理——才不是咧！

「等等、你等等、等一下，啊啊啊啊不准你玩我的奶頭！」張如勛拚命抵擋陳杉的騷擾，然而手上沾滿滑不溜丟的泡沫，根本無法阻止對方的行爲，「我才沒有喜歡被糟蹋！等一下、等等，陳杉，你不要太、太太、太……嘶——你個王八！」

張如勛突然直起身軀，陳杉一個不穩往後跌，順勢抬腿直接箝住張如勛的脖子，兩人翻了一圈又成了男上男下的姿態，只是這次糗了點，張如勛的脖子被陳杉單腿壓得呼吸困難，陳杉褲頭撐起的高度近在咫尺，燙熱地戳著張如勛的臉頰。

「我發現你的運動神經眞的不太好。」陳杉嘖嘖兩聲，「難怪小時候打排球你總是用臉接。」

「靠，明明是你故意殺球……」張如勛喘了一口氣，拍著陳杉的大腿求饒，「起來，你這樣、我、我很不舒服……快不能呼吸了。」

「不愧是M體質。」陳杉眉一挑，隔著衣服揉捏張如勛雙腿之間明顯可見的支起，「而且體力不錯，怎麼蹂躪都不累。」

「我、我才不是M。」張如勛一張臉紅成番茄，上氣不接下氣，「拜託，是你頂著我，任、任誰都會不好意思……」

陳杉愉快地笑了出來，張如勛能感受到從他的胸腔傳來的震動，像種輕搔，惹人心癢。

太過分了，陳杉是故意捉弄他，綜合以前與現在的種種羞恥，張如勛內心有股不甘逐漸滋長。趁陳杉不注意，他驀地抓住對方的皮帶猛力往後一扯，地板太過滑溜，陳杉找不到支撐點可以阻擋，兩人雙雙在地上打滾，彷彿洗了一場泡泡浴。

喝醉的人平衡感不太好，他們扭成一團，張如勛掌握到契機反把陳杉壓在地上。雖然趁人之危真的不太可取，但想想陳杉也沒可取到哪裡去，那就扯平了。

「哈，哈哈。」張如勛將陳杉的雙腕壓在背後，得意地說，「怎麼樣，怕了吧？」

陳杉腦門跳著青筋，難得流露出吃癟的惱怒。

溼黏的衣物透出膚色，美色果然能使人鬼迷心竅，張如勛恍神地嚥了口水，陳杉卻藉機踹了他一腳，兩人再度雙雙滑倒。大概是幼稚心態作祟，雙方都想制伏彼此，混戰再開，他們拚了老命在地上扭打，無論如何都不願服輸。

不知是誰先開始的，動作悄悄變了調，纏鬥越來越似令人遐想的纏綿。腿間緊貼著磨蹭，時不時地勾引敏感地帶，陳杉露出半邊光潔胸口，憋紅了臉，俊眉氣得扭成一塊，偏偏那雙腿硬箝著張如勛的腰，好比纏人的妖精。張如勛腦袋有點混沌，醉酒似的暈眩，他能感受到陳杉硬梆梆的下體抵著自己，真是一點也不害臊。

他像拎貓一樣抓著對方的後領，近距離看見陳杉那雙眼睛蒙上一層水氣，眨呀眨地煽動人心，咬牙切齒的模樣這時候看起來還挺可愛的。

張如勛冷不防親了一口陳杉，發覺嘴唇柔軟得不可思議。

陳杉頓時愣住，神情震驚，活像幼貓一樣憨呆。

張如勛笑了，兩人都做過幾次了，連親都沒親過，結果親一下就嚇著了？

雙唇再度吻上，嚐得出酒精與檸檬的味道，陳杉的唇既柔軟又溫暖，連舌尖也是軟的，像裹了層蜜，有點甜。

張如勛輕輕環住陳杉的腰，起初是含蓄的輕啄，陳杉有些退縮，好似還沒回過神，只能被動地微微張嘴，唇間透出潔亮的牙。張如勛讓他跨坐在自己腿上，男人身上掐不出一絲贅肉，貼著身軀、隔著溼衣，都能摸得出充滿力量感的肌肉線條。

漸漸的，陳杉的雙手也環了上來，霸道地抓著張如勛後腦勺的髮絲，緊揪得頭皮生痛，唯獨那吻煽情而纏綿。兩人持續不斷地深吻彼此，分明不是初嚐接吻，張如勛卻心頭澎湃，熱意彷彿要溢出胸腔，像第一次體驗到衝動。

雙方短暫分開，貼著彼此喘了口氣，又再繼續擁吻。

津液交融，填滿了唇舌之間，張如勛的腦袋裡面只剩下微薄的理智，手已經不受控制地沿著陳杉的腰線慢慢撫摸。他心想，長得帥的男人果真吃香，連掰彎別人都這麼簡單。

陳杉察覺了那雙不守規矩的手正在自己的腰後與臀部之間游移，他抽離親吻，喘氣時紅腫的嘴唇晶亮亮地閃動，誘人遐想。

他抹著嘴，笑了笑。

張如勛不堪一擊的理智瞬間潰堤。

陳杉左右揩著張如勛的臉，又開始吸吮他的舌尖。被妖精纏上大概就是這種感覺吧，張如勛根本無法思考，心想反正陳杉不討厭，正好他也喜歡，那不如從命吧！

兩人貼著唇，急不可耐地互剝對方的衣物，張如勛扶著陳杉的腰，直接撐起身。

金錢主義至上的華麗洗手間內，擺著張如勛半年月薪也買不起的眞皮沙發，高貴香氛如暗流瀰漫，撩撥起人性最隱晦難言的情慾。

彼此的心跳清晰可聞，然而還沒跨上休息區的沙發，陳杉身上的東西就從口袋叮叮咚咚掉了一地。一張房卡、二十塊零錢、壓扁的菸盒與一包潤滑液，上面寫著「含10%草莓原汁，食用級新款上市」。

好喔，太棒了，張如勛總算明白爲什麼會在洗手間撿到零錢了。

張如勛尚未關懷某人的草莓愛好，便猛然被推上眞皮沙發。陳杉跨坐在他身上，咬著嘴不放，幸虧他還來得及撿潤滑液，眞想誇獎自己的機智。

親吻的方式不算溫柔，陳三爺連這方面也跟自身個性一樣強勢。但張如勛頗意外自己並不排斥，反倒像品酒一樣，越是濃烈就越發沉醉。

手上忙著剝開對方的褲頭，張如勛喘了口氣，問：「不、不怕等一下有誰進來看見嗎？」

不知是醉了，或是空氣太燥熱，陳杉那張臉略顯紅潤，雙手忙著解張如勛的皮帶：

「想看就看啊。」

大手環著陳杉的腰，張如勛不緊不慢地往下磨蹭，正想來點更過分的舉動，陳杉卻緊扣住他的手腕直接架到頭頂上，絲毫不領情。雖然兩人做過的次數十根手指頭數得出來，但張如勛都是被動的那方，連一丁點主導的機會也沒有，他搖了搖無法動彈的雙腕，內心五味雜陳，想想略難過，不過好像……又有點不賴。

「陳杉。」張如勛哼了聲，他仍是不太能適應被囓咬肌膚的麻癢，「那個、要不要鎖門？嘶——好痛，你輕點。」

張如勛覺得自己像條砧板上的魚，任由陳杉玩弄舔咬。又不是貓玩具，有這麼好玩嗎？

陳杉的唇沿著頸部輕吻，張如勛能感受到溫熱的氣息，舌尖一路往下，掠過喉結直至胸前，陳杉一手探入張如勛緊貼的底褲內，握住燙熱碩大的陽具上下套弄。

陳杉的手指纖長好看，充滿男性的剛勁，扣住陰莖時又是另一種銷魂的滋味，若不是張如勛還要點臉，早就憋不住呻吟。

溼熱的唇緩緩朝下移動，束縛張如勛手腕的那隻手也不知何時悄悄鬆開，貼在張如勛身上情色地撫摸。吻從胸口滑過腹肌，一路來到雙腿之間，紅豔的唇舌一張，毫不猶豫地把硬挺的陽具含了進去。

「嘶——」張如勛仰起脖子倒抽一口氣，「陳杉、陳杉，拜託……如果、等等有人進來看見、看見富麗嘉的老闆在幫別人口——嘶——唉，慢點，不、不要用咬的。」

陳杉笑了下，張如勛敏感的部位立即感受到喉頭的微微震顫，陳杉含入一點，又溼漉漉地吐出，緊接著更加深入。口腔的溫度實在太舒服了，張如勛差點按著陳杉的頭強迫對方吞入，幸虧終究維持住了風度，否則怎可能僅是如此而已。

理智宛若被煮沸一般，渾渾噩噩，張如勛覺得自己快瘋了，爲了壓抑想挺腰的念頭，他只好把掌心輕搭在陳杉的額髮上，以指尖觸摸細涼的髮絲，只可惜仍抵銷不了火燒般猛烈的慾望。

正想講幾句話拉回自己的意識，張如勛頭一低，卻看見陳杉紅著臉頰吞吐他的陽具，另一隻手則在衣服底下自瀆。漂亮的性器前端如沾了層蜜，滴著晶亮的淫液，強烈的視覺衝擊差點讓張如勛射了。

他馬上仰起脖子，瞪著天花板上的巴洛克式雕花，小天使正在微笑。張如勛腦門都忍出了青筋，只能用感覺享受，完全不敢瞧底下的旖旎風景，然而滿腦子仍是陳杉吞吐時紅亮的唇。

陳杉從他的手裡拿過潤滑液，用牙撕開，一股腦倒在張如勛昂揚的性器上。空氣中充斥草莓香氣，暗示著即將到來的甜美體驗，張如勛忍不住吞了口水，扶著陳杉的腰讓對方再度跨坐上來。然而他還沒碰到後方的隱密穴口，便被陳杉一把掐住脖子，陳杉帶著笑意半威脅地說：「乖乖做好你的本分，別亂動。」

果然陳三爺就是霸道，連給人用手指開拓都不肯。張如勛癟癟嘴，有些委屈地說：「摸一下又不會掉一塊肉，你是不是只把我當塑膠？」

「你還不是當塑膠當得很開心。」

陳杉跨在張如勛身上，有些搖搖晃晃地自己撥弄前端，另隻手則沾了潤滑液操著自己，毫不搭理張如勛的埋怨。過了一會，他扶著張如勛的陰莖，一瞬就插進自己的體內。

快感像潮水一樣襲來，把張如勛的意識打得七零八落，他忍不住輕吟，緊掐的手指陷入陳杉的臀肉，只想令溫熱的肉體更加深入地包覆自己。陳杉哼了聲，大概是太過唐突地被侵入，他的雙腿控制不住地顫慄，薄紅的臉頰泌出一層熱汗。

「輕點……我怕你痛。」張如勛嚥了口唾沫，呼出一口氣，「就說幫你……還不要。」

「憑你那爛技術也想幫我？」陳杉舔著唇，「……還不如我上了你。」

每次緩慢動腰，張如勛都能感受到令人頭皮發麻的快感。爲什麼陳杉的身體裡面這麼舒服？

在潤滑液的幫助下，柔軟的腸肉嚴絲合縫地包裹肉莖，又熱又緊，每一次抽動對張如勛而言都彷若甜蜜的酷刑。他想忍耐著別太衝動，但肉體又想盡快嚐到最極致的快樂。

燈光下，誘人的胴體透著象牙般的色澤，胸膛染上一層紅霞，陳杉快速地上下起伏，並隨著動作仰起脖子喘息，強健的胸膛與巍峨挺立的性器好似漂亮的藝術品，毫無保留呈現在張如勛眼前。

他從沒想過男人的身體竟能如此性感，更從未如此悸動且充滿強烈的性渴望。他慢慢地加重力道頂入陳杉柔軟的後穴，試圖讓對方逸出浪叫，使彼此更加貼合，他想更爲深入陳杉的體內。

穴口被操得又紅又腫，陳杉背後的熱汗滴落在張如勛身上，緊實的腰間被掐出了五指印。燙鐵般的粗大肉莖猛力抽插，拔出時翻出的豔色肉壁緊含著前端，捨不得放開似的把紅彤彤的性器吃得溼亮淋漓。陳杉又一個勁地往下坐，將肉莖吞得更深，直接抵中最隱密的敏感點，像要操穿自己似的，每一次每一下雙方都爽得渾身戰慄。

猛烈的肉體撞擊使陳杉沉淪在快感當中，失神地呻吟，張如勛趕緊撐著陳杉的腰，配合對方的節奏挺動。他咬緊牙，逐漸加快速度，一心一意希望讓陳杉欲仙欲死，又或者是讓自己爽死在陳杉身下。

彼此不過幾次經驗，卻已經刷新張如勛對性愛眷戀的程度，他似乎從未認識過這樣的自己。大概是陳杉太帥了，那雙長腿又漂亮，沉浸在性愛之中的陳杉眼神迷離，下意識地勾人，豔紅薄唇間露出一點白牙，特別惹人憐愛。

張如勛把陳杉勾入懷，彼此交換溫柔且綿長的親吻，粗長的肉莖奮力地頂蹭敏感的前列腺，陳杉勉強撐住身子，早已被操得忍不住發抖。唇舌被纏捲著不放，他只能從鼻腔發出微弱的委屈悶哼，紅亮的性器隨起伏甩動，無法控制地淌流晶瑩液體。

後穴逐步緊縮，張如勛抓準時機，扣住陳杉的雙腿膝窩直起身，這個角度剛好能居高臨下地看見後穴吃入整根肉莖。

「我去你的……啊啊啊……」陳杉攀著張如勛的脖子，挺起身軀讓對方更好施力，「啊、啊啊——」

陳杉的膝蓋被壓到胸前，性器在小腹上甩出淫液，任由張如勛由上而下地操著，一次比一次快速。當陳杉的聲音變了調，由極致的愉悅轉爲無法忍耐的哭腔時，張如勛直接抓住陳杉硬挺的性器狠狠捋了三、四次，手中的性器便一跳一跳地射了滿手，連胸口也沾上了一點。

張如勛捎住陳杉的下巴送給他一個吻，自己也重重地抽插幾下，跟著繃緊身子射了個酣暢淋漓。

汗水沿額際滑下，陳杉仰著臉喘氣，一旁的張如勛埋在他的頸窩歇息，彼此的身體逐漸發軟，卻是雙雙渾身暢快。

第七章

一看手錶，已經超過了下班時間，富麗嘉的少爺小姐們早就準備打卡走人。陳杉醉得頭昏腦脹，連穿個衣服都能穿反，張如勛只好趁人不注意把陳杉拽回天臺的破鴿舍，一路遮遮掩掩，活像偷腥姦夫。

多虧升級版鴿舍的熱水器配備，寒風中的小破屋多了點溫暖，也多了點淫蕩。花灑底下肉體交纏，性慾竄燒難以收拾，張如勛再次進入了陳杉體內，兩人擁吻著彼此，用手抒發毛叢間挺立的慾望。

陳杉是眞的醉了吧？張如勛心想，不過這樣也不錯。

熱水淋過的背肌一片灼紅，開拓過的後穴柔軟而溫暖，能夠暢行無阻。陳杉喘了口氣，被頂了幾下沒站穩，張如勛趕緊勾住他發軟的腰，讓陳杉撐著牆承受猛烈的抽插，肆意地浪叫。

鴿舍的浴室頗小，張如勛還種了熱帶植物增添點樂趣，眼下宛如在野性叢林裡偷嚐歡愉的性愛。

完事後，陳杉換上張如勛的衣服橫在床上，用僅存百分之一的體力硬抽了根事後菸。張如勛仔細算了算，今晚還的債能抵他近三分之一的月薪，還眞夠拚命的。

把鴿舍內該清理的全擦乾淨後，張如勛回頭瞧著臥室地板上那坨爛西裝，尷尬地對陳杉說：「我可以幫你洗衣服。」隨後他沉默了幾秒，又說，「可是三爺，人家沒有洗衣機。」

陳杉緩緩吐出煙圈，頭髮亂得跟鳥巢一樣酷炫有型，雙腿還隱約發顫。他不屑地哼了聲：「你不是現賺兩萬了嗎？裝什麼可愛，自己買。」

張如勛覺得自己頗像得了聖寵後頻頻作亂的妖豔賤貨，可惜他從陳杉鄙視的眼神中看出的只有賤貨沒有妖豔，只能滿腹委屈地回應：「你什麼時候數學變得這麼好了。」

失去騎乘樂趣的陳三爺絲毫不領情，張如勛只好乖乖地拿毛巾擦乾頭髮，心裡告訴自己人要有尊嚴，不能跟貓比較。

陳杉渙散的目光透露著濃厚睡意，他把菸頭捻熄在床邊的矮桌上，翻了個身，拉起棉被倒頭就睡。等張如勛把髒衣服沖洗乾淨，重新回到臥室時，床上那團棉被窩已經平穩地起伏，窩裡的人早就睡得昏過去了。

棉被窩旁有一個硬挪出來的小空位，張如勛笑了笑，也爬上床。

身旁的體溫猶如冬日的暖火，陳杉身上帶著牛奶沐浴乳的味道，跟他一樣。張如勛盯著漏水的天花板，忍不住低聲問：「陳杉，你……為什麼對我這麼好？」

棉被另一端毫無動靜，僅有規律的呼吸聲，張如勛在心底嘆了口氣，正準備睡時，充滿倦意的聲音卻傳來：「……大概是因為貓吧。」

「貓？」沒料到陳杉竟然會回答，張如勛挑眉說：「你說三小？」

空氣中一陣尷尬的沉默，張如勛第一次覺得陳老貓的名字取得一點也不浪漫。他訕訕地補了一句：「怎會這麼淺眠，我還以為你睡了。」

「我才想問你爲什麼這麼愛吵醒我。」

張如勛笑了下：「反正你都醒了，告訴我爲什麼是貓？」

陳杉把棉被拉得更高，不耐煩地回：「沒爲什麼，因爲貓可愛。」

張如勛有點不好意思地問：「那、那貓的主人呢？」

對方一時沒再答，張如勛還以爲惹惱了人，沒想到陳杉用慵懶的聲音說：「他的主人……小時候當著女孩子的面逞英雄，結果額頭撞了一個大包，挺蠢的，運動神經實在不太好。」

「閉嘴啦。」張如勛癟癟嘴，彆扭地反擊，「你還不是一樣想耍帥，我那時有看見你也打算去救貓。」

「才沒有。」

「不然你幹麼脫外套拎書包？」

陳杉翻了個身，閉著眼睛，笑了聲：「小孩子眞的什麼都不怕。爲了救一隻貓，連下水道涵管都敢下去，完全沒想過裡面有多危險，眞是不怕死。」

張如勛愣了下。

胸口似乎有股暖流隱隱約約淌過，張如勛想起了只有十幾歲的陳杉。

那日黃昏，晚風吹拂，教室充斥夏夜特有的熱度，偌大的教室裡只剩陳杉一個人。他不合規矩地坐在桌子上聽MP3，紅色斜陽打在他的側臉，照映一絲青春憂愁。

腦海盡是抹不去的回憶，張如勛微微一笑：「原來當你的數學小老師也是有好處的，不枉費我這麼辛苦。」

陳杉閉著眼，悶聲說：「你以前眞的很煩。」

「因爲老師說如果你沒進步，我就要一直教你到畢業。」張如勛偷偷地打量陳杉垂下的眼睫毛，宛如乖巧聽話的孩子，「結果你到畢業都沒考過六十分。」

「你直接放棄不就得了？反正我數學眞的不在行。」

「不過你每天打架還能考到五十九分，也算厲害了。」

「以爲我樂意嗎？每天都有人來找碴，我也不想打架。」

「大概是你實在太引人注目了，制服不穿好，釦子也沒扣，簡單來說就是很欠扁。」

「沒你欠扁吧？」即將跌入睡眠之中，陳杉的聲音越來越微弱，「不過是數學考差了點，一樣還是第一名，居然跑去廁所掉眼淚，到底在哭屁……」

「是眼睛流汗。」張如勛義正詞嚴地糾正，「才不是考太差，而且那時候我擔心小貓會被我爸丟掉。」

陳杉沒有回話。

張如勛盯著斑駁的天花板，自顧自地說下去：「既然我撿了貓，就該對牠負責，所以雖然眞的被丟掉了，後來我還是去堤防偷偷把貓撿回來。你跟陳三小一樣，我當了你的小老師就不會放棄，那三年我都沒嫌過麻煩。」

身邊的人依舊沒回音，張如勛以爲陳杉睡著了，沒想到陳杉突然笑了出來，耳語般極輕地說：「白痴，少肉麻了。」

陳杉笑起來的樣子眞的很好看，就跟以前的他一樣。

張如勛心想，他大概一輩子都忘不了。

人生在世，也許總會有那麼一天，在自己最落魄的時候，遇見最溫暖的人。

鐵皮屋頂的缺口透進微光，陳杉額上的髮覆蓋在眉眼上，張如勛一時間忘記了該如何說話。

清晨六點多，臺北早已甦醒，隱約聽得見早市攤販的微弱吆喝，唯獨這小小的鐵皮屋彷彿隔絕了塵世間所有紛擾，只剩平靜的呼吸與穩定的心跳。張如勛依偎著身旁的體溫，緩緩墜入睡眠。

張如勛醒來的時候，陳杉已經不在身旁了。

正午的豔陽穿過鐵窗照入一束白亮的光，正巧打在張如勛的枕頭旁。他起身巡視一圈，陳杉又像個小仙女般，一溜煙消失無蹤，彷彿昨日的火辣纏綿僅是一場夢。

張如勛摸著嘴唇，回味了一下，接著起身開始盥洗。

鏢仔與他約好下午四點去買老貓專用的貓糧，小帥哥一身黑色皮夾克，面無表情站在捷運站前，雙手環胸外加三七步，標準暴力討債集團姿態。

「等很久了嗎？」張如勛有點心虛，趕緊拿出零食企圖討好，「我剛去延吉街買了大餅，要不要來一塊？」

鏢仔只酷酷地用下巴示意自己不需要。

「你實在很了解陳老貓呢。」張如勛冷汗直流，「你以前眞的沒養過寵物嗎？眞是的，還懂得要買這牌的，自從我失業以後都要不吃晚餐才買得起貓糧，因爲好貴喔……不過我現在有錢了啦哈哈。」

無論說再多的話都逗笑不了鏢仔，對方依舊板著面孔回應：「我也不曉得要買哪牌，快點買完吧，我等會還有事情。」

對方不願多聊，彷彿有所顧忌，張如勛不知哪裡來的靈感，突然問：「鏢仔，你之前說過會養寵物的朋友，該不會就是陳杉吧？」

這瞬間，鏢仔的武裝直接崩潰，臉龐活像煮熟似的漲紅。他結結巴巴地說：「你不要……亂說話。」

張如勛狐疑地打量他，鏢仔臉皮太薄，又不會說謊，憋了一陣終究吐出眞話：「拜託勛哥，不要把這件事說出去。」

「還眞的是他啊。」張如勛也莫名其妙跟著有點害羞，摳摳臉頰，「三爺養貓又怎樣了嗎？」

鏢仔鬧彆扭似的欲言又止，最後才裝正經地表示：「我覺得黑道……養可愛動物很奇怪，不太搭。」

「什麼嘛，你太崇拜陳杉了吧。」張如勛忍不住朝天哈哈大笑，「不然陳三爺要養什麼？養抖M調教系小狼狗嗎？好像挺適合他的。」

鏢仔瞪了他一眼，嘴巴開了又闔，硬生生忍下所有吐槽。

平日午後的林蔭大道上行人並不多，張如勛沿路告訴鏢仔哪家餐廳好吃、哪棟樓是他以前的宿舍。拜大學時代住在附近之賜，張如勛對動物醫院這一帶很熟，再轉過兩個街角，就是常去的那家寵物店。

張如勛講起話來滔滔不絕，把瑣事說得活靈活現，其實鏢仔也覺得有趣，冷面孔板到後來功虧一簣，跟著笑出聲。

不久，雨雲聚攏，天氣逐漸由晴轉陰，替秋末的午後添了些涼意。

當他們轉彎拐入小巷時，路邊一臺格格不入的黑色轎車正好停下，車上下來了三名彪形大漢，且手裡都拿著一把尖利的短刀。

鏢仔第一時間察覺不對，立即擋在張如勛前方。

「勛哥快走！」

張如勛還沒來得及反應，其中兩個男人便架住鏢仔，直接往他的腹部刺了一刀，鏢仔頓時軟了下去。他跪在地上，冷汗直流，尚未從驚訝中回過神，血液不斷從他按住腹部的指縫之間汩汩流出，染紅一地。

「鏢仔！」

路人的尖叫傳入張如勛耳裡，把他的神智拉回現實。

張如勛還來不及關心更多，三個男人立刻過來將他團團圍住，他完全無法靠近鏢仔確認傷勢。

眼前的轎車車窗緩緩降下，張如勛驀地認出了那臺車。

來者不善、善者不來。

那天晚上，曾佳妍就是被這臺車帶走的。

「張如勛，又碰面了呢。」羅信行靠著車窗笑說，「我們許總邀請您一起用晚餐，不肯賞光的話你他媽就是死路一條。」

深夜，俱樂部正值開張時間，樓下舞廳中暗香浮動，男男女女袒裸肉體，隨著不斷變幻的炫目燈光搖擺身軀，肆意縱情，頂樓的VIP包廂卻隔著墨色玻璃，森然幽暗彷彿不受凡塵所擾。

包廂內，本該充斥活色生香的中央舞臺空蕩得只有一座高聳的環型水族箱，水裡養著五條紅龍，在黑暗裡散發鬼火般的紅豔粼光。

張如勛被兩個彪形大漢左右壓著，腦袋一片混亂。在過來的路上，他的腹部與背部都被痛揍了四、五拳，現在渾身發疼，連前方都看不太清楚。

隱約之間，偌大的空間中似乎站著一個人。那人背對著眾生，輕輕嘆氣：「突然把你找來，真是不好意思。」

逆著水族箱的藍色幽光，張如勛看不清對方的面容，那人緩緩轉過身，輕笑一聲：「嚇到了嗎？別怕，我只是不曉得該怎麼邀請你過來一同用餐。」

對方踩著臺階，一步一步往下走：「都怪陳杉把你藏在那間酒店，害我都沒辦法跟你敘敘舊。」

張如勛還在理解眼下的狀況，可思緒仍亂成一團。

突然間，視線中出現一雙漂亮的皮鞋，張如勛頭皮一陣劇痛，被人抓著頭髮強迫抬頭，正好對上許密雲那張臉。

許密雲勾起嘴角，蒼白瘦削的臉上掛著不常見的陰暗：「跟我說說，你最近都在忙什麼吧。」

幽暗之中，煙藍色桌巾上波光粼粼，映出游魚深淺不一的影子。長桌上擺著幾道精緻的高級料理，潔白瓷盤盛載半熟牛肉，肉汁滲出了血絲。桌上滿是鮮花與紅色熟果，散發著甜膩而醉人的香氣，像極了一場食人魔的盛宴。

張如勛完全沒心思欣賞。

對面的許密雲啜了一口紅酒，幽幽地嘆息。

「你好像很緊張。」許密雲笑說，「放輕鬆，不要怕。」

胃部無比疼痛，張如勛吐出短促的幾口氣：「抱歉，我不知道許先生找我究竟……」

「曾善之的輕生讓我很難過。」

語調冷靜而緩慢，許密雲的指尖一下一下地敲打著桌面，話音猶如低沉的喪鐘敲響，一字一句都撩撥張如勛敏感的神經：「我不曉得他有憂鬱症，太令我訝異了。你有聽說過嗎？」

張如勛沉默不語，他也並不清楚曾善之死亡的眞正原因。

許多人自願成爲許密雲的追隨者，甘願親吻他的腳趾，只爲求得一絲青睞。許密雲就是他們的神，只要卑微地屈服，便能得到庇護與救贖，甚至是權力。

曾善之也是沉迷於權勢的其中一人。

站在許密雲身後的羅信行雙手環胸，不屑地罵：「啞巴啊，不會回答嗎？」

許密雲緊蹙了眉，低聲喝斥：「你把他嚇壞了。」接著又歉疚地對張如勛說：「抱歉，我這個表弟從小就不太懂事，希望你不要介意。」

張如勛別無選擇，吐出了眞話：「我……沒聽說過曾先生有這種狀況。」

「這樣啊。」許密雲輕輕地說，「我以爲你會有頭緒，畢竟你是他最得力的部屬之一，都怪你的父親，害了你。」

張如勛探究不出眼前這人的目的，只見許密雲輕啜了口紅酒，再優雅地放下酒杯，像雲霧中的一團森幽鬼火，使人捉摸不清。明明說話的音調平淡無奇，卻隱隱令人恐懼。

許密雲的聲音如從水裡浮出：「有想過回來繼續當會計師嗎？」

聞言，張如勛不自覺地渾身發冷，他搖搖頭，掐緊受傷的手臂，試圖用痛覺讓自己冷靜下來。

曾善之死了，而許密雲在這個節骨眼找上他。

張如勛突然明白這是許密雲的試探，但是出於什麼理由？

「……我沒有辦法。」他吐出一口氣，緩緩地說，「我之前在他底下也沒表現得多好，現在離開了，少了那種工作壓力，反而過得好多了。」

每走一步皆是如履薄冰，張如勛唯一希望的就是遠離風暴。

「太可惜了。」許密雲挑眉，笑了下，再度啜飲一口紅酒，「我以爲你跟曾佳妍碰面是爲了你的事業。」

「抱歉，我不該和她見面的。」張如勛感到喉頭緊繃，「我只是放心不下。」

「哦？」許密雲略感意外，「意思是她的病情嗎？」

張如勛盯著燭火底下的銀叉，金屬反射出淡淡幽光：「那天與她見面不是想尋求機會復合，純粹只是擔心，沒別的意思。」

「我聽說是你主動跟佳妍提分手的。」

「因爲我沒資格站在她的身旁，一切都不一樣了。」

「怎會呢。」許密雲淡淡地說，「張如勛，你是個很聰明的人。」

長桌對面的許密雲似笑非笑，眉眼平靜，張如勛卻一點也不敢鬆懈。

「曾善之以前常跟我抱怨，說你胸無大志，不過在我看來，聰明人通常不會如此，你這樣表現無非是想逃避什麼責任。」

張如勛謹慎地回應：「以前的生活，不太適合我的個性。」

「我倒覺得人才就該善用。」許密雲露出潔白的牙，「不要這麼灰心，你做事仔細，也懂規矩，要東山再起其實很簡單。」

彷彿被毒蛇盯上，張如勛完全不敢動彈。對方吐著蛇信嗅著獵物的戰慄，或許帶著敵意，或許帶著好奇，更或許是出於玩弄的心態。

許密雲用白巾擦拭銀叉，再放回原處：「佳妍的確狀況不好，心理方面的毛病一向難治，必須她自己想得開才有辦法。」他停頓了一會，「幸虧我的醫療團隊不錯，她現在待在我的別墅，需要一點時間好好靜養。」

張如勛的腦海浮現曾佳妍的面容，她哭著問他，她的世界是不是瘋了。

「如果你想見她，隨時歡迎你，我永遠歡迎你回來……」許密雲笑了起來，張如勛從他的眼中看見了深不可測的黑暗。那張優美的唇吐出一句：「回到曾佳妍的身旁，變成配得起她的男人。」

接下來，所有話語傳入張如勛耳裡時，都像隔著深水，悶悶地震盪。

曾善之將女兒嫁給許密雲是種投誠的表現，許密雲娶曾佳妍也僅是虛應故事，以安撫曾善之的焦慮。這個柔弱的女人成了父親的魁儡，她想逃脫，卻掙不開掌控。

曾善之本來有意將他當成替死鬼，卻又在他最落魄的時候一腳踢開他，大概是因為曾善之太有自信能把握住許密雲，而不把自己給搭進去，只可惜最後失敗了。想必是曾善之出了差錯，迫使許密雲換掉棋子，而新的替代品就是他。

曾佳妍也僅是一枚用來穩固布局的棋子，許密雲與曾善之都不把她當人看。

一陣惡寒升起，張如勛的雙手忍不住緊握成拳。

許密雲招手向羅信行示意，羅信行隨即拉開簾幕朝裡面叫喚。深藍色簾幕後方鑽出一道人影，女人一襲華麗的緊身晚禮服，襯托出優美身段，張如勛愣了下，旋即斷斷續續吐出一口寒氣。

「我想你們應該好久沒見過面了。」許密雲拍拍身邊的空位，「來，艾蓮，跟妳的前主管打聲招呼。」

女人面無表情，輕輕繞過許密雲，乖順地坐在他身旁。

「企業主都喜歡工作能力強的人。」許密雲把手按在女人的桌前，「就像艾蓮一樣，感謝有她，否則曾善之的工作就沒人接了。」

張如勛可沒忘記曾善之向許密雲投誠的第一齣戲碼。

身為富二代的蘭城營造總經理，在三年前結束了自己三十六歲的生命。

許密雲和曾善之表面上看似與蘭城營造毫不相干，但一間莫名其妙的營造廠能承攬政府大半的工程，還有辦法投資小型創投公司，除了官商勾結、仙人指路，張如勛想不出還有什麼形容詞能夠更生動地描述這個詭異情況，而其中自然少不了許密雲所授意的穿針引線。

蘭城營造的倒閉只是冰山一小角，背後的資金流動透過曾善之的手，無人能查出眞相，誰也懷疑不到他們頭上。

造假的工程進度蠶食鯨吞了政府的資本、老百姓的稅金，而蘭城營造的犧牲也牽連了工程當中所有無辜的合作廠商。這樣的結果可能是黑吃黑，也可能是見者有份、有福同享的高尚分贓。

如雲霧中突然出現的一線微光，張如勛驀然想起在蘭城營造倒閉的前幾個月，他還是個能呼風喚雨的高階主管。

某天晚上他正準備回家，辦公室只剩下他一人。

意想不到的是，艾蓮在空無一人的地下停車場出現了。

「如勛哥，不要接SICA公司的案子。」艾蓮抖著唇說，「千萬不要碰。」

SICA公司是蘭城營造綁定的供應商之一。

張如勛明白有錢人之間的遊戲有多麼黑暗，即便艾蓮不說，他也很清楚。曾善之的死因，恐怕與蘭城營造的倒閉事件脫離不了干係。

隱藏在濃妝底下的是恐懼的蒼白，艾蓮悄悄覷了他一眼，隨即又垂下眼睫，不敢輕舉妄動。

就是因爲太過了解這些手段，張如勛才害怕地想逃離。然而無論是曾佳妍或艾蓮，都是許密雲的籌碼，張如勛手上再乾淨也沒用，仍然永遠逃不出許密雲的手掌心，許密雲早看穿他了。

「我喜歡聰明人，你識時務、顧大局，做事又細膩，是個不可多得的人才。」許密雲一字一句緩慢地說，「考慮一下，你的位置，我永遠替你保留。」

對桌的男人愉快地笑了起來，那張慘白的臉龐令他像鬼魂一般令人畏懼。黑暗骯髒的手段如巨大的鐵牢將張如勛籠罩，他無法動彈，抑或是無法拒絕——

火災警報乍響，消防用灑水器緊接著開始瘋狂灑水。

一時間眾人驚駭，艾蓮尖叫了一聲，隨即又把聲音壓在喉裡。

許密雲慍怒地問羅信行：「怎麼回事？」

「誰！是誰！誰搞的鬼！」羅信行驚慌失措，揪著身旁的侍應生暴怒大吼，「快他媽給我關掉！」

桌上的佳餚全泡了湯，雨瀑般的水淋了一身溼，張如勛同樣慌張。

包廂大門開啟，陳杉帶著兩名大漢闖入。

「抱歉，打擾你們吃飯了。」陳杉從背後取出高爾夫球杆，笑著說，「恁爸來替我家小弟報個仇。」

視線掃過在場所有人，狼狽的狼狽、驚嚇的驚嚇，陳杉裝模作樣地露出意外的表情：「喔——張如勛，你怎麼也在這？」

許密雲往後撥開溼潤的頭髮，嘴角往下撇，看似極爲無奈與無辜。

「抱歉。」陳杉笑著對許密雲說，「我從小到大最討厭的就是別人碰我的東西。」

說完，陳杉拔足前衝，高爾夫球杆朝羅信行的腦袋狠狠敲下去。

第八章

還來不及叫喊，羅信行就瞬間倒臥在地，發出極端痛楚的悲鳴，額際糊爛的傷口湧出鮮血，順著水流蜿蜒到陳杉腳邊。艾蓮再次驚聲尖叫，淚水與冷水淋花了妝容，她顫抖地爬行，試圖遠離危險。

許密雲冷眼瞧著在地上掙扎的羅信行，漠然的態度滲透不出情緒。

門外闖進一批黑衣保全，十來位全數手持鐵棍，將陳杉等人團團圍住。

「好多人呢。」陳杉目光一一掃過那幾個保全的臉龐，不屑地撇嘴，「最討厭你們這些粗魯人，玩群P也不選個好地點。」

許密雲冷淡地說：「不請自來，有什麼事嗎？」

「我家小弟肚子破了個洞。」把斷頭的高爾夫球杆掛在肩上，陳杉笑了下，「肚子一刀換敲破他腦袋，他還能在地上爬，很划算了。」

「那畜生斷了我的財路！」羅信行掩著額上血流不止的傷，狼狽大喊，「捅他一刀還幹他媽的太便宜——」

許密雲睨著地上的血汙，口吻依舊冷漠：「不過就是個小弟而已，把我們羅總弄成這樣，我怕你以後生意也不好做。」

「我只是經營個酒店小生意，你們家羅總會喜歡嗎？」陳杉朝許密雲一笑，「現在賣毒品比皮肉錢還好賺，許先生，你說呢？」

這一瞬間，許密雲的表情總算起了些變化，彷彿罩著一層晦澀灰暗的陰影。他輕輕勾起嘴角，斜斜的如刀口在臉上劃出一道令人恐懼的痕跡。

「有一句俗諺，不曉得陳先生有沒有聽過？」許密雲笑說，「飯可以亂吃，話不能亂講。」

場面如繃緊的弦，一觸即發。

艾蓮躲在桌腳瑟瑟發抖，臉上分不清是冷水還是淚水，她瞪著張如勛，恐慌的大眼透露出求救的訊息。張如勛愣了一下，他看見艾蓮用唇形告訴他「對不起」。

對不起？

張如勛無法思考這句話背後的意義。

漸漸地，艾蓮那張充滿驚慌的臉龐擠出扭曲生硬的笑，滑稽又令人恐懼，他也不懂這個笑容是爲了什麼。

許密雲冷眼瞪著羅信行，眸中藏著參不透的深意。

「眞是的。」陳杉說，「有這種扯後腿的小弟很麻煩呢。」

「哥——我沒有！」羅信行大喊，「是陳杉！這個畜牲！他先……」

許密雲打斷他的話：「陳先生多管閒事了。」

「說好井水不犯河水，卻跑到別人地盤上了。」陳杉手腕一轉，雙手持杆，「羅信行吃相太醜陋，您也不多教教他些。」

「爲了一點小錢鬧來鬧去，眞難看。」許密雲不帶情緒地說，「你要統統都給你。」

「你當我這麼好打發嗎？」陳杉戲謔地嘲諷，「別以爲事情可以這麼簡單就過去。」

砰的一聲巨響，包廂內的墨色玻璃轟然爆裂。

外頭舞池震天價響的音樂聲直灌入耳，艾蓮再度尖叫，舞池中的人群慌忙逃竄、哀號，場面一片混亂。

「警察臨檢！」五、六名警察衝入包廂，帶頭的那個拿著警棍大喊：「全部給我趴下！」

許密雲感到意外地挑了眉。

事出突然，張如勛腦袋混沌，搞不清楚狀況，只能緊縮在桌邊盡量降低存在感。警察們將所有人包圍，手持棍棒的黑衣保全各個不敢輕舉妄動，有的人還腿軟了，舉起雙手投降。

「有人舉報這裡違反槍砲彈藥管制條例及毒品危害防制條例。」一名年輕警察大喊，「統統給我趴下！不准亂動！」

消防灑水器戛然停止運作，爲首的中年警察緩步踱出，姿態悠哉。

當發現包廂內的客人衣著不同於其他尋歡客時，中年警察目光逡巡一圈，驚覺事態不對。他瞪大眼睛，不假思索地喊出聲：「許、許先生……跟陳三爺？你們今天怎麼在這兒？哎唷喂呀！羅、羅總，怎、怎麼、怎麼受傷了？不會是我們隊的人剛剛不小心弄的？」

在場其他警察差點翻白眼，臨檢還需要先通知嗎？就連張如勛這種局外人都明瞭，這警察與在場幾位肯定關係匪淺。

中年警察嬉皮笑臉地繼續說：「哎呀抱歉啦，有人通報這邊……哎唷，先不說這個了，不好意思打擾各位談生意。」他言行百般奉承，那雙小眼卻透著精明，「怎麼許先生跟三爺今天都在這兒，當眞是稀客啊，來跟羅總抬槓嗎？」

「唷，吳叔，你不是要退休了？」陳杉訝異地挑眉，「這麼勤勞跑現場，是想撈功勞嗎？」

中年警察愣了愣，接著哈哈大笑：「哎唷哎唷，三爺好會開玩笑呀，我可是人民保母耶。」

「不枉費我鼓起勇氣報警。」陳杉晃著毀損的高爾夫球杆，笑著對中年警察說，「可以讓羅先生懷念一下三年前被捕的滋味。」

撈功勞？被捕的滋味？中年警察重重地哼了聲，心裡不太痛快，三重力哥底下的小子都這副痞樣。

他一見到這場面，就猜到自己被利用了，他不敢得罪這些人，內心卻又不甘，略微不滿地說：「三爺，你也不要這樣浪費公帑嘛。」

許密雲似笑非笑，連點波瀾也不顯。

羅信行掩著額上的傷，一副要殺人的模樣，把這齣鬧劇搞到這地步，陳三爺還一臉事不關己。

中年警察深知這是黑道仙拚仙，害死猴齊天，只不過他還帶了一批小朋友來，要是說走就走，警察的面子往哪擺？

他權衡情勢，最後不得已才說：「好啦，抱歉打擾各位的團聚，咱要公事公辦，今晚麻煩先店休了。」

三名警察扶起羅信行，先替他簡易包紮，再趕緊叫救護車。張如勛還沒反應過來便被人從後方揪住衣領，艾蓮臉色發青，美麗的臉龐恐懼地綳緊。

「不能只有我一個人。」艾蓮從喉嚨擠出聲音，尖銳刺耳，「即便你閉上眼，拒絕看見這一切，也逃不了的。」

張如勛抓住艾蓮的雙腕逼問：「妳為什麼會在許密雲身旁？」

艾蓮怔了怔，眼眶中漸漸蓄滿淚水：「我錯了。」她露出扭曲的微笑，「如勛哥，救我。」

看著艾蓮的眼淚滑落臉龐，張如勛幾乎無法呼吸。他的雙唇張了又闔，勉強逼出一句話：「……和曾善之有關嗎？」

艾蓮的嘴角往左右咧開，沒來得及回答，兩名警察就過來押著她強行帶離。張如勛自己也被警察從後方壓制，臉頰貼著冰冷的地面，雙手被迫抵在腦後，積水幾乎快淹沒他的鼻尖。

張如勛瞧見了陳杉眼中的冷靜，對方毫無感情地轉身離去，隨著中年警官的腳步一塊步出VIP包廂。

黑衣保全們跟警察起了小衝突，但最終下場也跟他一樣，被壓在地板上用冷水洗臉。警察來來去去，腳步聲不斷在耳邊響起，張如勛完全弄不清楚狀況。陳杉去哪裡了？艾蓮又在哪裡？

「張如勛？是你嗎？」

有人喊他的名字，張如勛想抬頭，但只能勉強看見對方的鞋尖。他猛然被揪住衣領拉起，江筱芳的臉龐赫然出現在眼前。

「筱芳？」張如勛睜著半隻眼，視線模糊不清，「妳怎麼在這？」

「我來臨檢啊！」江筱芳慌張地說，「你、你怎麼會在這裡！」

張如勛苦澀一笑：「如果可以，我才不想來這裡。」

這晚，警方一共帶回二十五名女性跟三十八名男性，午夜十二點，警局裡亂成一鍋粥，比早上的菜市場還要熱鬧。

局內的長凳上擠滿了列隊等待驗尿的人，各形各色都有，一個個醉的醉、哭的哭，不願配合的甚至以死相逼，更有人口出狂言威脅要立法委員來讓警察好看。

張如勛左邊是一個醉死的女孩，還袒露出上半身的蕾絲內衣，右邊則是一個又哭又吐的男孩，他不斷辯解自己沒有吸毒，只是喝了點助興的飲料而已。而頭髮亂得跟鳥巢似的張如勛手被銬在椅背上，夾在這兩人中間，莫名其妙也成爲排隊驗尿的一員。

報警的陳杉全身而退，羅信行跟許密雲同樣沒被審問，結果自己卻被抓來這裡。

人如果衰，買個貓糧也會進警局。

張如勛臉色鐵青，心想自己是不是該去改個運，或許也該拉著鏢仔一起去，說不定還能打折。

不知鏢仔情況如何？要不要緊？

檢驗結果出爐，任何事都沒做的張如勛自然無罪獲釋，正當他前腳準備跨出警局時，卻被人從後頭拍肩，強制押入了單間偵訊室。

偵訊室裡面只有一張木桌與一個人，室內充滿霉味，在暖黃的燈光下更顯陳舊。江筱芳跟男同事道謝，對方隨即走出去順便關起門，把他們倆隔絕在塵囂外。

「坐吧。」江筱芳頭也不抬，指了指對桌的位子。

椅子是木製，卻感受不到任何溫度。張如勛拉過來就坐，皺眉說：「筱芳，我是無辜的。」

「我知道，不用看檢驗結果我也知道。」

江筱芳低頭在桌燈下振筆疾書，似乎是在寫報告。張如勛按捺不住地問：「陳杉呢？」

「像他那種地位高的黑道，吳叔當然早早就放他們走了。」江筱芳目不轉睛地寫字，突然笑了一下，「倒是你，跟黑道無關的人，怎麼會在那裡？」

「是許先生找我過去的。」

「許密雲？」江筱芳放下筆，「他找你去做什麼？」

「他想找我回去以前的公司上班。」

「是嗎？」這口吻猶如審問犯人，江筱芳停頓了一會，又說，「那你答應了？」

螢光燈底下的江筱芳面色蒼白，莫名顯得有點不眞實，不過張如勛依舊能透過那張容顏回想起當年那個充滿正義感的女孩，對於不公平的事情，她總是會第一時間站出來發聲。

「我沒答應他。」張如勛低頭，手指輕娑腕上的錶，彷彿陷入思索，「筱芳，那裡不適合我，我不明白他爲何找上我。」

「張如勛，我擅用職權調查了你的底細。」翻過一頁文件，江筱芳深吸一口氣，「我曉得你和陳杉的債務關係。」

「……什麼？」張如勛訝異地蹙起眉。

「你有想過，爲什麼陳杉要幫你還清所有債務嗎？」

張如勛一時間愣住了。

這個問題他不是沒思考過。

張如勛咬緊牙，說出眞心話：「陳杉從以前就是個好人……他會收留我，只是出自於憐憫罷了。」

「我們無法回到過去，我不再是那個充滿正義感的孩子，陳杉也不再是以前那個心地善良的少年了。」江筱芳意有所指，「我知道你在曾善之底下工作過，我也知道曾善之在許密雲身邊扮演的角色，但你從沒碰過那些不可告人的祕密。」

「筱芳……」

「我們都變了，只有你還沒變。」江筱芳失笑，「你還是跟以前一樣，樂觀又陽光，好像沒有什麼煩惱能打倒你。」

爲什麼要說這些？張如勛想問她，張嘴卻吐不出話語。

「張如勛，不要和陳杉扯上關係，他想利用你。」江筱芳冷靜地說，「曾善之的死，可能和陳杉有關。」

冷調的光線略爲刺眼，狹窄室內的灰壁彷彿跟著晃動。

張如勛疑惑地注視江筱芳：「所以，曾善之的死亡不是意外？」

「是意外。」江筱芳將藍筆放回胸前的口袋，冰冷的桌面上只剩幾張薄紙，「所有證據皆顯示曾善之是自殺。」

「那爲什麼和陳杉有關係？」

「我原本也是這麼想的。」江筱芳摩娑著自己的指尖，「警方第一時間就封鎖了現場，但吳叔卻反常地打了電話給陳杉。」

張如勛迅速反駁：「那是因爲妳主管是富麗嘉的老客人，曾善之和陳杉根本沒有瓜葛——」

「若事情有那麼簡單就好了。」張如勛抗拒的態度太明顯，江筱芳緩下語氣，慢慢說明，「陳杉旗下的小姐有幾個染了毒癮，貨源幾乎都是從羅信行那邊流出的，這對陳杉來說，無異於踩了他的地雷。」

氣氛壓迫得令人窒息，張如勛揉著太陽穴，腦袋隱隱作痛：「這不是理由。」

江筱芳深吸一口氣，又無奈地從鼻腔哼出，充滿倦意地補充：「三年前，羅信行曾被指控販毒，而跟他一起被捕的正是蘭城營造的富二代，杜允珖。他們開趴開到一半被警察闖入逮捕，後來羅信行無罪釋放，杜允珖也被輕判得以緩刑，羅信行甚至還反過來要求國賠。」

「或許你不曉得前因，但結局你很清楚。」江筱芳頓了一會，接著說，「蘭城營造後來宣布惡性倒閉，杜允珖輕生，結束了生命。」

「等等等……」張如勛乾乾地吞了口唾沫，拚命想辯駁：「這、這又跟陳杉有什麼關係？蘭城營造倒閉跟這有什麼關聯？」

「如果能除掉羅信行或許密雲，對陳杉而言等於解決了心頭大患，因此蘭城營造倒閉案是關鍵。」江筱芳的語氣十分無奈，「根據我的調查，你跟蘭城營造沒有直接關係，那不是你的業務範疇，不了解很正常。」

張如勛沉默不語。

「上個月初，本來有一名記者打算揭露三年前蘭城營造倒閉案背後的祕密。你有沒有聽過SICA公司？那是蘭城營造的綁標供應商之一。」

潔白的桌面留有一塊陳年茶漬，江筱芳每次看了都覺得既刺眼又令人煩躁，卻無可奈何。

「羅信行利用那間公司違法走私毒品，他的背後有許密雲可倚靠，所以沒人逮得到證據。」江筱芳的語氣不帶感情，彷彿闡述著一件再普通不過的事，「那名記者打算藉由蘭城營造倒閉案提及SICA公司的問題，沒想到後來失敗了，SICA走私毒品一事成了茫茫網海中的一樁假消息。」

江筱芳抬起頭，直視張如勛：「而這件事了結後不到三天，曾善之就自殺了。」

第一時間，張如勛想到了艾蓮。

他當然知道SICA公司有問題，早在艾蓮警告他之前，他便調查過這間公司的實際狀況了。

如果蘭城營造是許密雲替政商斂財的管道，那麼SICA就是他們用以洗錢的空殼公司。

他深知其中危險。

但他不曉得他們竟然還暗中走私毒品。

「那名記者說，消息是來自一封匿名信，信中要他去調查SICA公司。」江筱芳說，「記者不知道檢舉人是誰。」

張如勛皺起眉：「妳的意思是……」

「爲什麼陳杉買下你所有的債務？他很可能是在尋求一個扳倒許密雲與羅信行的機會。」燈光下，江筱芳目光如炬，試探性地問：「檢舉人……或許是你認識的人？有沒有這個可能性？」

「怎麼可能。」張如勛有些焦慮地抓著頭髮，「陳杉替我還債爲的就是對付許密雲與羅信行？未免太不合理，我拿什麼對付他們？」他想起了艾蓮嬌柔無助的身影，緊蹙起眉頭，「更何況……檢舉SICA公司，對誰有好處？」

江筱芳盯著他沉默了一會，才緩緩開口：「我知道了，假如你聽過什麼消息請務必告訴我，跟警方合作肯定是安全的，總比黑道來得……」

偵訊室的那道灰色鐵門不合時宜地開啟，江筱芳與張如勛同時轉頭望向來者。

方才帶頭臨檢的那名中年警察滿臉疲倦，打了個呵欠：「喔喔，原來在這裡。筱芳啊，我知道那位先生是妳的國中同學，不過敘舊也要看時間喔，人家男朋友來找人了啦。」

張如勛的心臟猛然漏跳一拍。

男朋友？

江筱芳雙眼瞬間睜得奇大，活像被雷當頭劈下。

張如勛只想抱頭吶喊，陳陳陳陳陳杉——這這這這這樣好嗎！會不會太直接了！

「江、江江、筱筱筱芳。」張如勛結結巴巴，滿臉通紅，「妳聽我解釋……」

江筱芳也跟著面紅耳赤，抖著手指著張如勛：「你——我、我我——」

「唷。」吳叔拍拍走到身旁的男人，「莉莉天使寶貝姊姊什麼時候交了這麼幼齒的男朋友？我都沒聽說。」

猛漢莉莉天使寶貝姊姊腳踩九吋紅色高跟鞋，火紅薄紗短裙襯托出勁猛肌肉。他慢動作似的摘下墨鏡，氣勢如魯智深倒拔垂楊柳，梁山好漢自動齊唱大河向東流——

才不是這個！

張如勛只想跪下來叫救命啊啊啊！

「江筱芳，妳聽我說！」張如勛從椅子上彈起，十指插在頭髮間，崩潰大喊：「他不是我男朋友！絕對不是！還有為什麼他們都能面不改色喊他莉莉天使寶貝姊姊！」

江筱芳早就嚇傻了，完全無法回魂，她愣愣地瞧著頭幾乎快頂到上方門框的天使寶貝，用顫抖的聲音問：「爸爸……你為什麼會在這裡？」

啊啊啊啊啊——啥？

張如勛不敢相信自己的耳朵，差點嚇掉下巴。

江筱芳臉色蒼白如紙，渾身止不住地顫抖，結結巴巴對張如勛說：「你、你你騙我的吧……」

張如勛回過神，繼續崩潰到極限：「當然不是！拜託不要相信啊啊啊啊啊！」

下巴冒著一層泛青的鬍渣頭，莉莉天使寶貝姊姊一撥豔麗的金色假髮，用高八度的嗲音說：「正是他。」

張如勛只想仰天吐血。

江筱芳瞬間清醒，武裝起警戒：「你來這裡做什麼？」

莉莉天使寶貝姊姊雙手環胸，倚在門旁悠哉地答：「我來帶他走。」

吳叔左看看自己的部屬，右看看江湖人稱經典傳奇的三重力哥，這態勢看來有些不妙。於是他一邊喊著累，一邊說自己想抽根菸，不顧張如勛抓著他的衣袖驚慌求救，甩門就走。

密閉的偵訊室內剩下他們三人，身高一米九的江力籠罩在燈光的陰影下，短短的裙襬藏不住驚天動地的那一包，散發著令人恐懼的脅迫性。

「這幾年來你避不見我。」身體依舊顫抖不止，江筱芳咬緊牙，「現在才想起有我這個女兒嗎？」

江力轉了轉脖子，頗有WWE選手開戰前的架勢。他無奈地說：「妳不要管我了，我沒資格當妳的爸爸。」

「如果事情有這麼簡單就好了。」即便眼中淚水打轉，江筱芳仍逼迫自己不准掉淚。她指著張如勛：「說，你想帶他去哪裡？為什麼要帶走他！」

一旁的張如勛攀著桌腳瑟瑟發抖，滿腦子只想大喊救命。

「他是我的男朋友，所以我要帶他走。」

江筱芳委屈又懊惱地瞟了一眼張如勛，氣呼呼地對江力說：「你少騙我，一看就知道不是。」

小芳救命啊！張如勛瘋狂搖頭，只想誇讚江筱芳的睿智。

江力嗤了聲，猛力拉起張如勛，轉開門把不帶感情地回：「是不是，不是妳一個人能斷定，總之我要帶走他。」

「等一下！」江筱芳追出偵訊室，抓住張如勛另一邊臂膀，「我要跟你走！」

警局內大概有百來人，原本鬧哄哄的，如今卻全數靜下來瞧著他們，張如勛夾在女裝猛男與警局之花中間，想死的心都有了。

「我下班時間到了，報告明天給你。」江筱芳剝掉自己的警徽與配槍，朝旁邊的男同事說，深怕張如勛被搶走似的，眼神始終釘在江力身上。

江力沒有阻止江筱芳，只是重重地哼了聲。

氣氛太過詭異，旁邊一名扣著手銬的瘦弱毒蟲突然嘻嘻哈哈大笑，指著江力喊：「唷，美女，一個晚上多少啊——」

說時遲那時快，江力一招迴旋猛踢，挾帶狂風般的氣勢直撲而去，九吋高跟鞋在空中霎時停下，距離毒蟲的臉僅有咫尺：「信不信老娘踹死你？」

毒蟲嚇得臉色慘白，差點尿溼褲子。

年輕人或許不懂，但在場有點資歷的警察可不敢惹他。

江力在三重混了三十幾年打出一片天，如果他沒引退，哪輪得到陳三爺這混世魔王出來橫行霸道？

江力收起長腿，把警局當成自己家一樣，沒說半句話昂著脖子轉身就走。

此刻景象十分詭異，女裝猛男氣勢如虹地踏出警局，後頭拖著一個滿臉想死的倒楣蛋，而倒楣蛋的另一隻手被貌美如花的女警拽著。

上了車以後，寬敞的後座左邊是生悶氣的江力，右邊是氣鼓鼓的江筱芳，張如勛再度夾在中間，拱起肩膀極力想縮小自己的存在感。

上天是不是想整死他？張如勛現在只想一頭撞死在擋風玻璃上。

高級轎車載著他們駛離，車窗外的都市夜景如爍爍銀河，車輛行人川流不息，張如勛不敢四處亂瞧，只是低頭盯著自己的膝蓋。

車上迴盪著交響樂的旋律，江筱芳與江力各自望著兩旁的車窗，深埋心事的父女倆拒絕溝通，沉默得令人窒息。

過了一陣子，外頭的景色慢慢轉變成林木枝葉繁密的郊外。

轎車穿過林道，抵達一座以高聳圍牆圍起的私人庭園，司機對著庭園前方的鐵門按下遙控器，鑄鐵大門隨即左右敞開。車子駛入，左右兩側皆是精巧的造景，種植了許多浪漫的花花草草。

沒多久，眼前出現一棟別緻的歐式別墅，不似想像中黑道所擁有的氣派豪宅，反倒像溫馨家庭的居所。

江筱芳沒說話，她望著窗外，眼眶發紅，身軀微微發抖，卻不像害怕。

司機在別墅大門前停好車，江筱芳率先打開車門，遙望四周，恍惚沉浸在自己的回憶裡頭。

江力也下了車，掏出鑰匙，打開老式的大門鎖。

門打開，他憑記憶摸索著開燈。

別墅中是再普通不過的美式家居布置，雕花欄杆的樓梯、小碎花壁紙與漂亮的波斯地毯映入眼簾。雖然看似無人居住，但不見灰塵，應當是有人定時打掃。

江筱芳站在門前，遲遲沒有入內。

「懷念嗎？」江力打破沉默，聲音沙啞得彷彿帶著痛楚，「在今天之前，我都不敢踏入這裡。」

江筱芳賭氣地踢掉自己的鞋子，跨入室內，江力不自覺地苦澀一笑，也跟著踏進久違的居所。

張如勛沒辦法，只好跟著他們倆。

「這是我的家。」江筱芳宛若仍在回憶裡倘佯，喃喃地對張如勛說，「我離開三年了，這裡令我懷念，也令我傷心難過。」

江力也是許久不見的樣子，每一處都得親自摸摸看，確認是否和記憶中一樣。

張如勛走在他們兩個身後，順著他們的目光，發現玄關前面擺著一幅油畫。藍底紅花。

筆觸帶著青澀與稚氣，是陳杉的畫。

張如勛目不轉睛地盯著那朵憂鬱赭紅的花，他沒想過會在這裡碰見。

畫作底下的邊桌擺了一些私人物品，墨鏡、口紅、打火機、菸盒，還有一個相框。

張如勛瞧了一眼，相框裡頭是他熟悉的人。

陳杉與江筱芳，大概十幾歲的模樣，正是張如勛認識他們的年紀。而他們兩個中間有個身穿警察制服的陌生男子，年約三十來歲。

男子的笑容陽光，帥氣十足。

「他是我的男人，叫夏逢生。」江力倚著牆，神情淡然而哀愁，「三年前，因爲一件緝毒案而不幸過世。」

第九章

三年前的緝毒案？張如勛不由自主想起江筱芳說過的話。

「果然……」江力用大掌抹著淚，連妝都擦花了，「我還是走不出來。」

「那你爲什麼又回來？」江筱芳回頭質問江力，「又爲什麼要帶走張如勛？」

「小芳，我知道妳怪爸爸。」眼淚像斷了線的珍珠一顆顆滾落，江力擦著淚，越抹越多，「是我的錯，我不該運用我的勢力幫助逢生追查毒品貨源，黑道……果然不能和警察在一起。」那張臉龐上涕泗縱橫，神情凄楚，「如果我不這麼做，他就不會過世以後還被汙衊協助走私，都是我……是我害死他的，讓他的一世英明毀在我手上。」

江筱芳紅著眼眶，緩緩低下頭，低聲說：「我從沒有怪你。」

「那天，我去認屍，警方說逢生就是協助黑道走私，才被毒販一刀捅死。」江力悲鳴一聲，痛得肝腸寸斷，「……太可笑了，三重這一帶誰不認識我江力？我有碰過毒品嗎！看見逢生變成冰冷的屍體，妳知道我有多痛苦嗎！」他指著張如勛，朝江筱芳說，「我如果沒帶走張如勛，可能他一走出警局，就會跟逢生一樣死得不明不白……」

沒想到，像江力這樣歷經過大風大浪的黑道，那剛強的背後竟是如此脆弱。張如勛忍不住撇過頭，心底也跟著難受。

江筱芳下意識環抱住雙臂，咬著下唇，武裝起堅強：「你帶走張如勛，只會害他陷入危險。一旦踏入黑道的地盤，對方就會更加明目張膽地栽贓我們。」

淚水模糊了江力的雙眼，猶如剖胸挖心的痛楚，傷得他不由自主地顫動身子。

江筱芳瞧了眼張如勛：「最好的方法就是讓他接受警方的保護。」

「等等，你們兩個都等等。」張如勛急躁地揪著頭髮，「什麼三年前的緝毒案、羅信行被捕，跟、跟我、我有什麼關係……現在是什麼狀況？」

江筱芳與江力一同望著張如勛，江筱芳蠕動嘴唇，話還沒來得及出口，二樓樓梯上方就幽幽傳來陳杉的聲音：「是嗎？三年前夏逢生追查羅信行販毒之所以失敗，不正是因爲警察中有內鬼？不然夏逢生是怎麼死的？」

隨著緩慢而穩定的腳步聲，纖長的手指輕搭在雕花欄杆上，陳杉一步步地踏下樓梯，居高臨下望著他們三人。

一身乾淨整齊的高級西裝，陳杉依舊優雅自如，臉上瞧不出喜怒哀樂，一副無所謂的態度。

「羅信行無罪釋放，杜允珖輕判緩刑，夏逢生死後，他們還笑著開慶功宴。」陳杉以不帶感情的口吻說，「妳明知警察內部有問題，還要張如勛接受警方保護，會不會太可笑了點？」

江筱芳蹙起眉頭，怒瞪著陳杉。

內心創傷被惡狠狠地挑開，江力滿腔情緒潰堤，忍不住掩面痛哭：「是我的錯，逢生說線人給的資料都是正確的，我以爲、我以爲我可以幫逢生的忙，但我不曉得警方竟然有內鬼！如果當初有阻止逢生就好了！無論是逢生的那個線人，還是跟我合作……這一切都是我太愚蠢了！都是我的錯，都怪我！要不是我，逢生、逢生他、他就不會被人汙衊、不會離開我——」

江筱芳急切地大喊：「不是的！是許密雲他們害死夏叔叔的！」

陳杉踏下最後一階臺階：「說再多他也不會回來。無論如何，事實擺在眼前，江筱芳，妳有把握警方能保護張如勛？」

江筱芳那雙眼逐漸發紅，一股氣悶在胸口難以發洩：「我總有一天會幫夏叔叔洗刷冤屈的。」

「呵，妳想要怎麼做？」陳杉輕蔑一笑，「警方和其他勢力的勾結不比黑道少，清清白白的夏逢生還不是攬了個汙名。」

「原來如此，我明白了。」張如勛輕擊掌心，不合時宜地開口，「關鍵是夏逢生的線人嗎？」

三人詫異的目光全集中在張如勛身上。

猶如迷霧中豁然亮起一盞明燈，張如勛突然明白了陳杉與許密雲、江筱芳等人爲何對他執著。

蘭城營造是許密雲用來幫官員斂財的工具，而其中一家綁標的供應商——SICA公司，表面上是專門進口材料，實際上卻是替許密雲等政商洗錢的空殼公司。由於許密雲的關係，羅信行也得以利用SICA公司走私毒品。

三年前緝毒刑警夏逢生聽信了線人的舉證，聯合江力的黑道勢力調查走私毒品一案，打算一舉拿下羅信行，沒想到自己反遭警方內鬼所害，一頭栽入了死亡陷阱。

後來蘭城營造倒閉，連帶導致杜允珖自殺，所有證據皆灰飛煙滅，走私案再度石沉大海。

江力的無助、江筱芳的警戒、陳杉的行爲，一切都有跡可循了。

「在曾善之底下工作的時候，我拒絕了SICA的案子。」張如勛清了清喉嚨，摳摳腦門，「抱歉，我不認識夏逢生，更不是他的線人。」

張如勛從江力的眼中看見了絕望，淚水再度湧出眼眶。

江筱芳的臉色也十分難看，捏緊的雙拳微微發抖。陳杉愣了一會，嘲諷般地一笑：「不愧是聰明人。」

綜合目前所知的情報，張如勛大概能順藤摸瓜找出一點方向——身爲緝毒刑警，夏逢生擁有黑白兩道通吃的優勢，也因此死後被栽贓與黑道有掛勾。除非找出當時的線人是誰，否則沒有人能證明他的清白。

陳杉之所以想要綁住張如勛，以及江筱芳之所以想要拉攏張如勛，全是由於他們誤會張如勛是線人。

期待落空的確令人難受，張如勛搔搔頭，不禁愧疚了起來。

「那許密雲找你做什麼?」陳杉掏掏口袋，拿出幾顆糖，拆開包裝就往嘴裡塞，「不要告訴我他只是想找你敘舊。」

「許密雲找我替他工作，但我不知道爲什麼。另外，我遇見了以前的同事艾蓮，她……」

江力抬起頭，淚水爬滿了臉。陳杉與江筱芳皆直視著張如勛，等待他說下去。

「艾蓮向我說了對不起。」張如勛琢磨了一會，緩緩地說，「以前，告訴我不要碰SICA公司的，也是她。」

這句話猶如迷霧中的一線曙光，江力急急擦乾淚水，暈染開的眼線隨之綻放成墨花：「你的意思是、是——是，那個艾什麼蓮的，就是線人？」

張如勛食指扣著下唇，陷入深思：「我也無法確定。」

匡啷一聲，伴隨著清脆的敲擊聲響，客廳的玻璃窗驀地被砸碎。

晚風灌入室內，吹起白色蕾絲窗簾，碎玻璃全散在光潔的木地板上。由外頭扔進來的鋁罐大小金屬圓管在地上打轉，沒幾秒便冒出白煙，張如勛尚未回過神，陳杉立即一個箭步衝上前抬腳一踢，把圓管踢出窗外。

「爸爸！」江筱芳大喊，她還沒張開雙手，江力就一把將女兒熊抱在懷裡。

「力哥！上樓！」陳杉吼了出來，抓住張如勛的手往二樓衝。

接連砰砰砰砰數聲，四周圍的玻璃統統碎裂，張如勛看著地上由外頭扔進來的四、五個金屬管，每個都不停冒煙，心中頓時一慌——是催淚彈！

陳杉緊緊抓著張如勛，一行人踏入別墅二樓，迎面是條長廊，上方掛了水晶吊燈，長廊左側是一整片落地玻璃窗，右側一共六扇木門。

樓下不間斷地傳來玻璃碎裂的巨響，緊湊的腳步聲奔入室內。

江力拐回樓梯處，打開梯側的電表箱，向下一推開關，啪的一聲，大宅瞬間陷入黑暗。窗外灑入稀薄月光，江力沉默了一會，大手緩緩移動至第二把拉桿，往上一推，消防灑水器啟動，澆溼了眾人全身。

陳杉把張如勛護在身後，朝他豎起食指，示意噤聲；江力則放下江筱芳，寬厚的身軀擋在女兒與張如勛面前。

灑水沖淡了催淚彈的煙霧，二樓的樓梯口一片漆黑，不見人影，陳杉與江力守在樓梯兩側，屏氣凝神。

長廊上昂貴的波斯地毯也被淋得溼答答的，踩起來觸感特別怪異，張如勛絲毫不敢吭聲，連呼吸都害怕。他看見了陳杉眼底的冷靜，接著對方嘴角一勾，右手西裝袖口溜出一把黑鋼機械警棍。

張如勛頓時瞪大眼。

同時，江力雙拳套上手指虎，拿出防身用的電擊器，按下開關，直接往樓下丟。

電光石火間，電流遇水爆出狂猛的爆閃，瞬間哀號四起，就算電擊器也因此毀壞，仍發揮了一定的殺傷力。

「走！」江筱芳扯住張如勛的手臂往長廊末端衝。

「陳杉！」張如勛喊了出來。

槍響大作，人潮自樓梯湧上，全是持槍蒙面的特種兵。江力拳起拳落，揍得特種兵即使蒙著面仍是口鼻血花唾液四濺，而陳杉低身閃躲攻擊，運用體術扣住敵人的要害後，翻身壓制，再舉起鋼製機械棍無情地砸下，敲破敵人的腦袋。

「快逃！」江筱芳拉著張如勛，「走這裡！」

黑暗中摸不清楚方向，江筱芳憑藉熟悉地形的優勢躲過攻擊。她急忙掀起地毯，敲開其中一塊木地板，從中拿出了兩把鑰匙與一把槍。

子彈擊穿玻璃，碎裂滿地，連窗簾與水晶燈都難以倖免。

江筱芳拿著鑰匙打開最後一道木門，陳舊書香撲面而來，偌大的書房華麗精美，左右兩側牆面皆是高至天花板的書櫃，只可惜消防灑水破壞了整座高貴的書房。

厚重的木製書桌上擺著古老的地球儀，江筱芳開槍擊穿地球儀，從碎片中取出第二把鑰匙，然後撥開第二層書架上的原文書，一組舊式保險箱赫然出現。

打開保險箱，江筱芳從中取出一串手榴彈、兩把手槍、一把衝鋒槍，以及七、八盒彈藥。

「接著！」江筱芳拋給張如勛一把手槍，將衝鋒槍背在身上，朝他大喊，「會用槍嗎？當兵有用過槍吧！」

張如勛嚇得臉都白了，握著手槍崩潰地表示：「我當的是國稅局的研發替代役啊！」

江筱芳二話不說，轉頭衝回走廊，扯開一顆手榴彈後大聲對江力與陳杉喊：「爸爸！陳杉！」

兩人聞聲立即轉身，拔腿就跑，江筱芳跟著振臂高揮，將手榴彈投了出去，接著扯過衝鋒槍扳開安全閥，朝吊燈擊發一連串的熱彈。

吊燈墜落，擋住了那群特種兵的去路，手榴彈落在陳杉與江力後方，江筱芳迅速回身掩護。

熾光爆閃轟然撼動整間房子，巨響穿破耳膜，張如勛腦袋一昏，差點瞎了眼，耳朵嗡嗡作響。眼前視線模糊，只見人影晃動，張如勛被江筱芳架起，半拖半拉地往陽臺的方向前進。

陳杉與江力向他們狂奔而來，江力的手指虎上全是血跡，假髮早已不知落在何處，滑稽地露出髮網，陳杉則是手臂有一道子彈的擦傷，俊臉上多了幾個傷口與汙漬，一身西裝溼透，同樣狼狽。

江筱芳丟下張如勛，迅速往陽臺外扔了一顆閃光彈，又反身掩護。

迷迷糊糊間瞧見狂奔而來的陳杉渾身沒一處完好，張如勛不由得大喊：「陳杉！」

「走啊！」陳杉腦門浮出青筋，指著前方忍不住大罵，「還看什麼，快跳！」

「嗄？」張如勛腦子一時無法運作，等他看清楚現狀的時候，人已經在陽臺欄杆旁，「啥！」

閃光彈爆炸引發巨響，別墅再度震動，江筱芳單腿跨過欄杆：「張如勛，要跳了！」

挑高的歐式別墅少說也有四公尺高，張如勛腦袋一片空白。直接跳下去是在開玩笑嗎？

後方狂奔而來的江力二話不說，抓住張如勛的領子橫身扛起，以拔山倒樹之姿大吼一聲：「抓穩啦！」

「啊啊啊啊啊啊──」張如勛完全不敢相信，人生第一次被公主抱就獻給莉莉天使寶貝姊姊了，他只剩抓住江力脖子大叫的本能。

月色柔美，陳杉、江筱芳與江力從二樓陽臺一躍而下。

落地的瞬間，江筱芳在草皮上完美地翻了一圈，陳杉同樣也翻滾了一圈，但手臂的疼痛讓他略爲狼狽，至於江力則是穩如泰山地雙腿直直矗立在草皮上，絲毫沒有動搖。

張如勛只想口吐白沫。

一行四人趁亂跑到庭院旁的車庫，回頭一望，歐式別墅冒出火光。江力愣了下，隨即又被江筱芳拉著跑。

車庫內只有一臺二十年前款式的福斯小破車，江筱芳率先擠入駕駛座發動汽車，陳杉與張如勛跟著竄入後座。

江力站在外頭，微微發怔，沖天火光照亮了漆黑夜空。

「爸爸！」江筱芳催促江力，「快上車！」

江力頓了一下才回過神，他轉過身，淚水早就爬滿臉龐，打開後座車門擠上車。

江筱芳扳著方向盤：「抓穩嘍！」

油門猛力一踩，汽車發出尖銳的刮擦聲，堅強的小福斯不顧過重的負載，立即衝了出去。

「幸虧我平時還有保養這臺車。」陳杉仰著脖子喘氣，「爲什麼力哥也在後座，好擠哪。」

江力泣不成聲，眼淚糊了滿臉。他望著被大火吞噬的別墅，淚水不停滾落：「那是我跟逢生的記憶……」

「啊啊，這臺車眞令人懷念。」江力摸著斑駁的皮沙發，大掌擦著淚水，「我是不是又被逢生救了一命呢？」

眾人皆沒有說話，只剩勞碌的引擎與輪胎駛過山路的噪音。

暗雲遮攏著月，兩側林木高聳參天，一路上顛簸難行，老引擎噴出破碎雜音，車內隱隱傳出啜泣聲。

「逢生是個好男人。」江力垂著臉，眼淚直流，「什麼都沒了，我只剩下回憶可以悼念他。」

江筱芳握著方向盤，直視前方，靜默無語。

「我認識逢生認識了二十年。」江力擦掉淚水，濃妝糊得更花了，「那時候他是個剛出社會的菜鳥警察，我也只不過是個小有名氣的角頭，哪知他來抓個賊，誤抓了情人，人就留在我身邊了。」

「他總是笑說自己像押寨夫人，但我很清楚，其實我才是被他綁住的那個人，根本離不開他。」天邊月色朦朧，江力望著車窗上自己糊花了妝容的臉，「他是個好男人，溫柔又體貼，知道我有穿女裝的怪癖也不嫌我噁心，誰能像他那樣寬容？」

車窗映出的臉像哭又像笑，眉頭糾結：「我曾經對他說過要跟他一輩子，他回答好。只要有他在，我什麼都不怕。他常說等我們老了以後，我就穿上我喜歡的女裝，他會帶我一起出門逛街，要我別害怕其他人的眼光，然而這個願望沒辦法實現了。我竟然是在逢生死後，才踏出了第一步，他的葬禮那天，我穿著女裝去，大家都嘲弄我，可只有我自己明白，要是逢生在場，肯定會感動我終於做了自己。可惜那是一場葬禮，還是我愛人的葬禮，多麼難堪又難過。」

「現在，所有東西付之一炬了，能夠用來悼念的只剩下這身女裝。」江力突然笑了下，眼淚再度滾落，「我想這大概是逢生的意思，要我不要繼續深陷過去。」

後座擠了三個大男人，中間的陳杉始終仰著臉，五官緊皺，沉默地揪著右手臂上的傷。

「小三很痛嗎？」江力擦乾眼淚，傾身檢視陳杉的傷口，「我看看你傷得重不重。」

江筱芳冷不防打破沉默：「把張如勛帶來這裡，結果落得差點被黑吃黑的下場，你還是認爲黑道比較能保護他？」

無預警被點名，張如勛心慌了一下，眼角餘光偷瞟著陳杉。

後照鏡裡，江筱芳那雙銳利的眼眸也正瞪著陳杉，陳杉一臉無所謂，漫不經心地說：「唉，莉莉天使寶貝姊姊，人家剛買的西裝毀了，怎辦？」

江力嘟起嘴巴：「小可愛不要罵陳杉了，他也是一片好意，擔心妳嘛。」

「所以這就是你們冷落了我三年的原因？」江筱芳眼眶微紅，油門越踩越狠，「怕身爲警察的我牽扯上黑道，落得跟夏叔叔一樣？完全不聯絡我！當我是空氣嗎！開什麼玩笑！」

「不不、不是……」窗外景色飛逝的速度越來越快，江力緊張地說，「爸爸只是怕……怕妳、妳妳，妳是爸爸的小可愛啊！怎能讓妳陷入危險！」

陳杉額上也沁出冷汗，狠狠嘖了聲：「妳少任性了，夏逢生的死不會因爲妳加入警隊就明朗，少在那裡扯後腿。」

一陣急促尖銳的剎車聲，車上所有人差點往前噴飛出去，江筱芳轉過身怒罵：「我任性？你才任性吧！從小到大就你最任性！想怎樣就怎樣！完全不管我的心情！」

「啊，我也這麼覺得。」張如勛舉手插嘴，「陳杉才是最任性的。」

陳杉一臉黑線，有股想痛毆張如勛的衝動。

江力手足無措擋在三人中間勸架：「小三哪有任性，他明明就很乖。」

「是不是！」江筱芳大聲附和張如勛，「他才是那個不顧別人一意孤行的王八蛋！自以爲替別人著想，實際上根本不管我會不會難過！」她指著陳杉，「從小到大都一樣！」

「胡說八道隨便誣賴。」陳杉對江筱芳嗤之以鼻，隨即轉頭朝張如勛冷哼，「我哪有任性？你哪隻眼睛看見我任性了？」

江力急得滿頭汗，嗲聲向陳杉說：「沒關係，任性一點也很可愛嘛。」

「這種任性才不可愛呢。」張如勛掰著手指細數，「蹺課、上課打牌、偷聽音樂，還很傲嬌，明明就苦惱數學不好，卻假裝自己不需要數學小老師，說什麼太麻煩，其實只是不好意思承認。」

陳杉哼嗤一聲，翻了個白眼又躺回後座。

「總之我勸妳不要調查夏逢生的事情。」陳杉捏著太陽穴，「警方的內鬼是誰都還不曉得，不要隨意行動，妳懂不懂？」

「這我當然懂！」江筱芳吼回去，「所以我假裝什麼都不知情！因爲我怕你們傷心！」她眼眶發紅，忍不住說：「還不是因爲張如勛出現了，讓我以爲有一線希望！」

張如勛沉默不語，抬頭望去，江力與江筱芳正注視著他，他只覺一陣愧疚。

陳杉依舊捏著額角，閉目養神。

「四處都是許密雲的人脈。」陳杉冷笑，「想引蛇出洞還不簡單嗎？」

江筱芳沉默了一會，最後才開口：「你究竟想做什麼？」

陳杉慵懶抬眼：「怎麼做都與妳無關，妳別壞了我的事就好。」

江力心頭一跳，趕緊打圓場：「小、小可愛別氣……」

江筱芳氣得柳眉倒豎，牙一咬，右腳猛踩油門，破舊的小福斯飛馳出去重返軌道。

窗外濃墨般的黑夜逐漸披露曙光，輪胎輾過顛簸山路的碎石，引擎發出殘弱的噴氣聲，一路伴隨沉默的四人。從山林祕徑穿出，風景轉爲水泥高樓聳立，喧囂車潮與稀疏人流再現，好似重返人間。

「還記得國中的時候，小芳的新腳踏車被偷了，我們曾經一起去抓賊嗎？」張如勛打破了沉默。車窗外呼嘯而過的風景，彷彿急促流動的記憶光河，「那時候我撒了一個謊，說我一點也不害怕，但事實上我嚇得都快哭了。」

江筱芳無奈地哼了聲，語氣稍稍緩和：「你說腳踏車小偷鬼嗎？眞懷念呢。」

「日軍小偷鬼會偷走腳踏車，半夜在操場飆車練兵，只要把鬼魂弄到魂飛魄散，被偷走的腳踏車就能回來……這種愚蠢的校園傳說大概只有小孩子會信。」張如勛笑了一下，「不過晚上的學校眞的很可怕。」

姿勢不太舒服，陳杉閉著眼，挪動脖子：「我忘記了。」

「怎可能忘記，你其實很怕黑吧？」張如勛斜了他一眼，「不過一條野狗就能把你嚇到渾身緊繃，還抓我的手抓得很緊，我到現在都還記得清清楚楚。」

陳杉悶不吭聲，緊抿的唇有股裝死的意味，按捺一陣後還是忍不住反譏：「那是因爲你煩得要命，我一直克制自己不要痛扁你，才不是什麼怕黑。」

「少來，你根本沒忘記。」江筱芳愉快地笑，「你明明就怕得要命。」

「記得那天剛好是段考結束，六班的阿龍跟我說，他親眼看見日軍的鬼魂騎著小芳的腳踏車。我把這件事告訴小芳，因爲是爸爸新買的腳踏車，所以小芳說什麼都要去確認。」張如勛跟著閉上眼，嘴角微微勾起，「下課後，我跟小芳約在阿婆店集合，那天的夕陽又紅又大，跟世界末日要來了沒兩樣，還沒出發，好死不死就遇到在街上遊蕩的陳杉。」

後照鏡中的江筱芳微微瞇眼，眼底都是笑意。

「陳杉把書包夾在腋下，跟個小混混一樣……不對，他本來就是個小混混。」張如勛輕笑，「陳杉擋住我們的去路，對探險任務嗤之以鼻，笑我們太無聊，所以我嗆陳杉不去就是膽小鬼。一開始陳杉還很不屑，結果晚上一起到校門口時，他乖得跟小貓咪一樣，連句話都不敢說。」

張如勛跟江筱芳同時笑出聲，陳杉瞪了下張如勛：「我才沒有，明明是你連爬個牆都會跌倒，根本是來扯後腿的。」

「因爲我很怕嘛，晚上的學校眞的很恐怖。」張如勛繼續說，「我記得那天晚上，我們準備了手電筒、一堆沖天炮、火樹銀花、大煙火，不知道爲什麼還有小熊餅乾跟饅頭，印象中是小芳帶來的。學校裡陰森森的，外頭還有狗在狂吠，我們偷偷摸摸進去教室，小芳說……牽著手才不會害怕。」

江筱芳的臉龐瞬間漲紅，不吭一聲，假裝專心開車。

「我以爲我可以牽小芳的手。」張如勛覷了眼裝死的陳杉，「結果不曉得爲什麼是你站在中間。」

陳杉面不改色：「就剛好站中間，你以爲我貪圖什麼嗎？」

原本安靜聽著兒時回憶的江力赫然品味出一股少男少女懷春的滋味，齜牙咧嘴地插話：「姓張的臭小子，我就知道你不懷好意，什麼探險，根本想把妹！」

「喔……嗯，爸爸別亂說啦。」江筱芳咳了聲，滿臉通紅，「我只是覺得這樣比較不害怕，你們不要亂想。」

十三歲的那場幼稚探險，結束在煙火盛放之中。

他們的確看到了日軍腳踏車小偷鬼，魔幻地騎著腳踏車在操場上打轉。正當張如勛嚇得無法動彈時，身旁的陳杉鬆開了手，提起那袋煙火，一陣風似的衝了出去。

陳杉就和小時候動畫中的勇者一樣，在臨危的最後一刻點燃了煙火，施放出絢爛魔法擊敗壞人。

夏末的夜晚充斥著特有的熱度，煙火綻放的同時，操場上只有教官跟他女朋友，兩人雙雙露出震驚的表情。教官下意識放開手，害女朋友連人帶腳踏車摔在地上——當然不是江筱芳的腳踏車。陳杉率先被教官制伏，張如勛沒忍住哈哈大笑，下場便是跟陳杉一起品嘗跑道的紅土砂。

張如勛說：「隔天，我跟陳杉的名字就被貼在布告欄，整整被罰愛校服務一個月。」

「幸虧我是女孩子，教官沒體罰我。」江筱芳笑逐顏開，「結果愛校服務的最後一天，你們還掃廁所掃到打架，打得鼻青臉腫，然後又被教官多罰了一個月。」

張如勛大笑，陳杉終究忍不住勾起嘴角。

車內的氣氛由原本的生硬尷尬，轉化成歡樂無愁。

人不愚蠢枉少年，然而青春過往再怎樣天真無邪，也僅能回味。他們都明白，長大以後，他們各自走上了不同的路，或許已無法像從前。

小破車靈活地鑽入小巷，在一家老酒吧前停下。

清晨暗巷仍不見光，張如勛下車抬頭一瞧，招牌上粉色霓虹燈管彎繞出的英文字寫著「Old Daddy」，最右邊的Y字還少了燈光，整體看起來像曼哈頓老城區內即將倒閉的破舊酒吧。

江筱芳敲敲左側的髒汙鐵門，靈巧地先敲三下，再敲四下、一下，鐵門的窺視孔打開，露出一雙顯然飽經風霜的眼睛。對方眼珠子一轉，悶悶地說：「哎唷，江小姐，這麼早來喝酒，好像時機不對。」

「陳三爺受傷了。」江筱芳好聲好氣地對門內的人表示，「我爸爸也來了，他需要休息的地方。」

窺視孔關閉，鐵門開啟。

一名看似年近六十、身材與江力有得拚的光頭老男人踏出門外，他有著一把濃密的絡腮鬍，但修剪得非常整齊。

「好久不見。」老男人上下打量江力，「沒想到你還會再踏入這裡，這模樣挺嗆的。」

江力苦笑，拉好火紅短裙：「老爹，好久不見，你還是跟以前一樣帥氣。」

老爹招招手，一行人跟著他一起踏進鐵門。

鐵門內是一道往下的樓梯，頂上只有一顆光線微弱的發黃燈泡，牆上滿是黑色的陳年汙垢。在老爹的帶領下，他們經過已經打烊的酒吧空間，黑白相間的地磚、酒紅絨布高腳椅配上暗紫鑲金邊的鏡面吧檯，頗有六〇年代美軍酒吧的風情。

張如勛不由自主地問：「這是什麼地方？」

陳杉跟在他後頭，掩著右手臂上的傷，無力地回答：「閉嘴就對了。」

最前方的老爹回頭瞧了張如勛一眼，他撥開酒吧走廊入口的紫金色珠簾，在廊末的一扇紅木大門前停下，從胸前口袋取出感應卡，朝右側的小天使銅像感應了一下，木製大門喀啦一聲解鎖。

老爹推開大門，映入眼簾的是寬敞的氣派大廳，挑高天花板採用極具現代感的鍍鈦光板，上頭不斷竄動著紅藍雷射光，腳下是高檔的紅黑雙色織錦地毯，廳內擺了一張又一張賭桌。雖然眼下空無一人，但儼然是個地下賭場。

「來的時間不巧，賭場剛散場。」老爹笑了笑，「不過醫生還在。」

張如勛望向離門口最遠的那張賭桌，有兩個人正在打牌。他定睛一看，忍不住脫口而出：「鏢仔！」

身上還穿著醫院的病患袍，鏢仔驚愕地抬頭：「勛哥！三爺！」

「小三身上有傷。」老爹朝另一人招手大喊，「阿福！有病患！」

「這裡是老爹的酒吧。」江筱芳悄悄在張如勛耳邊說，「同時也是老黑道們聚會的地方，偶爾有必要的時候，也會有醫生在這裡幫忙……呃，就怕老人家玩到心臟病發。」

穿白袍的老醫生提著醫藥箱，湊過來檢查陳杉的傷勢。

江筱芳拍拍發愣的張如勛：「別擔心，這裡一切合法，沒有金錢交易、沒有暗藏玄機，只有忘不了過去的老人而已。」

江力跟老爹要了間包廂，說累了，想休息一下。

陳杉脫下西裝外套，挽起袖子，讓老醫生檢查槍傷。

他們圍在一張大型牌桌旁，張如勛問了鏢仔的狀況。鏢仔年輕，恢復能力不錯，且遭受攻擊時，鏢仔用手腕抵擋了對方的動作，因此刀傷不深，縫了幾針沒有大礙，只是仍不適合太激烈的運動。

鏢仔去替陳杉張羅換洗衣物，順道問了江筱芳需不需要。

江筱芳端來幾杯咖啡分給陳杉與張如勛，老醫生也有一杯。她自己找了個位子，縮在賭桌旁，看老醫生替陳杉清洗傷口。

「現在是早上七點，幸虧今天休假不必上班。」江筱芳一身髒汙的警察制服，雙手捧著咖啡，神情疲憊，「接下來我們該怎麼做？」

「先找到艾蓮。」張如勛啜了口咖啡，眼圈下方同樣一片青黑，「說不定她會知道些什麼。」

江筱芳疑惑地問：「你離職以後還有跟她聯繫嗎？」

張如勛搖搖頭。

「想想看她住哪裡……嘶——」陳杉皺起眉，拚命咬著牙說，「一點線索也好。」

「我不清楚艾蓮住的地方，她都自己開車上班。」張如勛蹙眉深思，「印象中，週三晚上她會去運動，另外，每個月的最後一個週五她會請半天假，南下回鄉。」

「回鄉？運動？」老醫生仔細地用棉花清創，陳杉額上冒著冷汗，似乎想以對話轉移注意力，「還眞愜意……」

「她有沒有參加其他活動？」江筱芳打起精神追問，「例如、例如……讀書會？或是相親之類的固定行程？」

陳杉瞟了江筱芳一眼，忍不住吐槽：「誰會把相親當成固定行程？」

江筱芳突然臉紅，乾脆閉嘴喝咖啡，再也不想說話。

張如勛思考的時候習慣撫摸下唇，他的食指扣在唇瓣上，陷入沉思：「我還記得……艾蓮，她……每年的十一月十三號都會請假。」

陳杉與江筱芳同時盯著張如勛。

張如勛繼續說：「因爲這個時間點剛好要申報營業稅，大家都不太方便請假，所以我記得特別清楚。」

江筱芳顫抖地說：「蘭城營造倒閉後……杜允珖正是在十一月十三號自殺的。」

陳杉的指尖緊扣住桌面，指節發白。他瞥了眼手錶，冷笑著說：「眞巧，就在兩個禮拜後。」

第十章

空蕩的賭廳中只剩天花板的紅藍光束旋轉閃動，光線無聲地不斷變化。

老醫生用鑷子夾起傷口上的殘肉，不穩的呼吸聲與金屬碰撞聲時而響起，陳杉臉色蒼白，額際冷汗密布，咬緊牙關，硬是扛下。

張如勛和江筱芳雙雙陷入沉默，精神一旦鬆懈，疲憊便猝不及防地席捲肉身。

賭廳大門打開，壯碩的老爹托著一只銀盤推門而入，悠哉地來到陳杉面前。他把盤上的酒杯與威士忌放在桌上，朝陳杉眨眼：「這瓶算老爹請你，不用錢，快喝了吧。」

陳杉自嘲地一笑，用單手將酒杯斟滿，仰頭一飲而盡，一連喝了三杯。

老爹露出滿意的笑容：「小三眞乖，老爹再送你個禮物，止痛用的。」他從銀盤上拿下一盤切掉蒂頭的草莓，放到陳杉面前。陳杉又笑了，左手不甚靈活地執起銀叉，一顆一顆慢慢將草莓塞入嘴巴品嘗。

江筱芳嘆了口氣，和老爹要了一間房，表示自己已經無法再忍受渾身發臭的制服。

恰巧鏢仔也回來了，他左手提著一紙袋的衣服，右手提著早餐。

老爹吩咐鏢仔幾件事後，轉身對眾人說：「去洗個澡，放鬆一下心情。」他看著張如勛，又不放心似的補充，「他們不會找上這裡來，就好好休息吧。」

老醫生替陳杉縫合傷口，陳杉悶不吭聲地吃草莓，連理都沒理張如勛。

和江筱芳互留電話後，張如勛就在鏢仔的帶領下穿過走廊，搭乘電梯至八樓。八樓像飯店一樣全是休息用的房間，鏢仔打開其中一間的門，室內僅僅八坪大，但有張大床、盥洗室、還有茶水吧檯，各式設備一應俱全。

鏢仔給了他幾件新衣服，以及一袋香噴噴的饅頭夾蛋，頭也不回便離開。

紅木打造的天花板、幾何圖騰壁紙與湖水藍的絨毛地毯，休息室刻意營造出五〇年代的懷舊風情，環境乾淨，嶄新無使用痕跡。張如勛打量了一圈，開啟床頭的音響，令人沉醉的爵士樂流瀉，歌手唱著：「My funny valentine……」

張如勛撈起紙袋內的衣服，不愧是陳三爺的小弟，這牌子的衣服他自從失業以後，就再也沒碰過了。

他痛痛快快地洗了個澡，換上舒適衣物躺在綿軟的床上，仰望著天花板的裝飾燈，腦袋反而越來越清醒。

夏逢生意外死亡，杜允珖負債自殺，曾善之輕生離世。

一切看似與許密雲無關，卻又脫離不了干係。

張如勛忍不住從床上彈起，傳訊息給鏢仔，得到想要的答案後就抓著手機離開休息室。

電梯抵達十四樓，一踏出電梯門，張如勛便不由自主地嘖嘖兩聲。果然，三爺休息的地方哪是他那間房能比的？裝潢同樣是五〇年代的氛圍，但整層樓就只有一間休息室。

在現代化的潮流之下，裝飾風藝術隨之轉爲趨近簡約，卻仍不甘寂寞地保留大量跳色的風格。張如勛撫著紅木柱的裝飾線條，綠色闊葉植物遮掩住前方視線，他正打算敲門，卻發現門扉虛掩著。

「陳杉？」張如勛輕敲門框，往門縫內探看，「你在嗎？」

不看還好，一看，張如勛瞬間明白了「貧富差距」這個詞彙的博大精深。

光整面落地玻璃窗前的會客區就比他休息的房間還遼闊，視線掃過一圈，深藍色窗簾後透出的暖光打在地毯上，點亮了整排金色酒櫃。他雖然不懂酒，不過那櫃內的酒類只要富嘉麗的客人點上一瓶，小姐們就會瘋狂慶祝。

張如勛再度敲敲門框，卻未得回應。

不在嗎？

內部傳出一陣噪音，匡噹，張如勛挑挑眉，試探地踏入。

經過會客室的真皮沙發，左側是華麗的吧檯，往右手邊瞧，另一個空間正中央擺了張藍綠色大床。

陳杉正撿起地毯上的吹風機，一頭溼髮的他裸著半身，只穿了條棉褲，右手臂與掌心皆纏著繃帶，嘴裡還叼了根菸。

「來幹麼？」陳杉瞇眼瞪他，繼續用左手擺弄那臺不乖巧的吹風機。

張如勛一時間忘了該怎麼說話，陳杉漂亮的身軀遍體鱗傷，腰上青一塊、背後紫一塊，瘀血似乎隨著痛楚深入肌肉與骨髓。

「我來幫你吧。」

張如勛二話不說拿過吹風機，按著陳杉的肩膀讓對方坐到床沿。陳杉似乎不太開心，悶聲不說話，背肌與肩膀緊繃出僵硬的線條。

陳杉的髮絲偏長，既冰涼又細軟，前額的髮放下以後，看起來更年輕了些。張如勛注意到，旁邊的梳妝臺上還擺著剛剛沒吃完的那盤草莓。

大概是陳杉的態度太過反常，莫名乖巧，張如勛反倒有點不知如何是好，他咳了聲，搜腸刮肚找了個話題：「沒想到你小時候打架厲害，長大後也一樣厲害。剛才那些特種兵難道你不怕嗎？」

兩人之間隔著吹風機持續發出的刺耳噪音，張如勛微微地感到緊張。

「才不是。」陳杉突然開口，低著腦袋享受不請自來的服務，「他們只不過是一群穿制服的猴子罷了。」

「你怎麼看得出來？」

「如果是特種兵我們早死光了。」

說得挺有道理的。張如勛後悔開了個爛話題，出師不利，只能再接再厲，他乾脆專心幫陳杉吹乾頭髮。沉默又在雙方間蔓延，張如勛撫摸髮尾慢慢地吹，水珠沿著突起的脊椎蜿蜒向下，飽含水分的肌膚特別滑膩。

室內溫度偏冷，陳杉陣陣打顫，張如勛用暖風替他溫暖身體。

「很痛嗎？」張如勛瞧著陳杉背上那塊大面積的瘀青，擔憂地問：「是不是要先冰敷？」

左手抽出嘴上的菸，陳杉吐出煙圈，漫不經心地說：「不用，反正遲早會好。」

「要愛惜身體，很會打架不是好事。」

「你是老媽子嗎？」

「我就是會替人吹頭髮的那種老媽子，喜歡嗎？」

陳杉沉默了一陣，夾在指間的菸抖落菸灰，悶聲說：「不喜歡。太煩人了。」

「哪裡煩人了？」張如勛滿腹委屈，捋著陳杉的頭髮一絲一絲地撫弄，「興趣是做善事不行嗎。」

陳杉把菸湊到嘴邊深吸一口，再吐出濃烈的沉韻。

「其實，我根本不清楚艾蓮在十一月十三號的行蹤，畢竟我不是那種會過問下屬請假理由的主管。」張如勛問陳杉：「我是不是又讓你失望了？」

叼著菸，陳杉哼笑了聲，含糊說：「你以為我會期待你什麼？」

張如勛撥弄著髮絲：「你是眞心要我還債嗎？」

沒有預期中的發怒駁斥，也沒有嘲笑諷刺，陳杉抽掉嘴裡的菸，在水晶菸灰缸內捻熄。他緘默不語，纏著繃帶的右手臂輕微地繃緊肌肉，又放鬆下來。

是不是想用還債來掩飾那份屬於愛情的情愫？

張如勛最怕的就是對方聽得懂暗示，卻不願表態。

吹風機的噪音依然故我，掌心摩娑著腦袋，張如勛沿著耳廓輕輕揉捏，指尖的髮絲細膩纏人。清晨的光線照不透室內，折射成隱約的朦朧曖昧，在這入秋的時節，驕陽逐漸失去了原有的熾熱。

國二暑假前的一個月，那時候他每天都與陳杉一起廝混。

用一條熱狗打賭隔壁班班長能否交到女朋友，下課打掃完就去便利商店買冰棒吃，他記得陳杉超討厭檸檬口味。

接著，他又想到每次段考前，他都會逼著陳杉寫數學，結果陳杉的答案總是錯誤百出。他往往在抓著陳杉的領口大罵的同時，才想起陳杉很會打架，接著自己就被揍了。

張如勛突然笑了出聲，他討厭自己在此時憶起往事，實在有夠沒屁用。

陳杉冷不防仰起脖子，漂亮的眼眸猶如黑暗中的一點星火。張如勛喉頭一陣緊縮，勉強嚥了口水，下一秒，陳杉柔軟的唇瓣就貼了上來。

無辜的吹風機跌落在地，陳杉勾著張如勛的脖子與他擁吻，空調的暖氣令整個空間恍若熱帶的夏季，彼此的身體彷彿隨之被烈火包圍。

唇貼著唇，舌尖纏綿，火辣地熱吻，張如勛已經無可救藥地迷戀這股滋味，反覆地想從對方身上尋求滿腔慾火的出口。陳杉揩著張如勛的脖子，一個重心不穩，兩人雙雙跌滾在床上，陳杉頓時吃痛地哼了一聲。張如勛意識到他身上的傷，想撐著身子，卻被陳杉抓住後腦勺的髮絲，強硬地不准離開。

呼吸充斥著熱意，兩人身軀緊貼，濃烈的性慾早已鼓脹地磨蹭著彼此，急欲宣洩。陳杉直接拉起張如勛的T恤，也不管是不是新貨就一把扯過頭，急不可耐地剝光。張如勛當然也不會錯過機會，掌心貼著令他迷戀的肉體，滑過腰部溫潤的肌膚，勾起棉褲的褲頭，一路向下朝緊實的臀部揉捏，接著腦袋霎時清醒。

張如勛抽離親吻，紅著臉半怒地譴責陳杉：「裸上身就算了，幹麼沒穿內褲？」

軟唇被折騰得又紅又腫，陳杉勾著張如勛的頸子喘氣，笑了聲，眼神中透露著愛慾：「這樣比較方便。」

「你這人真的是……」

話還沒說完，柔軟的嘴唇又貼了上來，張如勛想也沒想便迎上自己的唇，主動地回吻。

舌尖失去了言語，只剩纏膩的吻。

彼此的氣息灼燒了掌心、融化了意識，理智逐漸淪陷，張如勛低頭親吻陳杉，對方結實完美的肉體仰躺在大床上，他以唇吻膜拜，忠實奉獻出自己的感情。舌尖情色地貼著肌膚流連忘返，陳杉渾身發顫，忍不住喘息，下半身漂亮的性器巍巍昂揚，肉粉色的頂端滲著晶亮蜜珠。

雙唇在肉體上游移，張如勛小心翼翼品嘗，只要陳杉發出一點難耐的喘息，就能輕而易舉擊潰他的冷靜。

無論是陳杉的身體，還是陳杉這個人的名字，都總是讓他忍耐不了情緒波動。

張如勛親吻乳尖，微微地仰頭，陳杉閉著眼，緊鎖眉頭，紅潤的唇吐著灼人的呼吸。

張如勛小心地撫摸他的右臂：「很痛嗎？」

那雙溼潤的眼輕輕張闔，陳杉迷濛地呢喃：「你到底想不想做？」

張如勛沒有回答，再度親吻陳杉，以最原始的本能代替言語。下半身的肉莖早已挺立，張如勛擁抱住陳杉，讓對方坐在自己腿上，持續地親吻，掌心合握著彼此的陽具，猛烈地上下抽動。

陳杉身上乾淨的潮溼氣息竟成了催情劑，不可思議地撩動張如勛的神經，兩人的唇始終沒分開，時而張嘴啃咬，時而溫柔觸碰，品嘗舌尖，啜飲甜膩的津液。陳杉漸漸繃緊了身軀，越發渴求張如勛的體溫，仰起脖子承受疼愛般的親吻與褻瀆的手淫。張如勛瞇著眼，一手抬高陳杉的膝窩，陳杉一個不注意，竟往後跌入了柔軟的棉被裡。

逼近高潮被硬生生掐斷的感覺不太痛快，陳杉有些惱怒，張如勛朝他笑了笑，豎起食指，示意陳杉噤聲，接著俯下身，張嘴就把對方漂亮的陽具含在嘴裡吸吮。

「哼……」

陳杉沒忍住呻吟，單腿跨在張如勛肩上，張開腳任男人舔舐性器。

替男人口交這檔事，張如勛當然是從未體驗，覺得十分新鮮。香皂的氣味鑽入鼻尖，口腔感受著陽具的形狀，硬挺的莖身、前端的軟縫，每一處他都仔仔細細地用舌尖琢磨。

「啊啊、哼……」陳杉蹙起眉頭，兩頰潮紅，「你……慢一點。」

張如勛抬抬眉，溼漉漉地吐出陽具，又頑皮地淺嚐一口前端。

「我沒做過這種事情。」張如勛眉眼之間總是流露著笑意，「新手上路請多多海涵。」

胸膛上下起伏，陳杉喘出難耐的氣息，眸光流轉瞪著他，微微嗔怒。

男人最了解男人，張如勛當然知道陳杉的不滿，於是親了對方的臉頰以示賠罪，接著舔溼自己的指尖，探入男人的後穴。

「等等……」陳杉有些慌張，不敢置信地抓著張如勛的頭髮，「你做什麼——」

張如勛不給他反抗的機會，另一隻手扣著陳杉的下巴，給予綿長的深吻。溼潤的指尖輕推了進去，陳杉越是不安分地掙扎，張如勛就越是更加強烈地給予刺激。

大概是太過疼痛，也說不上來是手臂的傷口疼，還是與生手做愛來得更痛，陳杉乾脆自暴自棄，強硬地揪著張如勛的腦袋啃咬嘴唇。

溼潤的手指緩緩沒入體內，接著輕快地進出，窄道內又熱又緊，張如勛留心著陳杉身上細微的變化，肌膚的緊繃，肌肉的僵硬，又或者是顫動的陽具。

沒多久，氣息悄悄發生改變，陳杉的身體再度燙了起來，像團火一樣熱情擁抱著張如勛，睫毛輕顫，連耳廓都發紅。

張如勛親了親陳杉的臉頰，再度俯下身替他口交。

「嗯——」

陳杉壓抑不住呻吟，淺淺地喘了起來，忍不住扭動腰部，卻又不敢妄動。張如勛含得有點辛苦，不過如果陳杉高興，那也值得。

口交的技術不算高超，手指探索後穴的方式也不甚高明，但雙管齊下的折騰足以消磨陳杉的意志力。他的意識近乎渙散，想射卻又覺得不夠，在枕上晃著腦袋，鼻腔發出埋怨似的哼聲，只覺肉體被百般折磨。

「快點……」陳杉喘著氣，渾身忍得發紅，如綻放的豔火，「你快讓我射……」

陳杉的性器像塊灼熱的硬鐵，燙人掌心，張如勛自己的也一樣。他抬起身，抓住陳杉的腳踝將腿掛到肩上，扶著自己的陰莖抵住陳杉的後穴，喘著氣吞了口唾沫：「那我……就不客氣了。」

陳杉不發一語，眼眶溼潤，舔了舔紅豔的唇。張如勛二話不說，立即挺入了陳杉體內。

才進去一點，陳杉隨即繃起身子，痛得差點流淚。

張如勛慌了手腳，擔憂地問：「陳、陳杉，很痛嗎？」

陳杉咬牙忍耐，調整呼吸，張如勛緩緩地推入，又讓他疼得皺眉。

果然沒有想像中容易，張如勛緊張地說：「我、我要不要……還是我……幫你……」

「你廢話怎麼這麼多。」陳杉瞪了他一眼，「快讓我射行不行！」

眞凶，連在床上也這麼凶。張如勛低聲哄誘：「那你放鬆點……」

說完，他挺了挺腰，把陰莖插得更加深了些。

陳杉哼出聲，眼角泛著晶瑩的淚，肌肉繃出漂亮的線條，那副得不到滿足、既痛又委屈的模樣太過誘人，不費吹灰之力就勾起張如勛的性慾。

張如勛低頭親吻乳尖，用嘴唇含弄，以舌尖輕舔，試圖讓陳杉放鬆身軀。底下的性器慢慢插入後穴，輕輕緩緩地來回幾次，最後總算齊根沒入陳杉體內。

又熱又緊的窄道包覆著性器，那種滋味令張如勛發出喟嘆，理智徹底被性慾煮熟，他的意識渾渾噩噩，忍不住挺起腰，前後擺動抽插。

「啊啊、啊啊啊——」

飽含情慾的嗓音特別動聽，陳杉無法克制地呻吟，放軟身子盡情享受被操幹的滋味。

幾次經驗下來，張如勛對這具身體早就瞭若指掌，一邊用粗大的陰莖抽插窄緊的後穴，不偏不倚蹂躪著前列腺，另一手則替陳杉揉弄硬挺的陰莖，讓對方同樣能享受到前端被服務的快樂。

性高潮逐步逼近，張如勛瘋了似的狂操著陳杉，繃帶滲出血跡，陳杉不安分地晃著腦袋忘情浪叫，渾身熱汗淋漓。

肉體撞擊聲越來越猛烈，陰莖抽插著又紅又腫的肛口，張如勛在陳杉瀕臨高潮之際突然鬆開手。性器沒了舒緩悵然若失，陳杉哼了聲，一時難過得想哭，但後穴被操得幾乎快捅穿，太過強烈的刺激很快令感官又全集中在緊縮的後穴。

快感猛烈襲來，陳杉沒多久便繃緊身子，長吟一聲，前端汩汩射出燙熱的精液。張如勛狠狠地抽插幾下，接著拔出，濁白精液全射在陳杉結實的腹肌上。

之後他們又做了兩次，像是要耗盡自己的體力一樣，擁吻、親咬，沉淪在情慾之中，恣意狂歡。

事後，張如勛幫陳杉擦淨身體，至於怎麼睡著的，張如勛就沒印象了。

再度醒來的時候，窗簾透出了鵝黃的暖光，張如勛睡眼惺忪，想拿手機查看時間，才發現陳杉枕著他的手臂睡得香甜，自己想動也動不了。

手臂微微發麻，張如勛從背後攬著陳杉，用另一隻手慢慢地搆著身旁的手機，時間顯示是下午四點半。這一覺可睡得眞長，難怪飢腸轆轆，張如勛懷疑自己是被餓醒的。

「醒醒。」張如勛在陳杉耳邊低喚，「你要起床了嗎？」

陳杉皺起眉頭，呢喃了幾句聽不懂的話，再度陷入沉睡。

「下午四點多了。」張如勛在被窩裡輕捏他的腰，「你再不起床，我的手臂就要斷掉了。」

見對方依舊沒反應，張如勛越發大膽，向下撫摸長腿與挺翹的臀部。他親了親耳廓，繼續低語：「你不餓嗎？」

陳杉終於受不了，皺眉回嘴：「不要吵行不行？」

他挪動身軀，換了個更舒服的姿勢繼續睡，睡得無拘無束，頭髮亂翹。張如勛看看自己可憐的手臂，再這樣下去，只剩截肢這條路可走了。

張如勛低聲在陳杉的耳旁說：「親愛的老公，該起床了。」

陳杉瞬間睜眼，惺忪地轉頭問他：「你剛叫我什麼？」

「你還是可以順利起床的嘛。」陳杉驚愕的模樣太過憨呆，張如勛忍不住露齒一笑，「想吃點什麼嗎？」

陳杉面露不悅，掀開棉被毫不留戀地走下床。

全身上下一絲不掛，精實肉體完美展現，陳杉拿起一旁鏢仔替他買的衣服，是一套簡單的西裝。

張如勛笑了出聲，躺在床上欣賞帥哥著裝：「開玩笑的，你想吃點什麼嗎？」

陳杉沒有說話，背對著張如勛打開紙袋，套上長褲。

空氣沉默了幾秒，張如勛沉吟了下：「你還是沒穿內褲。」

回應張如勛的只有衣物摩擦的聲音，手指由下自上一顆一顆扣好鈕子，陳杉半句話都沒吭。

「你生氣了嗎？」張如勛略微緊張起來，「呃……我只是……想跟你開個玩笑，不，嗯……我做錯了什麼嗎？」

繫上皮帶，陳杉對著鏡子撥好頭髮，張如勛透過鏡面看見他的冷靜，俊美的面孔上毫無一絲波瀾，讓張如勛想起他年少時的模樣——幽黑的瞳孔中總是藏著無聲的叛逆。

張如勛慌張起身，討好地說：「如果你不喜歡……呃，我的意思是、是，總之，我跟你道歉……」

「張如勛。」陳杉扣好袖釦，疲憊地從鼻腔呼出長息，「你不要會錯意了。」

「什麼意思？」張如勛的嗓音在發抖。

「眞是夠了，我可沒興趣把砲友發展成交往對象。」

張如勛的心臟漏跳一拍：「我以爲……我們或許有機會交往？」

「你還債我還跟你談戀愛？」陳杉套上新的皮鞋，一身乾淨清爽，冷笑了聲，「少開玩笑了。」

陳杉邁開腳步，推門而出，留下一臉錯愕的張如勛。

鏢仔來敲門時，張如勛已經穿好衣服，坐在床沿蹙眉沉思。鏢仔瞧他臉色鐵青，識時務地不多提細節，只說了句：「三爺要我送你回富麗嘉。」

張如勛朝他笑了笑，什麼話都說不出口。

心地善良的鏢仔在路上買了晚飯給張如勛，回到破爛鴿舍的時候，已經是準備上班的時間。

張如勛坐在露臺旁啃飯糰，高高遠望明亮輝煌的臺北夜景，冷風吹來，燈火闌珊竟令人如此惆悵。

他思索著自己與陳杉的關係，究竟是自己誤會了，還是陳杉臨時反悔？

手機叮咚一聲，張如勛下意識拿起來一瞧，是一條銀行APP通知訊息的推播。

本帳户入帳十萬元。

張如勛一陣疑惑，他沒錢玩股票，也沒有額外收入，怎會莫名其妙轉入這筆錢？

匡噹一聲，藍映月推開天臺大門，左右簇擁著一群高䠷俊帥的少爺，來勢洶洶，活像女王降臨般華麗登場。

手中的飯糰差點掉在地上，張如勛瞪大眼睛，愣愣地說：「藍小姐您……有何貴事？」

藍映月一身性感黑色薄紗，窈窕身材曲線畢露，她高傲地一笑，紅唇勾起：「張如勛，我來告訴你個好消息。」

「什麼消息？」張如勛直覺不會是好事，「何必勞煩藍小姐親自光臨這間鴿舍……」

「鴿舍？」藍映月表情扭曲，轉頭覷了眼旁邊的違章建築，立即翻了個白眼，「最近酒店業績不錯，大家都有分紅。」兩旁的少爺們畢恭畢敬低著頭，不敢直視藍映月的臉龐。藍映月雙手環胸，昂著腦袋說：「一個人大概可以分紅六十萬。」

「喔——」張如勛摳摳臉，金額大概接近他前公司的年終獎金，酒店還眞好賺，「眞不錯呢。」

「另外，前些日子公司舉行了服務滿意度調查。」藍映月撥撥奶茶色的柔髮，語調悠哉，「我來恭喜你得到第一名，公司會再給你分紅獎金一百二十萬。」

六十萬、再一百二十萬，如此驚人的金額讓張如勛直覺不太對勁。

藍映月再度笑了笑，笑容中暗藏著愚弄的壞心眼：「噢對了，會計王哥那件事，我都還沒好好謝謝你。」美眸中的高傲活像對他的嘲諷，「公司替你爭取了一筆獎金，不多不少，剛好三百萬。」

張如勛心頭一涼。

藍映月冷笑：「五百萬的債務，扣除你之前的薪資再加上分紅和獎金，剛好還有十萬的結餘，我已經匯入你的戶頭了。收到了嗎？」

張如勛愣愣地說：「您的意思是……」

「我的意思是，可以勞煩你滾出我的店了。」藍映月放聲大笑，「把張如勛給趕出富麗嘉！這間爛房子現在就給我拆了！」

「等等！」飯糰掉在地上，張如勛顧不得失態，只想衝上前與藍映月理論，左右兩名少爺立即架住他，把他壓制在地上。張如勛不斷掙扎，大聲呼喊：「住手！放開我！」

藍映月冷冰冰地瞪著他，嘴角掛著冷笑。

另外四名少爺拿出預藏在後方的拆房鐵槌，猛力敲毀鴿舍四邊的牆，破爛鐵皮不堪一擊，猶如破布一樣任人糟蹋，所有在裡頭留下的記憶也被摧毀。

——陳杉拋棄他了。

張如勛無力地注視著一點一點消失的鴿舍，無法反抗。

第十一章

星期五的夜晚，臺北街道上熙來攘往，張如勛拎著貓籠在大街遊蕩。他和陳杉的相遇就像一場煙火，瞬間炸燃令人目眩神迷，卻結束於沉寂。

無論是在鴿舍的夜晚，還是替對方揉開溼髮的清晨，張如勛的確有心試探陳杉，可陳杉又至於如此絕情嗎？

張如勛仍想不透自己犯了哪條罪過。

他掏掏口袋，拿出以前租屋處的鑰匙，打開廣州街老公寓的鐵門，一股霉味撲鼻而來。毫無溫度的燈光、蒙塵的沙發、蒼白的壁癌，這幾個月來除了灰塵變多，這間屋子完全沒變。

張如勛打開貓籠，放出陳老貓，善解人意的老貓拐出籠，蹭了蹭張如勛的腳邊，喵喵叫個不停。他摸摸柔順的毛，這陣子老貓被照顧得很好，還養出了一圈奶油肚。

他打開陽臺的門透透氣，夜市的鼎沸人聲迴盪在冰冷的室內。鏢仔的手機已經撥不通，更別說陳杉了。

倒滿整碗的貓飼料，老貓卻吃沒幾口就縮回毛毯睡覺。對樓燈火無聲無息地亮起，傳出細弱的嬉鬧聲，張如勛倚在陽臺前，冰涼的空氣滲入肌膚，冷卻了思緒，他任由回憶在腦海播放。

還債沒人玩眞感情，那有人討債活像做善事嗎？

張如勛拎著鑰匙，頭也不回離開租屋處。富麗嘉酒店就在林森北路上，他還怕找不到人？

但張如勛連走進富麗嘉的機會也沒有，腳尖還沒踮入酒店，便被左右兩個保全架起，直接摔出大門。

「靠！」張如勛跌在柏油路上，臉上刮破了皮，「老同事就不能上酒店玩樂嗎！」

旁邊的酒店經理雙手環胸嗤笑了聲，不屑的姿態頗得藍映月眞傳：「拜託，像你這種窮鬼有本事來酒店玩？」

「我要找藍映月！」張如勛不滿地抱怨，「十萬塊起碼能點兩小時的檯吧！」

酒店經理鄙夷地一哼，檢查著指甲：「藍姊的檯十萬塊你只能點個十分鐘吧。」

「我要見陳杉！」張如勛不甘示弱地吼，「叫他出來！」

酒店經理嫌煩似的翻了個白眼，揮揮手，吩咐兩邊的保全，如果讓張如勛踏入酒店就把他們給炒了，接著一個華麗轉身，扭腰擺臀返回店內。兩旁的保全繃起手臂肌肉點點頭，凶神惡煞地捏緊拳頭。

張如勛一把火都上來了，衝上前跟保全扭成一團，過往行人有的尖叫，有的大笑，這次酒店臺階都沒沾腳，張如勛就被兩名保全直接扔在了人行道的花圃上。

肌肉保全的戰鬥力太強，別說見陳杉了，他要踏入酒店都有困難。張如勛仰躺在花圃上，束手無策，腦子裡面全是陳杉小時候打贏他的踐樣，越想越火大。

陳杉以爲這樣就能擋住他嗎？

他媽的！

額上青筋爆突，張如勛爬起身，火氣全湧了上來。好你個陳杉，騙感情騙肉體王八蛋，不要以爲這樣他就會放棄！

憑著在酒店工作以及處理父親債務的經驗，張如勛早就把陳杉底下的資產摸得一清二楚。除了一間酒店，還有幾間地下賭場，其中一間正是他老爸最愛去的，那裡不僅有錢能玩，玩到沒錢也能繼續玩。

可不要小看十萬塊！張如勛氣得咬牙切齒，他老爸就是從十萬塊輸到負債三千萬八百萬！

張如勛把戶頭的錢全領出來，第一次覺得存款歸零也挺爽的。

他捏緊所有積蓄，目標是輸到陳杉出來討債爲止。誰怕誰啊！陳杉有本錢討債，他就有本事輸到欠債脫褲子！

地下賭場隱身在松江南京的一間日式料亭後方，以賓至如歸的日式服務爲賣點，除了能讓人享受當大爺的感覺，還能讓你輸光錢。當然，欠債還是要還，緊隨而來的就是日式討債服務，主打讓債主一家大小一起賠上幸福。

從料亭正門入場，張如勛與穿著和服的老闆打招呼。踏入賭場要有方法，有方法以外還要有門路，賭場一貫拒絕生客，年輕的料亭老闆笑著將他擋在門前，畢恭畢敬地問他如何稱呼。

張如勛提著一袋新臺幣，冷冷地挑釁：「要來碾爆你們這間賭場。」

料亭老闆愣了下，緊抿著唇，優雅地用耳機呼叫，沒多久便示意張如勛跟著他走。穿過吵鬧的廂房，踏進枯山水造景的庭園，他被引領到東邊廂房的一座金色玻璃電梯前。

電梯直達十樓，門開，料亭老闆笑著鞠躬：「來，先生，歡迎光臨。」

優雅寬敞的日式大廳內有數十張賭桌，黃竹編織而成的高聳天花板垂吊著紙燈籠，散發出鵝黃暖光，地面上是綿延不盡的暗紅織紋地毯。在場每位賭客穿著皆是西裝革履或優雅貴氣，張如勛一身突兀的T恤與牛仔褲，和華麗高貴的氣氛格格不入。

「先生今天想玩什麼？」料亭老闆笑了笑，帶領他入內，「沒錢可以借，借了就能翻身唷。」

張如勛冷笑一聲：「正合我意。」

說起賭博，張如勛從小到大只在大學的時候跟同學玩過麻將與橋牌，其他頂多透過電影得知賭場長怎樣。

一整排的賭桌，張如勛只懂得德州撲克，美女荷官攤開玉手，歡迎張如勛入座，同桌還有五名類型各異的男子，無論是年邁還是少年老成，唯一相似的就是全都散發著非善類的氣息。

十萬塊只能換十枚銀幣，張如勛捏著掌心的籌碼，第一輪僅僅推了五萬，同桌的男人們紛紛竊笑，彷彿可憐他一樣，也跟了五萬。

一輪不到十分鐘，張如勛的銀幣還沒摸熱，二分之一就貢獻給池底了。

其他男人身旁都有幾名美女作陪，只有張如勛身旁是剛才的料亭老闆。他一口氣跟老闆借了五十萬，一共四枚金幣、十枚銀幣。

第二輪，張如勛瞧了瞧手牌，是爛得要命的紅心六，於是他直接推了二十五萬下去。

同桌的人你看我、我看你，冷靜的冷靜，不屑的不屑，幾輪下來，別人秀了個ALL IN，荷官直接收走了張如勛的二十五萬。

很好，就是這種感覺，張如勛呵呵笑了起來，頗有賭輸準備賣腎臟的節奏。原來賭博輸錢的感覺這麼痛快，難怪這麼多人會喜歡！

第三輪，荷官再度向每人發送兩張牌，張如勛拿到紅心五與黑桃A。

一副牌五十二張，依據檯面上出現的牌張與對家喊牌的策略，他覺得這次有機會能輸到脫褲子！

轉牌一輪、河牌一輪，他直接抬手SHOW HAND，霸氣地把三十萬往前推入牌桌。

爽啊，張如勛只想哈哈大笑——然後他就贏了六十萬。

張如勛頓時瞪大眼。

「不是吧！」張如勛盯著眼前堆成小山的籌碼，幾乎傻眼：「我怎麼可能會贏？你們是不是出老千啊？」

最左邊那名戴墨鏡的男人馬上回嘴怒罵：「幹恁祖公，出老千讓你贏喔？幹！」

荷官立即制止墨鏡男，繼續下一輪的發牌。

玩德州撲克需要懂的是機率、賽局理論與博弈論，撇除最後一項，張如勛的數學可不是學假的。依照檯面上的公眾牌與其他人的喊牌方式，他支著腦袋陷入沉思，怎麼想都認爲不可能有贏面。

張如勛回過神，料亭老闆正笑著替他捏肩膀：「恭喜你，這次贏了三百六十萬唷。」

「我靠！」張如勛十指插在髮絲間，「騙我的吧！」

墨鏡男立即拍桌起身：「幹！沒看過贏得這麼機掰的人！」

張如勛也拍桌怒起：「我就是來輸錢的不行嗎！」

賭場內的目光紛紛投射而來，雙方衝突一觸即發，賭場保全趕緊一個個蜂擁而上架住張如勛。料亭老闆拍拍手，撫平和服上的皺褶，笑了一下：「張先生，抱歉，我們這邊不歡迎暴力唷。」

「果然！你明明就知道我是誰還問我名字！」張如勛咬牙切齒地怒罵，「陳杉那個王八蛋！」

「我聽不懂你在說什麼。」料亭老闆依然笑吟吟的，指著電梯出口，「這裡是正規經營的賭場，不可能作弊，您今晚運氣不錯，可惜規矩不好，就請您走吧。」

不愧是正規經營的賭場，張如勛被人推出巷弄時，對方還不忘把他贏來的三百萬一併打包裝箱送給他。

「可惡！」張如勛跌坐在路旁，恨恨地搥擊柏油路，「去你的陳杉！」

被人玩弄的感覺非常不好，他氣得渾身發抖，無處發洩。如果可以見到陳杉，他一定要當面賞那傢伙一拳！

怒火好比地心岩漿旺盛燃燒，只差沒噴發出來，張如勛不信自己鬥不過陳杉，於是拎起裝箱的三百萬，直接前往富麗嘉。

富麗嘉的保全還來不及抓住他，他馬上從箱內掏出一疊十萬灑往天空。滿滿的新臺幣在空中飛舞，往來路人瞬間尖叫，全發了瘋似的衝上來拚命撿拾，肌肉保全們都傻眼了，一時間無法思考是該撿錢還是阻止不速之客。

張如勛就這麼暢行無阻地踏入華麗的富麗嘉大廳，在水晶燈的映照下，再度灑出第二把鈔票：「陳杉給我出來！」

小姐們與尋歡客人們的目光紛紛落在張如勛身上，他怒氣沖天，像顆燃著引線的炸彈。

酒店正廳中央，藍映月搭著富麗堂皇的樓梯扶手款款走下樓。她高傲地昂起下巴，撥撥柔髮，嬌聲嬌氣地說：「三爺不在這兒，讓您白跑一趟了。」

對藍映月的卑躬屈膝僅限於過去存在雇傭關係時，張如勛沒心思討好賣笑，一張臉陰沉得嚇人。他把一箱鈔票直接推倒在地上：「我就點妳的檯，給我最貴的酒！今天我要狂歡！」

藍映月挑挑眉，雙手插腰，沒了一貫的頤指氣使，彷彿換了靈魂似的妖嬈說：「當然是恭敬不如從命，今晚就讓我來陪陪張先生您吧。」

於是，張如勛包下了酒店內最頂級的VIP包廂。

包廂中的大理石桌上擺滿了各式各樣的酒類，麥卡倫紫鑽、蘇格登四十年、九三年老爸長雪莉桶、格蘭利威二十一年，只要是高級的酒，就算價格破十萬以上，張如勛也見一瓶開一瓶。

舞池燈紅酒綠，十幾名小姐圍著中央跳舞，平常拘謹的服務少爺們也加入了行列，恣意地搖擺，把美好生命浪費在取樂上。

點了十幾名小姐的檯，再加上酒水，花費早就超過張如勛抱來的那疊數以百萬計的新臺幣。

張如勛背靠柔軟的沙發，他被灌了不少酒，雙頰泛紅，連耳根都感到灼熱。再次仰頭飲盡好幾杯，張如勛的滿腹窩火依舊無法消滅。

花錢還不簡單嗎？他就不信欠不了陳杉的債！

身旁的藍映月紅唇曖昧地含著一根菸，打火機點燃，她抽了幾口以後便往張如勛的嘴裡送，而他只吸了幾口就嗆咳起來，菸掉落在地板上。

「沒抽過菸？」藍映月甜甜一笑，「還眞是品學兼優的乖寶寶呢。」

雖然態度嬌柔甜蜜，講出來的話卻是徹底的諷刺，張如勛咳了咳，仰頭一杯烈酒撫平肺部的灼痛。

「王八蛋。」張如勛搖晃著酒杯，再度斟滿，喃喃自語，「出來面對啊，你這個膽小鬼……」

見張如勛沒有想理她的意思，藍映月的眸光隨即冷了下來。她哼了聲，隨手撈起麥克風，朝舞池內的眾人大喊：「各位各位——」

舞池內的男男女女仍舊或笑或鬧，藍映月清清喉嚨，大聲宣布：「今晚——算是歡送老同事，大家一定要用力跳舞！用力喝酒！」她瞧了眼張如勛，眼底藏著嘲笑的信息，尖聲地說：「陳三爺指示，今晚！全部！都不算錢！大家請尖叫——」

所有人頓時竭力瘋喊，越發狂歡起來。

張如勛一陣氣血翻湧，拿起酒杯直接往地上狠摔。酒杯砸在地面碎了一地，包廂內太過吵雜，有人歡笑有人嬉鬧，沒人聽見張如勛的心碎。

張如勛十指抱頭，自暴自棄地陷入沙發中。

藍映月單手插腰，冷笑了一下：「不過就是失戀，有必要搞得這麼難看嗎？」

上一次喝醉是什麼時候，張如勛已經想不起來了。他渾身癱軟，太陽穴隱隱作痛，彷佛有個渾沌黑洞吞沒了四周的歡笑聲。

藍映月替自己點了根菸，一屁股坐在張如勛身旁。

看著沙發上的男人在酒醉與痛楚中掙扎，藍映月一時失去了欺負人的興致，悻悻然地說：「失戀就要死要活的，可憐喔，以爲可憐就有人愛嗎？三爺就是這樣的人，你能拿他怎樣？」

她抖著高聳的胸脯，挪了姿勢，語氣高傲：「你這種人啊，我見多了。以前很多妹妹都喜歡三爺，愛得死去活來，結果呢？還不是跟你一樣撲到我懷裡哭訴。我喔，眞的不太喜歡說你們什麼，三爺是很喜歡跟人摟摟抱抱啦，你瞧瞧，他就喜歡這樣抱我，那是他對我的體貼——喔，我不是炫耀，只是想提點你一下，一堆人喜歡三爺，結果還不是被他玩玩而已，我勸你死了這條心吧。」

胳膊橫在額頭上，張如勛頭痛得要命：「藍映月，妳到底想表達什麼？說來說去，妳也喜歡陳杉對吧？」

「怎樣，今天三爺換換口味玩你個兩三次就喜歡上人家了？再去找新對象不會嗎！」藍映月面露不悅，連珠炮似的狂罵：「怎樣？爽不爽？他技術很好對不對，你被操得很爽吧？很爽吧！你這個噁心的娘娘腔，被丟掉也是活該——」

「妳在說什麼啊？」張如勛抬起眼，不耐煩地駁斥，「是我上陳杉好嗎？」

藍映月愣了一下，美麗的面孔上表情凝結，像被人揍了一拳。她遲遲無法從驚愕中回神，慢慢地，美眸中湧出了淚水，藍映月哇的一聲崩潰大哭：「你騙我！你一定是騙我的吧！」

張如勛瞬間酒醒，瞪大眼看著她：「我、我我、我說錯了什麼嗎？」

「你騙我！騙我！」藍映月徹底失去原本的霸氣，像個小女孩般美腿踹著地面撒潑，淚水弄花了妝容：「你一定是騙我的！我才不要相信！三爺才不會是這種人！」

張如勛下巴差點掉在地上，連忙安慰她：「不、不過就是失戀，有有、有必要弄得這麼難看嗎？」

「我才沒有失戀！」藍映月繼續掩面大哭，「一定是你騙我！三爺怎麼可能會讓你碰他！你騙我！一定是你騙我！」

「不、不、那個，妳還年輕……」張如勛緊張地抽紙巾替她擦眼淚，「妳不過三十歲而已，還可以再找新的對象嘛，不一定要陳杉。」

藍映月再也忍不住，大爆發似的吼了出來：「給我閉嘴！老娘已經四十了啦！不要逼我說出真話好不好！」

女人果然是種不容小覷的生物，張如勛震撼無比，原來藍映月是騙他的！不過說她二十幾歲或許都有人信。

舞池裡頭狂歡依舊，藍硬月哭得無法自拔，當張如勛替她添上第六杯威士忌時，她還邊哭邊喝，拚命傾訴自己從小到大皆以悲劇收場的戀愛歷程。看來酒店訓練出來的酒量完全擊不潰失戀的痛，張如勛只能選擇當個樹洞陪在她身旁。

醒酒過後的腦袋特別清晰，張如勛啜了一口酒，怎麼樣也喝不醉：「妳知道去哪裡找陳杉嗎？」

藍映月狠狠瞪他，咬著下唇，仰頭再度喝光威士忌。她用手背擦乾臉頰上的淚水，不情願地說：「他是我老闆，我怎會知道他的行蹤。」

張如勛思索了一會，繼續問：「那鏢仔會知道嗎？」

「那小矮子又不歸我管。」藍映月瞅了他一眼，「三爺只交代如果你來了我該怎麼做，其他的都沒說。」

兩人雙雙陷入沉默，四周只剩男男女女鬼吼似的歌唱聲。張如勛把威士忌一飲而盡，酒杯甩在桌上，起身就想走：「我要去老爹酒吧找江力，就不信我找不到陳杉。」

「老爹酒吧？你有病嗎！」藍映月嚇了一大跳，隨即張開雙臂阻攔，「你曉得那裡是什麼地方嗎！」

張如勛滿臉疑惑：「不就是退休阿伯集會賭博的地方嗎？」

「誰跟你講退休阿伯的！」藍映月差點昏厥，翻了一個華麗的大白眼，「你知不知道那些退休阿伯是誰？是黑道！黑道！懂不懂！」

「陳杉也是黑道啊。」張如勛摳摳臉，不明白藍映月的崩潰，「有差嗎？」

「外行人就是外行人，你這個白痴！」她氣得齜牙咧嘴，「你以爲他們只不過是老人嗎？老爹酒吧是專門給退休的道上兄弟打牌喝茶的地方，而道上兄弟本來就是看地盤的，即便他們退休了，還是各有各的地方勢力，老爹酒吧就是他們彼此調停的地方。」

張如勛還沒反應過來，藍映月恨鐵不成鋼地繼續解釋：「地方勢力是什麼？就是掌握了人脈與資源的在地霸主，連政商都要對他們低頭。那些黑道以往井水不犯河水，只有老了以後洗掉血氣，才能和和樂樂一起打牌。你在陳杉底下闖來闖去，他能原諒你那是你幸運，但老爹酒吧可不是什麼好地方，冒然過去我看你連怎麼死的都不知道！」

張如勛一時啞口，他直視藍映月那雙明豔的眼眸，喉頭乾澀，腦袋思索著任何可能性，雙拳緩緩地緊握。

還記得江筱芳是怎麼說的？老爹酒吧只有忘不了過去的老人？

「你到底想怎樣？」藍映月疑惑地朝他眨眼，「欸！等！等等！不要走！」

張如勛頭也不回地離開，藍映月想也不想就跟在他後頭，一路隨他踏出富麗嘉華麗的金色大門。

入夜的城市透著一股沁人的寒涼，藍映月抱著光裸的雙臂，踩著急促的腳步大吼：「張如勛你給我站住！你要去哪裡！」

張如勛轉過身，平靜地問她：「陳杉叫妳跟著我？」

鬧區的街道人聲鼎沸，每張面孔上全是歡快的神情，藍映月卻冷得發抖。張如勛反常地毫無笑容，態度太過冷靜，像幽潭深處壓抑著湧動的暗流，於是她反而退縮了，所有的高姿態隨著寒意潰散。

「你什麼都不懂，讓我想跟你走。」藍映月嘴唇微抖，拉好連身裙輕薄的肩帶，忐忑地說：「我也想見三爺。」

她本以爲張如勛會不屑一顧，沒想到對方平平淡淡地笑了笑。他脫下外套，從鼻腔哼出無可奈何的嘆息：「穿上吧，我只是想去找一位朋友。」

藍映月接過外套，有點尷尬地套上。張如勛的體溫很高，衣物的餘溫令她心慌。

燈火通明的夜晚喧囂不安，行人的笑語，救護車的呼嘯，城市裡有人哭也有人笑。張如勛帶著藍映月兜兜轉轉來到警局後，毫不猶豫踏入，藍映月卻在門外遲疑不前。

張如勛朝門口的員警微笑：「江筱芳在嗎？」

大概是眼底沒有笑意，員警豎起防備：「你哪位？來警局報案嗎？」

「欸——他是我朋友。」江筱芳從後方探出頭，手上還抓著一袋切好的水果，「張如勛，你怎麼會來這裡？」

值勤員警瞬間像洩了氣的皮球一樣無力，轉頭碎念江筱芳公私不分。

張如勛笑著說：「來找妳問幾件事。」

江筱芳的主管也站了起來，張如勛認出是昨天來臨檢的吳叔，那張歷經風霜的臉見了張如勛便皺眉。

「有什麼事情嗎？」江筱芳看了一下手錶，繞出辦公座位，「再半小時我就該值勤了。」

張如勛不等她反應，開門見山地問：「陳杉在哪裡？」

警局內的所有目光倏地集中在他身上。吳叔用力拍了桌子，怒指著張如勛：「你當這裡什麼地方？來這裡找黑道你是有毛病嗎！」

「吳叔，不要生氣，我、我我、我帶他出去。」江筱芳一面安撫震怒的男人，一面把張如勛推到警局外，「我們外面聊！」

藍映月坐在低矮的花圃邊瑟縮發抖，見了江筱芳驚訝大喊：「小可愛？」

江筱芳嚇了一跳，詫異地說：「藍姊！妳怎麼在這裡？」

藍映月聳聳肩，假意地甜笑，江筱芳隨即反應過來，是張如勛帶她來的。

「張如勛，你怎麼會來這裡？」江筱芳摸不著頭緒地問，「爲什麼要找陳杉？」

張如勛站在警局的臺階上高高俯視，口吻冷靜：「因爲我不是你們要找的線人，所以這一切與我無關了嗎？」

「這句話是什麼意思？」江筱芳武裝起警戒，「我聽不懂。」

張如勛微微一笑。

「老爹酒吧只是退休老人的聚會所？因爲我不是線人，對你們來說我就只是局外人了，對吧？」

藍映月心頭慌亂，躲到了江筱芳身後，極力降低自己的存在感。

「張如勛，你想太多了。」江筱芳皺著眉，「老爹酒吧的事情沒老實跟你說，是因爲普通人沒必要知道。」

「有人又想挖掘蘭城營造弊案的眞相，引起了許密雲的注意，所以曾善之才被犧牲。」張如勛不疾不徐地說，「死人不會說話，這對許密雲而言才是絕對安全的。這麼說來，這大概也是許密雲派人把我抓走的原因，他八成也以爲我是夏逢生的線人。」

江筱芳目光如炬，彷彿灼灼燃燒著。

「我明白普通人這個詞彙代表的意思，跟局外人差不多。」張如勛緩緩踩下臺階，「正因爲我是局外人，所以妳跟陳杉讓我踏出了酒店，打從我安然離開老爹酒吧的那一刻起，不……」指節輕碰嘴唇，張如勛失笑，「應該說，打從你們得知我不是線人的那一刻起，妳和陳杉就達成了某種共識，所以當我離開老爹酒吧後，才不再有人來找麻煩。你們做了什麼讓許密雲放棄我？還是你們透過某種方式告訴了許密雲，我不是線人？」

「不是……會讓你踏出酒店……是因爲、因爲……」江筱芳撇過頭，緊緊捏著拳頭，「不能讓你涉入危險……」

「如果我還在曾善之底下工作，又如果我接了SICA的案子……」張如勛苦笑，「那今天死的人就會是我了吧？該說我很幸運嗎？」

夜的寒冷彷彿沁入骨髓，江筱芳渾身發抖。

她盯著路燈下的水窪，水面反射著冰冷的螢光：「不會的……不可能的……如果曾善之有心把你當成替死鬼，那他怎麼可能放你走……別再追這件事情，不要硬把自己牽扯進去了。」

「也是，或許是我多想了。」張如勛說，「曾佳妍與許密雲有婚約關係，但許密雲是可以任人捏圓搓扁的角色嗎？或許在許密雲心中，曾善之早該死一百萬遍，只是秉持著物盡其用的原則才沒有太快處理。他在等一個對的時機，讓曾善之完美謝幕。」

江筱芳忍無可忍地低斥：「你不要再說了。」

「現在許密雲把曾佳妍當成籌碼，誘使我回去，多半是由於他也以爲我是握有證據的線人。當然，這就代表許密雲同樣不清楚眞正的線人是誰，因此他挾持著艾蓮，不放過任何線索。」

張如勛像牌局中難纏的對手，將自己的底牌一張一張掀開擊潰敵手。江筱芳偏著頭，呼吸困難，極力地忽視句句擊中要害的發言。

「假設你們確實放了消息告訴許密雲我不是線人好了，但他怎麼可能相信？」張如勛面對著江筱芳，一字一句地說，「如果他這麼簡單就能擺平，妳和陳杉也不用依然如此積極地想找到線人了。正因爲夏警官沒留下任何證據，所以你們才需要線人，對吧？無非是要製造更大的麻煩，讓許密雲不得不先解決眼前的問題，否則他怎麼可能放過我？」

「告訴我。」張如勛抓住江筱芳的肩膀，「陳杉到底在哪裡！他做了什麼？」

街道燈光璀璨，善與惡在世間流轉，來往人群依舊尋歡作樂，藍映月慌忙收攏被寒風颳起的裙襬。江筱芳虛脫似的渾身發抖，輕輕地笑了起來。

「果然。」她的唇色蒼白，「跟陳杉說的一樣，你很難纏。」

「夏逢生對你們而言，是個非常重要的人。」張如勛低聲說，「但對我而言，妳和陳杉都是我非常重要的人。」

「我不知道。」

「什麼？」

「我不知道陳杉在哪裡。」江筱芳重複，「他從不會告訴我這些事。」

明滅不定的車燈映在江筱芳的臉龐，江筱芳突然笑了出來：「還記得抓小偷鬼的那天晚上嗎？」

她低下頭，好似陷入回憶的漩渦，眼神恍惚：「從小到大，我的正義感總是無處發揮，因爲陳杉總是不讓我觸碰危險。」

突如其來的煙火在夜空綻放，炫麗奪目，街上許多行人都停下腳步驚呼，他們三人也抬起頭，燦亮無比的花火逐漸熄滅，緩緩下墜。

「因爲我是江力的女兒，所以夏叔叔很疼我。」江筱芳望著煙火餘燼，喃喃地說，

「對陳杉來說，江力是他的恩人，夏叔叔也是他的恩人，因此我處處受到陳杉的保護。他習慣把別人擺在優先順位，不顧自己的死活。就像遇見小偷鬼的那天晚上一樣，明明就不曉得對方是誰，陳杉還是為了保護我們自己衝了出去。」

「妳和他……」

「對我來說，陳杉就像哥哥一樣。」江筱芳打斷張如勛，「說來說去就是個任性的王八蛋，都不考慮別人的心情。你也這樣覺得吧？」

張如勛透過江筱芳的眼眸，看見了自己的身影，失去知覺的冰冷肌膚隨著血液流動逐漸回暖。

「沒錯。」張如勛失笑，「他就是個王八蛋。」

江筱芳輕輕嘆息：「陳杉只告訴我，如果你來找我，就要你別追究了。」

「不，妳要帶我去老爹酒吧。」張如勛急切地說，「或者帶我去找莉莉天使寶貝姊姊，我要知道陳杉在哪裡，我要親口聽到他說出答案！」

「老爹從不讓我進去酒吧的交誼廳。」江筱芳沮喪地歉然一笑，「而自從夏叔叔過世以後，我爸爸就躲著我，不願跟我見面，他一直很怕會影響到我的工作，或是害我受到傷害。」

對陳杉與江力而言，江筱芳就是他們捧在手心上細心呵護的公主，即便她擁有滿腔熱血想為夏逢生平反，只要遇上陳杉插手與父親阻撓，就會功虧一簣。

張如勛朝天吐出一口哀怨的長息，揉著發疼的太陽穴，不斷思考這下該怎麼辦。

「咳嗯，那個……」藍映月雙手抱著自己，從江筱芳後方探出身子，表情略顯尷尬，

「老爹酒吧嗎？或許我可以幫上忙。」

江筱芳與張如勛訝異地盯著她。

藍映月甜美地微笑：「有資格能踏入老爹酒吧的黑道，我認識的可不只陳三爺一個呢。」

第十二章

「我可以幫你帶路，不過那個人可沒這麼好應付。」藍映月環著胸脯，不屑地上下掃視張如勛，「像你這種窮鬼噢……連件像樣的西裝都沒有，嘖，帶你去見鄧爺可能會害我被掃地出門。」

江筱芳倒抽一口氣，臉色瞬間嚇白：「妳怎麼可以帶他去找鄧爺，陳杉又不在！太危險了！」

張如勛摸不著頭緒：「鄧爺是誰？」

藍映月悠悠地答：「是把咱們三爺當死對頭的男人。」

張如勛深思了一會：「我是有一套西裝……」

「誰要你那破西裝？」藍映月翻了白眼，「鄧爺什麼人？起碼也要穿訂製的才能入他的眼，做一套西裝少說要好幾個月，嘖！我真是白痴！」

「那一套是我在事務所穿的西裝。」張如勛露出一口燦爛的白牙，「剛好，就是訂製的。」

藍映月哼了聲，不懷好意地悄悄勾起紅唇，也勾起江筱芳不安的情緒。江筱芳輕咬下唇，扯下腰上的配槍，態度強硬地朝他們兩人說：「我也要去。」

如果老爹酒吧是道上兄弟的交誼廳，那淺水灣俱樂部就是會客室。俱樂部的舞臺上，歌姬擺動纖腰高歌，包廂內昏黃的燈光與雪茄香氣，令張如勛想起多年前在倫敦喝的那杯烈酒，是歲月醞釀出來的味道。

在威士忌特有的醇厚香氣中，客人們壓抑著言歡的音量，彼此之間以直紋玻璃屏幕相隔，隱隱約約模糊曖昧，不相干擾。

金迷粉醉，迷惑人心，一股叛逆邪氣醞釀著悄悄發酵。

以玻璃區隔的某間包廂內擺放著深綠色皮革沙發與胡桃木桌，桌上只有一瓶昂貴威士忌與一卷未開封的雪茄。琥珀色液體在燈光下晃動，張如勛淺嚐一口美酒，藍映月與江筱芳兩位美女左右陪侍，一行人假裝成尋歡的酒客。

江筱芳嚥了口唾沫，墨綠色禮服的低胸剪裁使她渾身不自在，縮起肩膀頻頻掩著胸口，活像剛出道仍羞怯的酒店公主。

藍映月那雙黑白分明的眼珠子靈活地游移，不著痕跡地左右張望。張如勛身上那訂製的淺灰色西裝剪裁合宜，配上好身材，再打扮一番，就襯得出氣質了，幸虧沒壞了她藍映月只陪帥哥的金字招牌。

但她還是臨時刷了卡，替張如勛買了只昂貴名錶與純銀胸針，增添點派頭。

張如勛自顧自地喝酒，神情若有所思。藍映月冷哼，心想這傢伙倒也沉得住氣。她替張如勛添酒，一襲黑紗洋裝包裹玲瓏胴體，配上紅唇與美豔妝容，不笑也能顯出豔麗。雖然姿色出眾，那伶牙俐齒仍舊不饒人：「喔——看到沒有，那個奶垂到地的老查某有沒有，那個那個，旁邊那個，第三桌那個查某，她旁邊就是金樂仙的鄧爺。」

張如勛順著藍映月指的方向望去，對桌那名男子確實品味極佳，褐色直紋西裝別著雅痞的花紋領巾，一把年紀薰陶出來的氣質自然而然地融入自信，舉手投足都帶了那麼點氣勢。

「你到底看見了沒有？鄧爺最常出沒的地方就是淺水灣俱樂部。」藍映月低聲說，「人家講究品味，待人高傲，身上沒個名牌可不能跟他搭話。」

如果人間有天堂，非金樂仙與富麗嘉莫屬。

前者爲歷經三代的老酒店，以夜上海格調在黑道間聞名已久；後者則是近年崛起，作風前衛不斷求新求變，以高級時尚的姿態席捲了臺北的夜生活。富麗嘉不過開張二十年，就急起直追金樂仙，爲此最不爽的當然正是金樂仙的老闆鄧安邦。

據說鄧爺有個缺點，他最討厭來挑釁的男人。

眞是恰好，陳杉的優點就是特別會挑釁其他人。

張如勛忍不住笑出來，被藍映月白了一眼。

「收起你那副白痴樣！」藍映月按捺不住，傾身在張如勛耳邊低聲威嚇，「上個月鄧爺把一個他看不爽的男人手腳全打斷丟在陽明山，勸你最好不要惹毛他。你先別輕舉妄動，等等呢，我過去搭訕鄧爺，你在——」

「張如勛。」江筱芳突然插話，悄聲說，「他來了。」

張如勛抬起眼，對桌的男子端著酒，在女人的擁簇下笑吟吟朝他而來。

「今天是什麼風把小月給吹來了？」鄧安邦瞇著眼，「還帶來一位生面孔，先生怎麼稱呼？」

「敝姓張。」張如勛下意識摸著左胸前的口袋，「啊，忘記我沒名片這回事了。」

鄧安邦被他逗笑，威士忌隨笑聲顫出酒杯：「眞有趣，小月去哪找這種逗趣的人？以爲這裡是談生意的嗎？」

對方話中暗藏尖銳的試探，藍映月趕緊陪笑：「鄧爺，您幹麼開我們家小朋友玩笑？人家新手，很多規矩都不懂，想來開開眼界的。」

張如勛禮貌地揚起嘴角：「我就是想來跟您談談。」

鄧安邦先是一愣，接著仰天哈哈大笑，旁邊的女人們隨即面面相覷，如潮水般不留痕跡地迅速退下。

鄧安邦盯著張如勛，單眼皮下的銳利目光如蛇一般流露冷意：「你算哪根蔥？」

「我只是一個小小的會計師。」張如勛嘴角依舊帶笑，「希望鄧爺可以幫幫忙，帶我去老爹酒吧找一個人。」

鄧安邦把酒杯放下，抽出手帕悠哉擦手：「對我有什麼好處？」

張如勛撐著下巴，皺眉思考了一會，才緩緩開口：「我想，可以讓陳杉欠你個人情。」

「我又不缺陳杉的人情。」鄧安邦嗤笑，瞇起的雙眼中充滿狠戾，「臭小子，明目張膽踏入我的地盤，要我的資源卻拿不出籌碼，你以爲這裡是哪裡？」

藍映月渾身寒毛豎起，她想打圓場卻被張如勛抬手阻止。張如勛神情一派輕鬆：「籌碼嗎？我的確沒什麼籌碼，不過我以前是個會計師。」

鄧安邦抬起下巴，面露不屑：「那又怎樣？」

「所以我有很多手段可以利用。」

鄧安邦嗤之以鼻：「你當我缺錢？」

「譬如說……」張如勛瞇起眼：「處理走私毒品這件事。」

「操你媽的！」

怒火驀地爆發，鄧安邦把酒杯摔在大理石桌面，藍映月掩嘴尖叫。鄧安邦額上布滿青筋，伸手要揪張如勛的領子，但江筱芳比他更快一步，在鄧安邦雙手碰到張如勛之前，便起身箝住他的手腕，冷靜地威脅：「退後，不然別怪我不客氣。」

藍映月擋在江筱芳與鄧安邦之間，急急忙忙地安撫雙方：「先冷靜一下！鄧爺，冷靜點。」

左右鄰桌仍談笑風生，歌姬自顧自地歌唱，俱樂部內的所有人對此完全無動於衷。張如勛並沒有被鄧安邦突如其來的舉動嚇著，反而笑出了聲，愉快地說：「果然，你跟陳杉一樣，都很疼惜酒店的姊妹們。」

「你到底想說什麼？」

張如勛悠哉表示：「我可以替你解決羅信行。」

這個關鍵字太過刺耳，鄧安邦額上的青筋一跳一跳，忍著餘怒狠瞪著眼前人：「什麼意思？」

「富麗嘉與金樂仙一樣，都不希望小姐們染毒吧。做爲交換條件，你必須帶我去老爹酒吧找江力，我要知道陳杉在哪裡。」

「哈！」鄧安邦朝天翻了個白眼，咬牙切齒，「我認識的刑警大隊的人比你吃過的鹽還多，憑你這小子就想替我解決羅信行？」

張如勛的情緒未起任何波瀾：「我以前在許密雲底下工作過，算跟他有點淵源。」

鄧安邦明顯地一怔。

張如勛朝鄧安邦微笑：「很簡單，只需要帶我去老爹酒吧找江力，這筆生意對你來說不吃虧。」

滿桌面尖銳的玻璃刺在暖光下顯得晶瑩剔透，閃閃動人，彷彿暗示著即將到來的危險。鄧安邦盯著張如勛好一會，才扭頭與江筱芳怒目對視，江筱芳不甘示弱地回瞪，額上全是涔涔冷汗。

「放開。」鄧安邦朝江筱芳說，接著轉過身，態度高傲地命令張如勛，「跟我走。」

一旁的藍映月也捏了把冷汗。

過去張如勛在她底下，無論怎麼被打罵，這個男人都逆來順受。

眼下她才意識到，自己似乎太小看張如勛了。

先前富麗嘉的小姐染了毒，陳杉因此和羅信行結下梁子，張如勛利用此事挑釁金樂仙的老闆，試探鄧安邦是不是羅信行的同夥。

而張如勛賭對了。

接著，他一腳直踩鄧安邦的痛處，讓對方認真衡量——要不要藉這個機會一舉解決毒品的源頭？

利益擺在眼前，無本生意誰不幹呢？

一個落魄的會計師，本質上仍是與黑暗交手過的人，再怎樣也不會是隻軟弱的狗。以前在酒店內，張如勛的表現是種假象，他將自己偽裝成無辜無能，以躲開預期中的巨大風險。

然而現在的他爲了陳杉，再度涉入了那個世界。

鄧安邦皺起的臉更顯滄桑，他向侍應女郎要了張房卡，帶著張如勛與兩位美女拐入另外一處包廂區。藍映月與江筱芳彼此交換擔憂的眼神，藍映月捏了捏江筱芳的手，示意她放下警戒，兩人小碎步地跟在張如勛後面。

柚木色的天花板垂掛著燭光水晶燈，厚重的深藍呢絨地毯與直紋玻璃區隔出包廂中的私領域。踩在絨面地毯上，腳步無聲，張如勛覺得自己的腦袋彷彿被人用錘重敲，隨著步伐一下一下地作痛，意識像飄浮在空中，思緒卻極爲清晰。

來到倒數第三間包廂的門前，門旁的銀鉛字刻著「Whisper」，鄧安邦打開門，張如勛等人旋即一愣。

深藍色包廂內僅有張沙發與厚重的紅木桌，江力難得一身正經的男裝，哭花了臉，正翹著小指擦淚，張如勛差點就認錯人，還以爲是哪來的健身教練。

江筱芳撥開前方的人，驚訝地喊：「爸爸！你、你怎麼會在俱樂部？」

「小可愛？」江力同樣震撼，目光上下掃過江筱芳，隨即震怒大吼，「誰讓妳穿成這樣的！」

藍映月腿一縮，趕緊躲到張如勛身後避風頭。

鄧安邦敲敲門框，把江力的注意力拉回來：「有人說想找你。」

江力把目光移到後方，接著重嘆一口氣，眼淚隨著滾落：「鄧安邦，我不是警告過你了嗎？怎麼還帶他過來……你找我是沒用的，我不曉得小三在哪裡。」

「你怎麼知道我想找你問什麼？」張如勛橫在門口，冷靜得出奇，宛如山雨欲來，「我不會要你告訴我陳杉在哪，我只要你告訴我，陳杉到底幹了什麼好事。」

江力揮揮手，乾脆轉過身，沉默地背對眾人。

「爸爸。」江筱芳求情似的喊。

「你不知道陳杉用了什麼手段？」張如勛停頓了一會，接著又說，「難道你不想找到夏逢生的線人？」

連線人都曉得？鄧安邦不著痕跡地打量張如勛，嘴角勾起冷笑。

江力寬厚的背不動如山，擺明不肯合作，甚至連句話都不想回應。張如勛自顧自地繼續說：「我其實是個很謹慎的人，換句話說，只是個貪生怕死的膽小鬼罷了。我從沒想過我會涉入險境，當然，我也不會勉強自己。」

「如果要說這輩子我做過最危險的事情……」他笑了下，「大概就是認識陳杉。」

張如勛始終盯著江力：「之前艾蓮阻止我觸碰SICA，而出於職業習慣，我先私下調查了SICA。意思就是，除了線人以外，你們還有另一張王牌。」

這瞬間，江力轉過身，不可置信地盯著張如勛。

「我了解SICA的金流，明白其中的弊端。」張如勛用食指輕點自己的腦袋，「也記得很清楚。」

所有人的目光都落在張如勛身上。

「你只是個局外人。」江力龐大的身軀一下子癱軟無力，語氣彷彿在哀求，「這沒你的事，沒必要扯進來。」

張如勛冷靜地回：「局外人也可以幫忙。」

江力洩氣地搖頭，哀愁又逐漸往上湧：「小三是怕你陷入危險才這麼做，你不要辜負小三，快離開這裡吧，我不會告訴你任何事的。」

「就像夏逢生對你而言非常重要，陳杉對我來說也很重要。」張如勛揚起苦笑，「我明白，無論我是不是線人，他都會保護我，畢竟如果他不重視我，就不會和我睡覺了。」

江筱芳愕然抬頭，思考能力像被卡車重擊瞬間飛到九霄雲外。藍映月嘆了口氣，同病相憐地拍拍石化的江筱芳，仍喚不醒當機的腦袋。

「為什麼要這樣提起逢生？」豆大的眼淚滴在掌心，江力嗚咽著哭泣，「你太過分了……」

「我同樣也害怕陳杉會出什麼事。」張如勛極力放低自己的姿態，懇求地說，「拜託你告訴我，他究竟在哪裡。」

鄧安邦雙手環胸，突然開口打破沉默：「不用問了，他不曉得陳杉在哪。」

江力垂下頭，止不住地啜泣，藍映月與江筱芳對望一眼，失落地垂下肩膀。

張如勛臉色沉到了極點。果然，陳杉如此果決無情，誰都可以隱瞞，只是自己一股腦地往前衝，完全不考慮別人的心情。

如果能再見到陳杉，張如勛肯定會賞他一拳。

「我也不曉得陳杉去了哪裡。」鄧安邦陰險地笑起來，「但我曉得許密雲最近去了哪裡。」

十一月十三號，許密雲將在豪華郵輪上舉辦一場派對，受邀者無一不是政商名流，遍及黑白兩道。派對的名義是慈善拍賣，私底下幹的勾當據說相當有趣，鄧安邦卑劣地呵呵笑，怎樣都不肯透露內情，就是想看好戲。

選在杜允珖的忌日舉行盛會，張如勛完全不懂許密雲的作爲，他只看得見這人的殘忍與高傲，隱約抗拒著理解對方的想法。

鄧安邦把派對邀請卡轉贈給張如勛，據說艾蓮與曾佳妍也會在那艘郵輪上——就像等著誰赴宴一樣。

派對舉行的當晚，基隆港邊的海風呼嘯地吹，嗆鼻的油氣與海腥交融成碼頭特有的氣味。

張如勛踢到了登船口的鐵板，踉蹌一下，忍不住低聲抱怨：「哪有人晚上戴墨鏡的？現在是在扮黑道，又不是扮車站替人按摩的……」

「噓！」藍映月掐了他的大腿，額角爆出青筋，「你閉嘴行不行啊！眞是，帥不過三秒！」

江筱芳一襲深藍色禮服，她拉著垂地的裙襬，挽著張如勛的手臂一步一步踏上階梯：「別忘了今天扮演的角色，藍姊負責協助你與其他政商周旋，我負責武力支援，至於你……」

「我去找艾蓮，有些話……必須問清楚。」張如勛拉拉領子，讓冰冷的海風吹醒腦袋。

郵輪鳴笛，再過半小時就會出發前往關島。

感謝鄧安邦的品味加持，張如勛把頭髮往後梳起，露出光潔的額，深灰色三件式西裝外罩一件手工名牌大衣，一身價值不菲的行頭襯托出黑道大哥的尊爵不凡。

但張如勛就是有那麼點不習慣，有必要連內褲也手工製作嗎？他實在搞不懂黑道的堅持。

三個小時後，張如勛在衣香鬢影交錯的派對上找到一抹熟悉的身影。他豎起食指貼在微笑的唇前，朝江筱芳與藍映月示意，接著獨自離去。

落地垂簾區隔出的包廂內，陳杉一身優雅的西裝，手上端著香檳，孤零零地啜酒沉思。

張如勛掀起金色簾幕，抬手對他說：「嗨。」

大概是身上的西裝太高檔，陳杉愣了好一會才回過神，俊帥的臉龐浮現出不可置信的震怒。

張如勛摘下墨鏡，朝他笑了下。

電光石火之間，盛怒的陳杉賞給張如勛一拳。

手中的香檳杯跌落在地，左臉頰火辣辣地疼，口中嚐到了血腥味，張如勛結結實實承受了這一擊。

砲友見面的禮物真夠猛，不愧是玩玩就想跑的渣男。

張如勛不甘示弱，回過身猛力抓住陳杉的手腕，緊捏對方的下巴迅速貼上自己的唇，送給陳杉一個久別重逢的溫柔深吻。

那雙嘴唇依然柔軟甜膩，猝然難防的卻是陳杉的拳頭，對方甚至連施捨點餘溫的貼心也沒有，拳頭又快又猛，直接朝張如勛的腹部猛力灌上一記，痛得張如勛差點把晚餐給吐出來。

他彎下腰，撐著桌旁不斷猛咳，陳杉用手背抹抹唇，居高臨下睥睨他。假如張如勛沒看錯，陳杉不只眼中藏著怒火，就連背後也燃燒著熊熊烈火。

陳杉取出手帕擦了擦被香檳潑溼的袖口，將垂簾放下，遮蔽外界的視線。

隨著鋼琴、長笛與單簧管的伴奏，一曲華爾滋重新演奏起來。陳杉透過淡金色垂簾望著外頭，見到一張張模糊的面孔悠然起舞。

俊臉上蒙著一層寒冰，陳杉按捺著殺人放火的衝動質問張如勛：「你來這裡做什麼？」

「如果我說是……想你，」張如勛按著腹部，吃力地喘氣，「你信不信？」

陳杉額上明顯浮著青筋：「邀請卡誰給你的？」

張如勛哈哈笑了兩聲，接著瞪了陳杉一眼：「誰給的不重要，我才想問你把我當成什麼，丟下我一個人，什麼都不解釋，你覺得我不會對你生氣嗎？」

「什麼解釋？」陳杉陰著面孔，「煩不煩？」

「你這王八蛋。」張如勛咬牙切齒，「告訴我你做了什麼，爲什麼許密雲肯放過我？」

陳杉冷冷地駁斥：「你以爲你很重要嗎？少自以爲是。」

「是嗎？」張如勛直視著陳杉，想從眼神中找出動搖，「假設我說，除了找到艾蓮以外，我也能替夏逢生洗刷冤屈，你又怎麼想呢？」

在宴會廳璀璨的燈光下，陳杉那張玉雕般的面孔毫無波瀾，冷酷無情豎起討人厭的疏離，張如勛甚至懷疑是自己猜錯了方向，或許陳杉根本不在乎。

腹部的疼痛深入骨髓，張如勛按著肚子，冷汗涔涔。這一拳可不是開玩笑的，可見陳杉是真的動怒了。

眞相總是在不經意間從細節處透露，若在黑暗之中摸不清事件的輪廓，那就引燃火花，窺探全貌。無論許密雲知不知道線人是誰，張如勛仍可能是他意圖毀滅一切線索的下個目標，怎會輕易放過？然而江筱芳說過，曾善之死時，吳叔與陳杉曾有聯繫。

「除非是面臨了更大的威脅，許密雲才會放棄我這條線。」張如勛瞪著陳杉，一字一句地從牙縫逼出話，「陳杉，你和警方之間是什麼關係？」

陳杉瞪著張如勛，驚訝如星火般稍縱即逝。張如勛忍不住屏息，這只是用來試探陳杉的突發揣測，唯一能確認的就是，陳杉的確露出了破綻。

蛛絲般的細微線索，悄悄地牽起了每一個環節。

陳杉的眼神中醞釀著怒火，他笑了笑，嘴角勾起惡意：「果然，沒打到你斷腿眞是失策。」

下一秒，張如勛腦袋一陣鈍痛，立即失去了意識。

遠方的大理石階上，藍映月趕緊拉住江筱芳的手腕：「不要過去！」

江筱芳慌亂地說：「可是張如勛他——」

「起碼是在三爺手上。」藍映月臉色難看，「我們過去被三爺抓到，那才是完蛋。」垂簾隔起的獨立包廂中隱約可見人影，陳杉單手掀起簾幕，朝旁邊招手，不遠處一名矮小的男人隨即畢恭畢敬地進了包廂。

政商名流穿著各色高雅禮服來去，侍應端著托盤穿梭在人群中，簾幕內的身影晃動不定，江筱芳瞇起眼，吃力地想看清簾後的動靜。

是鏢仔。沒想到他也在這裡。

鏢仔和陳杉講了幾句話後，把人當成醉漢似的扛起張如勛，領命解決這個燙手山芋。

當張如勛再度醒來時，緊隨而來的是一陣頭痛欲裂。

眼前一片朦朧，他幾番掙扎，察覺自己躺在一張大床上，再動動身子，發現自己的手腕被銬在床頭，一扭動身軀就發出刺耳的噪音。

「醒了？」

張如勛朝聲音來源望去，高級客房內只有一張床與四面落地窗，陳杉靠在梳妝臺旁，單手夾著菸，依然是優雅的姿態。

「現在是……」張如勛瞇起眼，搖了搖手腕，「玩手銬PLAY嗎？」

陳杉沒理會他的低級玩笑，抽了口菸，吐出煙圈，又不耐煩地捻熄。雙手環胸，他蹙起眉頭，低頭思索了好一會才說：「我知道你有很多話想問。」

依張如勛的個性，如果沒講清楚，這傢伙肯定會執著地追到天涯海角。陳杉像是自暴自棄，又不肯讓步，話講了一半卻吐不出下一句。

「我問了你就會告訴我嗎?」張如勛從鼻腔呼出長氣，乾脆閉起眼，仰躺在床上歇息，「從以前到現在，你很了解我，我也很了解你，或許歲月改變了你的觀念，但個性這種東西，如果是你的話，鐵定到死都不會改。」

「呵。」陳杉嘴角勾起，雙手撐在身體兩側，「你他媽這種死纏爛打的個性，也是到死都不會改。」

「我明白你想扳倒許密雲，但你究竟想怎麼做?」

「不關你的事。」

「是你先來招惹我的。」

陳杉頓了下，隨即不耐地一哼。

「是不是因爲線人向記者爆料，所以你才找上我?」張如勛說，「死人不會說話，你怕我的下場跟曾善之一樣，才會把我藏在富麗嘉。用膝蓋想也知道，哪有一個跑腿新人的薪水這麼高的?」

「都是用結果論來推斷。」陳杉面無表情，「隨你怎麼說。」

「正是因爲明白前因後果，才能合理化你的舉動。」張如勛轉頭直視陳杉，「想找線人用得著上床嗎?」

「跟誰上床還要你管?」陳杉雙眉緊蹙，一下子完全失去耐心，「我只不過圖個新鮮，想怎樣干你屁事?別把我對你的仁慈當成你驕縱的籌碼，從現在起，滾遠一點。」

陳杉不留情地駁斥，張如勛咬牙瞪著他，胸腔猶如被重擊一拳，悶得發疼。

「你要我怎麼滾?」張如勛把手銬撞得鏗噹響，「打開啊王八蛋，你打開我就走人，離你遠遠的！」

張如勛戰戰兢兢地觀察陳杉的下一步，仔細琢磨對方臉上的細微變化。只見那精緻的眉頭輕輕皺起，下巴線條隱約緊繃，上身的姿態卻並未改變，彷若正在深思，又不著痕跡地掩飾。

如果陳杉願意打開手銬，張如勛當然不會離開。

陳杉思索了一陣，最後不屑地冷笑，起身就走。

太過了解彼此果然不是件好事！

「陳杉！」張如勛急得大喊，「不要走！」

「如果眞像你說的，除了線人以外，你也能找出眞相。」帶著嘲諷的表情，陳杉再度點燃一根菸，「那你就給我在這好好待著吧白痴。」

「你給我站住！」張如勛氣得面紅耳赤，大吼著說，「把我銬在這裡如果船沉了怎麼辦！」

「那到時候我再拿斧頭來幫你劈開手銬。」陳杉背對著他揮手，「再見。」

房門闔上，電子鎖自動啟動，張如勛目瞪口呆。

房內殘留著菸的氣味，張如勛仰躺在床上。想不到陳杉連一點合作的意願也沒有，現在的情況只能用功虧一簣來形容。

他吐出一口長氣，閉上眼冷卻思緒。

陳杉究竟想怎麼做？他無從得知。自己像浮沉在幽暗的海底，岸邊燈塔忽明忽滅，陳杉完全不給他觸碰眞相的機會。

揪結的眉心宛如被刻下三道深刻的痕跡，張如勛所知的線索太少，無法拼湊出全貌，畢竟陳杉連對江力都不願透露太多。很顯然，並不是每個人都像陳杉一樣無微不至地護著他，要不是江力屈服於私慾——他想讓夏逢生得以平反——才同意張如勛涉險，他恐怕只能在東海岸看著郵輪開往海的另一端。

翻個身，金屬手銬敲在欄杆上的聲音提醒了他目前的處境。不過張如勛習慣往好處想，畢竟陳杉所做的這一切，有一部分是爲了保護他。

張如勛發洩般用力扯著手銬，可惜郵輪上連檯燈都是固定死的，更何況是大床。手腕陣陣發痛，他洩氣地瞪著天花板的燈光，左思右想，想不出陳杉能有什麼方法對付許密雲。

雙方差距太大了。

許密雲背後是深不可測的政商界，張如勛不認爲光靠一個線人能扳倒什麼。腦海裡浮現陳杉的臉龐，包含江筱芳、江力、夏逢生，他們都願意賭一把。即便光芒在黑暗中微乎其微地閃爍，他們仍願意伸出手，努力地緊抓，不放棄希望。

最懦弱的人其實是他自己。

張如勛吐出一口氣，再度使勁想掙脫手銬。手腕被金屬磨出一道道紅腫，張如勛咬牙猛扯。

換作是以前，張如勛絕對不會想與許密雲有任何牽連。

但是，現在選擇獨善其身，他可能會後悔一輩子。

「幹！」

手銬重重捶擊床頭，張如勛大口喘氣，手腕痛得無法再轉動，皮膚滲出細密血瘀。好吧，張如勛自暴自棄地想，如果這時候大喊救命，不曉得有沒有人會聽見？

不知江筱芳跟藍映月如何了？

幸虧她們倆沒跟過來，否則一窩造反小貓就全被陳三爺給逮了，到時候陳杉鐵定連毛孔都會冒出憤怒之火。

張如勛斷斷續續地思考，身軀陷入柔軟的枕頭，窗外月明星稀，海風吹起窗簾，時間在滴答聲中流逝。不確定過了多久，一陣電子音響起，房門隨之開啟。

張如勛慌忙想起身，卻又被手銬牽制。

進來的人是鏢仔，他滿臉無奈，左手高舉在頭頂，在他身後的是江筱芳與藍映月。

江筱芳從背後壓著鏢仔的手腕與肩膀，一見到張如勛立刻鬆了一口氣，擔心地問：「張如勛！你沒事吧！」

藍映月一看張如勛的窘境立即翻白眼：「你這白痴，知不知道我們花了多少力氣才逮到小矮子啊，被打死算了！」

雖然被壓制住，鏢仔仍不甘示弱朝藍映月發怒：「妳再講一次試試看！」

「死矮子給老娘閉嘴！」藍映月雙手插腰，「手銬鑰匙呢！」

鏢仔皺起眉，當然不肯合作。

只聽江筱芳輕輕嘆息，隨即把鏢仔的肩膀折成詭異的角度，鏢仔悶哼一聲，咬牙扛住。江筱芳悠悠地說：「你這樣硬撐是撐不了多久的。」

張如勛也擔憂地勸：「鏢仔，你快放了我，拜託！我求你了。」

「三爺是怕你出事。」鏢仔冷汗涔涔，艱難地喘息，「勛哥……你就…不要逼我了。」

「可是我必須去見一個人。」張如勛說，「只要見到她，或許夏警官就能沉冤昭雪。」她會是那座迷霧中的燈塔，唯有找到艾蓮，才能看見前進的希望。

鏢仔愣了愣，接著垂下腦袋，躲開張如勛的視線。藍映月哼了聲，開始不客氣地搜索鏢仔的前胸與口袋，摸夠了一身肌肉，總算在西裝外套內側的暗袋找到一把鑰匙。江筱芳鬆開手，讓鏢仔跌坐在地上，他不發一語，垂頭喪氣。

手銬開啟，手腕早已傷痕累累。

張如勛坐在床沿，撩起上衣，腹肌上一片駭人的瘀青。藍映月把鑰匙拎在指尖上打轉，笑吟吟地說：「不愧是三爺，下手完全沒有保留呢。」

「痛嗎？」江筱芳替他倒了杯茶，擔憂地問，「要不要休息一陣子？」

張如勛接過玻璃杯，微微苦笑：「恐怕沒時間了。」

「我和小可愛已經查過了。」藍映月勾起冷笑，「那個姓艾的女人一直都跟在羅信行旁邊當他的女伴，乖得跟貓一樣。而許密雲的女伴自然就是他的未婚妻，只是那女人精神不穩，剛剛還在酒會鬧了一齣，現在八成被關在十三樓的寰宇套房裡。」她瞪了鏢仔一眼，「幸虧我機靈，一碰面就把這小子給逮了，否則這臭小子一定跑去通報三爺。」

曾佳妍。

張如勛盯著水杯中的倒影，曾佳妍蒼白的臉龐與睫毛上未乾的淚珠似乎隨之浮現。

許密雲與曾佳妍的婚約出自曾善之的私慾，而許密雲會是那種傻傻跳進圈套的人嗎？且曾佳妍被精神疾病所困，許密雲怎能讓她在大眾面前露臉？只有一點，就是曾佳妍還有可利用之處，高傲的許密雲才會心甘情願地繼續演戲。

那就是他。

曾佳妍不過是個誘餌，爲了誘使張如勛乖乖現形。

張如勛沉默了一會，情況越發詭譎，他總覺得一切沒這麼簡單。

「拍賣會是幾點開始？」

江筱芳趕緊看了一下手錶：「邀請卡上註明十點，還剩下半小時。」

「我們分頭行動，分散風險。」張如勛抬頭朝兩位女性說，「把艾蓮找出來。」

「勛哥，讓我跟你走。」鏢仔捏緊拳頭，賭氣地說，「起碼……打架比較不會輸。」

江筱芳一副若有所思，藍映月深感認同地點頭，張如勛苦笑了一陣，最後才說：「謝謝你噢。」

第十三章

海上郵輪地下二層，挑高的展示廳空蕩地高掛一座水晶吊燈。

水晶幽光折射在冰冷的大理石地磚上，青銅女神像手執燭火，光影搖曳，展廳周圍陳列著即將拍賣的各項珍寶，孤伶伶地璀璨。身著禮服的男男女女穿梭其中，相互低語，室內樂與厚重的暗紅絨縵壓低了談話聲，潛藏著一抹腐敗的陰翳。

垂簾旁，張如勛用拍賣手冊遮掩自己的面孔，視線低調地掃視。在這站了這麼久，仍遍尋不著陳杉的身影，他繃緊著神經，無法鬆懈。

張如勛假意翻閱手冊，裡頭介紹的盡是各類古物珍寶——十七世紀芭蕾雙女古瓷、文藝復興聖母子膠彩畫、十七世紀的畫作《勾引羅得》等等。手冊上除了標示作品名、年份、圖錄、稱號，更有驚人的起標價格。

他心不在焉地把拍賣手冊來回翻了幾次，玻璃櫥窗內的珍寶綻放著瑩瑩幽光，侍者從身旁經過詢問是否需要香檳，張如勛假裝正在欣賞一幅油畫，抬手無聲地拒絕。

等侍者離去後，張如勛才察覺，在他眼前的是拍賣手冊中的《加略人猶大》。巨幅落地油畫描繪出猶大背叛基督以後的悔恨、自盡前三十枚金幣逐一掉落的瞬間，痛苦之情栩栩如生。

如此美麗的畫作只是富人用以炫耀的工具，令人惋惜。

片刻後，張如勛回過神，冷靜地觀察起在這展示廳流連的各類人物。藝人、政治家、銀行及財團二代，大多皆是螢光幕前光鮮亮麗的面孔，他倒能認得出幾個，其中還有他見過的客戶。張如勛翻開拍賣手冊的下一頁，不著痕跡地打量。

上流社會的社交禮節很簡單，人脈就是錢脈，他很懂這類人私底下的交流。層層關係織出一張蛛網，建構起金字塔頂端的社會，他們就站在頂端吮人血骨，拍賣會只是種掩護，以將檯面下的陰私不著痕跡地掩蓋。

小提琴流瀉出溫潤弦音，張如勛抬腕一瞧手錶，再過十分鐘拍賣會就要開始了。廳中開始有人動身，慵懶的氣氛消失，暗藏著一股躁動。

啪地闔起手冊，他默默跟著人群離開展示廳。

拍賣會地點位於地下歌劇院，一處可容納百人的華麗場域。根據鏢仔透過船上侍應生獲得的情報，許密雲位於最高樓層的包廂內，不必露面就能競標。

跨出展示廳，廊道的落地玻璃映出海上的暴雨，遠遠地，張如勛看見了江筱芳與藍映月。她們站在巨幅玻璃窗前低語，江筱芳背對著夜色，在目光觸及他時撇過頭，藍映月則是高傲地露出微笑，接著轉身離去，留下婀娜多姿的背影。

孤單的張如勛站在冰冷的石階上，像踏在未知的路途，充滿不安。身為警察的江筱芳是他們最後的後盾，她必須潛伏著，像只信號彈在危急時刻發揮作用。

鏢仔跟在張如勛後方不遠處，一路和許多人擦肩而過，像一頭隱身黑暗伺機狩獵的豹。

在踏入歌劇院前，張如勛從鏢仔口中得知，陳杉用假證件替鏢仔弄了個假身分，並且告訴鏢仔在拍賣過程中必須遵從指令。但目前爲止，鏢仔只是被下令在房間內看緊張如勛，並等待下一步行動。

張如勛沿路不斷思索，所謂的指令會是什麼？陳杉爲何來到這艘船上？

侍者推開舞臺布幕般高聳的隔音門，映入眼簾的是偌大的華麗歌劇院。仿古典巴黎歌劇院的設計，放眼望去金碧輝煌，大廳正中央高掛一座雄偉的水晶吊燈，挑高天花板圍繞著天使浮雕，金燭臺上焰火通明。

張如勛踩在如血的紅毯上，四周薄影晃蕩，鏢仔在他身後如影隨形。

他出示了鄧安邦的邀請卡，門旁專門檢驗身分的工作人員是一名年輕男性。他用手機掃描了卡片上的ID，旋即對張如勛微笑。

「缺席競投？」年輕的工作人員說，「是鄧先生的代理人嗎？歡迎您蒞臨。」

張如勛不動聲色盯著那張帶笑的面容，詭譎的異樣感在內心不斷滋長。在引導之下，張如勛和鏢仔穿過蜿蜒的樓梯，來到樓層較低的單間包廂。

半開放式的狹長空間僅能容納四人，鏢仔替張如勛脫下大衣，掛在一旁的帽架上。包廂圍欄高度只到腰部，張如勛整理著袖釦，抬頭往上瞧，根本無法覷見上層包廂的動靜。

拍賣會往往冗長且無趣，所有人直到結束後才能展開交際，藝術品最後的落槌價代表著收藏者的背景與身家，擁有雄厚財力與品味便將成爲人們崇敬的對象。

參與這場拍賣會的人並不多，但來者非富即貴，考量隱私及人身安全，全程不得聯外。張如勛開啟手機，已無任何訊號。

他從西裝內襯取出兩枚指甲蓋大小的隱形收音器，一枚遞給鏢仔，自己再憑著江筱芳告訴他的用法戴入耳內。

「你們在哪裡？」

張如勛對著空氣說話，搞得像自言自語一樣，他不禁略感侷促。他調整耳機，可以聽見收音器傳來細碎的雜音與江筱芳的聲音：『沒被懷疑，順利進來了，位子在第四排左側，和藍姊一起。』

江筱芳靠江力費盡心思從某議員手中得到邀請函，並用了假身分也混入拍賣會。他們四人當中，只有藍映月是持自己的護照踏上這艘船。

鏢仔替張如勛拉開鋪有絨布的椅凳，他從座位往下方瞧，觀眾陸陸續續就坐，猶如螻蟻的眾生分不清面目，深紅色的柔軟皮革座椅稀稀落落地被人群掩蓋。

幾名穿著西裝的工作人員陸續就定位，收音器再次傳來江筱芳微弱的音量：『方才我看見了艾蓮，她和羅信行一起行動，走VIP通道上樓。』

「許密雲與羅信行是不同包廂，只有許密雲單獨一間。」鏢仔拿出手機，冷光照在他的臉龐上，「我接通了工作人員溝通頻道，他們會互相通知客戶的需求，包含有人中途離場也會通知。如果羅信行離開包廂，我就會得知。」

收音器的另一頭沒有任何回應，張如勛也不吭一聲。

許密雲單獨一人？

『嘶——這東西怎麼這麼難用？痛死我了。』藍映月的喃喃自語從收音器傳出來，『你們有看見三爺嗎？』

「沒看見。」鏢仔用一貫的口吻答，「我只知道三爺在這段時間內會和一個男人碰面，至於是誰、以及在哪，三爺都沒有說。」

『眞沒用。』藍映月忍不住低聲抱怨。

鏢仔不滿地嘟囔：「問了三爺也不會告訴我。」

張如勛抿著唇，蹙起眉頭：「知道曾佳妍在哪嗎？」

鏢仔搖搖頭：「她應該被軟禁在十三樓的 VIP 套房，但具體狀況不明。」

男性拍賣官走上歌劇院舞臺，第一件藝術品被推至眾人面前，一如張如勛所熟悉的流程，整場拍賣會毫無不尋常之處。因應客戶的要求，他見識過不少拍賣會，包括了萬眾矚目的首度拍賣，抑或是極富隱密性的夜間拍賣會，但對於這場拍賣會，他總有種說不出的異樣感。

掌握多數資源的富人競拍，這類遊戲並不稀奇，爲何需要許密雲親自到場？

盤根錯節的因果在腦海裡交織，張如勛推估著各種可能性，而後想起那張泛黃的照片中，夏逢生的面孔。

他從沒見過那個男人，但一切都因那個男人而牽動。

槌擊聲落下，掌聲響起，又一件藝術品成爲了某位收藏家彰顯地位的工具。張如勛沉默地注視臺下眾人的一舉一動，思索自己是否錯失了哪個環節。

隨著時間流逝，各式各樣的珍寶一件件往上呈，再一件件拍出天價。富人透過這樣的儀式令藝術品攀升至金錢無法比擬的高度，張如勛恍然回想起曾善之曾對他說過的話。

「記著，金錢只是數字，權力才是眞正的武器。」

手心微微冒汗，張如勛感受到胃部一陣酸湧，這些回憶一點也不令人懷念。他翻開拍賣手冊，掩飾心頭如巨石重壓的厭惡感，不希望鏢仔察覺他的異狀。

曾善之嘲笑著說，這是有錢人的遊戲，不是誰都玩得起。

『張如勛。』江筱芳低聲喊他的名字，『不太對勁。』

他回過神，舞臺上的工作人員正將一幅巨型畫作搬離，拍賣官換成了一名年輕女性，四周也換上數名穿著防彈衣的蒙面武裝警衛，腰上皆配掛手槍，戒備十足森嚴。

「歡迎各位貴賓蒞臨。」女拍賣官穿著一襲黑紗貼身禮服，完美的身材展露無遺，半張面容隱藏在蕾絲面紗底下，只露出火紅豐唇，「我們的第一件商品，將用最完美的姿態呈現在您的眼前。」

『什麼東西……』藍映月錯愕地說。

接著，一對雙胞胎幼女被帶上了臺，她們穿著白色洋裝，雙手被黑色皮繩綑綁，臉上皆被戴了嘴套。兩名女孩有著一頭漂亮的褐色長鬈髮，水汪汪的雙眼流露出恐懼，不斷地流淚。

「編號第四十六號藝術品，芭蕾雙女古瓷。」拍賣官笑逐顏開，歡快地說，「自出生就未取得任何身分證明，無國籍、無身分，最適合豢養、調教，或是——滿足您的慾望。」

張如勛渾身血液發寒，他迅速翻開拍賣手冊，第一件拍賣品的名稱正是十七世紀芭蕾雙女古瓷。

原來前面的那些拍賣品只是用以掩飾，從現在開始，一系列專門滿足富人黑暗心理的玩物，才是真正的競標品。

「原來如此。」張如勛失笑，手卻在發抖，「我實在太天眞了。」

『什麼意思？』江筱芳的聲音壓得極低，也隱隱顫抖，『你想做什麼？』

他不認爲許密雲會這麼輕易放過他，包含讓他踏入這片用人血和金錢鋪就的場域。

張如勛起身，面無表情套上大衣，冷靜地說：「你們待在這裡等我。」

「勛哥！」鏢仔慌張地阻攔在他面前，「你要去哪？」

「沒事，你在這裡等，別跟著我。」張如勛對他笑了一下，眼神卻不帶任何感情，「許密雲不喜歡別人打擾。」

拍賣的落槌聲隨著飆高的價格越趨瘋狂，張如勛頭也不回踏出包廂，只留下鏢仔一個人，外頭走道上已經有一名侍者在等候。

「張先生。」侍者穿著合身的燙金白西裝，掌心朝前邀請，「許先生在上頭等您。」

『張如勛！』江筱芳急促阻止，『不可以，你無法預料跟他碰面會發生什麼事！』

「沒事。」張如勛禮貌地拒絕侍者領路，同時也給江筱芳暗示，「我一個人就可以了。」

他獨自踏在長廊地毯上，明白了那想不透的詭譎從何而來。打從他踏入這座華麗的歌劇廳——不，也可能是打從他登上郵輪的那一刻，許密雲便知曉了。

無非是墮天使引路，否則他怎能用假身分輕易地闖入惡魔巢穴？

暗紅長廊兩側的金燭臺燃燒著乳香，火光耀眼又恍惚，張如勛有種錯覺，好似自己還穿著筆挺西裝，依舊是個替人辦事的會計師。他推開木質大門，迎面是挑高的包廂空間，兩側高掛的刺繡黑絨幔以金色垂穗束起，中央開闊的視野可俯瞰整間歌劇院。

包廂中只有兩個座位。

許密雲敲了敲另一張花梨木沙發：「坐吧。」

張如勛別無選擇。

許密雲一身輕裝，挽起的襯衫袖口露出看似脆弱的蒼白手腕。他笑了笑，拿起矮几上的紅酒杯，心情似乎特別愉快：「你果然來了。」

張如勛平靜地說：「如果不過來見許先生，鏢仔他們就會成爲人質，對吧？」

透過收音器，江筱芳、藍映月與鏢仔都聽見了這句話，他們霎時懂了張如勛爲何如此行動，一個個不由得屏息，渾身冰寒。

「不會的，他們對我來說一點也不重要。」許密雲優雅地打開紅酒，替自己斟滿，「能陪我玩遊戲的，只有你而已，不是嗎？」

劇院的大型舞臺上，一座巨大牢籠被推上前，籠內是瘦弱貌美的年輕母親與壯碩畸形的兒子相擁。

「別這麼防備。」許密雲啜了口紅酒，也給張如勛斟上一杯，「放輕鬆，看看這場拍賣會，很有趣吧？」

拍賣官高亢尖叫，臺下瘋狂嘶吼——第二件展品，是爲聖母子像。

張如勛冷靜地注視著這一切。

小提琴演奏輕快的曲調，華麗舞臺下的獸群狂喜鼓掌，牢籠中的女人伸出手意圖求助，尖銳悲泣劃破空氣，宛如一幅地獄圖。

「沒想到你會自己踏上這艘郵輪。」許密雲盯著他，玩味地說，「是因爲陳杉？還是曾佳妍？」

落槌聲彷彿是敲在心臟的棺釘，一聲聲宣告死亡的接近，張如勛一瞬間警戒了起來，許密雲反倒笑了：「曾佳妍跟你分手這麼久，也沒見你這麼替她緊張過，反倒是人都瘋了你才在意，因爲罪惡感？」

張如勛略感不快地蹙起眉：「與他們都無關。」

許密雲像盯上獵物的蛇，好奇地試探垂死掙扎的動物：「那麼就是你的正義感作祟嘍？」

張如勛抿著唇，直視許密雲，不發一語。燭火幽光在許密雲的臉龐映出一層深青，遠處傳來的慘嚎提醒著張如勛，在這裡，現實與地獄只有一線之隔。

許密雲輕笑出聲，指著舞臺底下的群眾，毫不掩飾自己的愉悅：「就這麼討厭這些事情嗎？」

「爲什麼你要做這種事？」張如勛一字一句地說，「他們都是活生生的人。」

許密雲放下酒杯，訝異挑眉，彷彿聽見了多好笑的話：「該說你天眞嗎？」

此時，臺上兩名武裝警衛拿著電擊棒喝斥牢籠內的畸形男子，男子哭喊逃竄的模樣引起哄堂大笑。荒謬透頂的醜惡場景猶如一把利刃，直接貫穿張如勛的胸口，令他鬱悶得幾乎能嘔出血花。

「這只是一個簡單的市場機制，你應該很熟悉。」許密雲的視線也投向喧鬧的舞臺，晃了晃酒杯，輕描淡寫地說，「你要知道，那些人在現實中是活不下去的。我提供他們一個重新體驗人生的管道，讓他們的存在有了價值，而那些在金錢世界競爭的有錢人，他們也需要一個用以逃避現實的美好慰藉，換個角度想，我只是給雙方一個創造雙贏的機會，不是嗎？」

張如勛並未出言反駁，胃部陣陣翻攪。無論是怎樣的需求，都不該以人命作爲供給，許密雲毫無道德底線，既噁心又殘忍。

他恍然想起了曾善之，只要和銀行與國稅局勾結，要把一間公司逼到破產是多麼的簡單。

問題是，他辦不到。

曾善之會如此厭惡他是有原因的。

「曾善之說過，我是一個失敗的會計師。」張如勛雙手交疊於膝上，防備地表示，「我無法面對這一切，許先生，這就是我離開這個環境的原因。」

「其實你的憐憫很微不足道，你會明白的。」許密雲悠悠嘆息，「無論你是不是出於正義感而背叛曾善之，過去的事我都一筆勾銷，好嗎？」

這是第二次，許密雲對張如勛釋放善意。但地獄使者在幽冥中提著一盞明燈，引領前方，終點並不見得就是天堂。

張如勛擅長分析，習慣憑錯綜複雜的線索組合出不同的可能性，進而推測出答案。

許密雲在言談間透露了線索——他以爲他是夏逢生的線人。對方會這麼篤定，也許是因爲艾蓮的誤導，這意味著許密雲並未觸及眞相。張如勛想笑也笑不出來，他明白了，打從離開曾善之後，他之所以能活到現在走到許密雲面前，只有一個原因。

利用價值。

這是許密雲衡量他人的唯一標準。

然而為什麼許密雲還要利用他？張如勛下意識地摩娑著拇指，他明白自己必須步步為營。

是什麼原因讓許密雲不得不重視他的「價值」？張如勛察覺了另一個可能，恐怕許密雲是不得已才對曾善之痛下殺手。

曾善之掩蓋了蘭城營造的祕密，沒想到夏逢生死後，那名線人依舊不肯死心，於是許密雲用曾善之的死亡試圖達到停損，避免傷害擴大，一方面也剷除這枚懷有異心的棋子。如今許密雲急切地需要一個更有價值、更好控制的會計師，好填補曾善之的空缺，無非是遇上麻煩了。

張如勛沒忘記，許密雲本來可是想派人滅他的口，否則陳杉跟江筱芳何必處處保護他？直到陳杉做了某件事讓許密雲轉移目標後，陳杉才把他一腳踢開，希望他離風暴中心越遠越好。

但現在，許密雲卻重新回到了牌桌上，與他面對面重新檢討「利用價值」。

張如勛的心中慢慢竄起一股恐懼，他的手指止不住地顫動，啞著聲，一字一字地說：「陳杉在哪裡？」

許密雲愣了下，蒼白臉龐藏在幽暗之中，令人捉摸不清。尖銳的嘴角勾起一抹微笑，笑意逐漸擴散，最後他忍不住哈哈大笑。

「果然沒讓我失望。」許密雲咧著森然白牙，近乎偏執的眼神裡流露出狂喜，「你很快就猜到陳杉拿了把柄要脅我，迫使我的注意力從你身上轉移。」

張如勛渾身發寒，他瞪著許密雲，喉頭像被掐住一樣難以喘息。

「之前的事，是我不好。」許密雲朝他舉杯，一飲而盡，「這麼粗暴地對待你是出於無奈，畢竟你在陳杉手裡，我怎樣都不放心。」

「那你現在放心了，是嗎？」張如勛握緊拳頭。

許密雲宛若琢磨著美酒的甜韻，心不在焉地說：「也不能這麼說，你要知道，在這個位置上有多少人想找我麻煩。」他倏然抬頭，如蛇般銳利的眸光對上張如勛，「但我最近的確解決了一個大麻煩。」

海嘯般的狂叫、如雷的掌聲，拍賣官揮動香汗淋漓的臂膀，伴隨著重擊的落槌聲，她朝群眾大喊：「偉大的母子之愛即將成爲你的完美收藏！」

臺下一張張彷彿要吞噬人類血骨的血盆大嘴，彰顯著世間的不公平。

許密雲的目光被喧囂吸引，幽黑瞳孔閃著光芒，他噙著愉快的笑容，拿起手機飛快按了幾個字，隨即又放在一旁的矮几上。

不到幾分鐘，包廂的木門打開，羅信行帶著艾蓮踏入。

豔紅的晚禮服襯托出艾蓮的完美身形，長髮高高盤起，露出天鵝般優美的白皙頸項，那張臉龐在火光的映照下更顯蒼白。在她身後的羅信行不正經地笑，西裝少扣了兩顆釦子，像個玩世不恭的富家子，他雙手緊緊揩著艾蓮的肩膀：「我把人帶來了。」

艾蓮直視張如勛，緊抿著唇，雙瞳暗藏著恐懼與驚慌。

「我明白你有許多疑問，光憑得不到驗證的猜測，下不了什麼結論。」許密雲朝張如勛笑了笑，「艾蓮，我說的對嗎？」

「是的，許先生是對的。」艾蓮勾起嘴角，微微顫抖，「以前的我是錯的，我是不對的。」

張如勛驟然升起警戒。

「我不追究你們曾經做過什麼。」許密雲微微昂起下巴，攤開掌心，如聖者仁慈地原諒門徒的過錯，「我想你很清楚我說出這句話的理由。」

「……艾蓮？」張如勛打量著艾蓮消瘦的臉龐，想瞧出端倪，眞相卻猶如被黑紗蒙蔽的光明，「妳……」

「我會知道SICA的事是杜允珗告訴我的，他說，跟羅先生合作，錢來得快。」艾蓮像個乖巧的精緻玩偶，紅唇輕慢地蠕動，「對不起，是我自作主張告訴如勛哥別插手SICA公司的業務。」

杜允珗與艾蓮究竟是什麼關係？張如勛腦袋裡嗡嗡作響，屛住了呼吸。黑暗的泥沼比想像中更深不可測，令身陷其中的人們無法掙脫。

「我是會計師，有我的職業道德，但同時我也是杜允珗的未婚妻。」艾蓮垂著腦袋，臉龐滑落一滴淚水，「沒想到你出賣了杜允珗，都是因爲你。」

不對。

張如勛腦袋一片空白。

不是的。

艾蓮說的話，是錯的。

在這個利益、謊言、金錢、罪惡所構築的世界，一切的眞相究竟是什麼？

各種片段線索飛快交織，張如勛喘了口氣，身體發冷，壓抑著頭痛說：「艾蓮，妳……」

許密雲略感訝異地挑起眉，一旁的羅信行突然大笑。他掐緊艾蓮的肩膀，指尖幾乎陷入了皮肉：「我還眞不知道杜允珗有這麼一個未婚妻，嘖嘖，可惜，很多事情想瞞也瞞不住的，包含姓張的畜生出賣了我們也是。」

「沒有人曉得SICA公司的運作模式。」艾蓮縮起肩膀，擠出最後的力氣，紅脣一張一闔，「包含曾善之的作帳方式。除了你以外，還有誰能夠從曾善之的操作之中找到線索？」

「爲什麼妳當初要提醒我……不要碰SICA？」張如勛希望從艾蓮的眼神得到眞正的答案。可恍然間，他已經明白了原因是什麼——

艾蓮勾起一抹苦澀的笑：「因爲我認爲你是局外人。」

畢竟杜允珗已經深陷這汙穢的泥沼，逃不掉了。杜允珗與艾蓮心知這場合作的危險性，杜允珗甚至並沒有告訴羅信行或許密雲關於未婚妻的事。

羅信行鄙夷地斜睨艾蓮，唇瓣撇出不屑：「局外人？妳是把張如勛當聖人？難不成我就是壞人？我跟杜允珗合作是爲了讓他賺錢，他會死還不是因爲這狗娘養的把資料給了那個姓夏的警察，妳想怪誰？」

張如勛完全不敢相信，他一直以爲艾蓮是揭發羅信行罪行的線人。

顯然他錯了。

當年他的確私下調查過SICA，確定這是一間空殼公司，資金運作有問題。所以他聽從艾蓮的建議，拒絕了曾善之，也不打算深入。

後來曾佳妍問他爲什麼不接SICA的案子，他只是輕描淡寫地回，手上業務量太多了。

曾佳妍是個纖細脆弱的女人，敏感的她擅長煩憂，對於任何事總喜歡刨根究底。張如勛拗不過她的焦慮，於是全盤告訴了曾佳妍，包括這間公司是空殼，以及運作的方式。身爲他的女友以及曾善之的女兒，曾佳妍當然能輕輕鬆鬆得到所有她想要的。

夏逢生的線人，恐怕就是曾佳妍。

夏逢生的死亡、曾善之的自殺，張如勛從頭到尾，都不是局外人。

羅信行哈哈大笑，而後由笑轉怒把艾蓮狠推在地。艾蓮瞬間失去了重心，十指緊揪著地毯，無處宣洩的痛恨從她的雙眸中湧出。羅信行瞪著張如勛：「無論是姓夏的警官還是杜允珗，都是你害死的，今天是杜允珗的忌日，我直接讓你去和他作伴好了，你說怎樣？」

一旁的許密雲緩緩吐出一口氣，往後靠上柔軟的椅背。他換了個姿勢，彷彿了卻了所有憂慮，愉悅地品嘗美酒。

「你知道這世上最可悲的是什麼嗎？」許密雲搖晃酒杯，透過濁紅的酒液直視張如勛，「就是沒有眞正的壞人。」

痛楚夾雜著諸多情緒猝然襲擊張如勛，令他幾乎失去了語言能力。額邊隱隱作痛，眼前畫面也跟著扭曲，一聲聲嘲弄與尖笑將他推入萬丈深淵，永遠無法再見光明。

『張如勛！』收音器傳來江筱芳的呼喊。

金燭悶燒出一股使人昏聵的香氣，張如勛卻恍然清醒，他察覺自己的指尖顫抖著，幽光之下，血紅的地毯似乎也隨之晃蕩。

「真可憐。」許密雲抿起嘴，感嘆地說，「嚇成這樣。」

「沒事，我沒事。」張如勛垂著頭，呢喃似的像回應許密雲，事實上是一語雙關地回應江筱芳。

「告訴我陳杉在哪裡……你對他做了什麼？」

「想知道？」許密雲單手撐在下巴，食指貼著唇，思索了一陣才說：「想知道就要付出代價，你很清楚我們的規則吧？」

「你需要我，是想解決掉曾善之留下來的問題嗎？」

許密雲挑眉，眼神卻是毫無情緒的冷漠。

「曾善之不安好心，對你來說不好控制，否則你也不用成爲佳妍的未婚夫。」張如勛朝許密雲冷笑，「畢竟你侍候這麼多達官貴人，曾善之搞出了麻煩你也難辭其咎，對吧？」

「我的耐心有限度。」許密雲斂起笑容，「你是聰明人，你很清楚我這句話背後的意思。」

張如勛微微眯眼：「就像你說的，想要什麼總得付出代價，我也需要交換條件。」

許密雲嘆了口氣，掩著額，抬手無奈地對羅信行示意。

舞臺下方，美豔的拍賣官執起麥克風，張臂向眾人高喊：「各位，眾所矚目的《加略人猶大》即將爲您登場！」

暗紅絨幔升起，名爲基督背叛者的商品被推上舞臺。

是陳杉。

兩名武裝警衛左右架著陳杉，他一身西裝凌亂，露出瓷白的胸膛，腕部扣著手銬，臉色蒼白得不自然，渾身虛弱地冒著冷汗。武裝警衛踹倒了陳杉，他踉蹌了下，為避免雙膝著地，只能咬牙以單腳硬撐。

「陳杉用假資料想揪出警方的內鬼，真不巧，警方高層都是我的人。」許密雲愉快地笑了起來，「就讓我抓到了個臥底警察。」

張如勛幾乎忘記怎麼呼吸——警方有內鬼，夏逢生就是這麼死的。

「那個姓吳的警官一直把臥底名單保護得很好。」許密雲說，「錯就錯在陳杉太躁進了，他想早點找出內鬼，畢竟時間拖得越久，對你越不利，難保我還是會忍不住想讓你永遠閉嘴。」

張如勛冷眼瞧著許密雲，雙目之中潛藏怒火。

『是三爺！怎麼會這樣！』藍映月驚呼。

『藍姊，冷靜點。』江筱芳聲音發顫，『現在沒辦法行動，張如勛還在許密雲他們手裡。』

臺上的陳杉不服輸地微仰起面孔，在眩目強光的照射之下，聖潔得宛如臨行的殉道者。冷汗滴落在地，陳杉不甘示弱地掙扎，兩旁的武裝警衛強壓不住他，乾脆拿起腰側的手槍，朝陳杉的右小腿開槍。

槍響震撼全場。

槌聲落下，第一輪開始競標。

舞臺下狂亂人群中的江筱芳也沉不住氣地驚叫，一旁的藍映月著急地頻頻詢問該怎麼辦，她卻只能咬緊牙，眼睜睜地看陳杉匍跪在地。

『勛哥！』鏢仔同樣急躁地喊了出來，『我現在該怎麼做！』

「怎麼樣？喜歡這個交易嗎？」許密雲如毒蛇吐信般透露出脅迫性，「一直假裝是局外人，你能硬撐多久？你抗拒不了我的。」

第十四章

陳杉雙膝著地，垂著腦袋不斷大口喘氣，鮮血染紅了木質舞臺。武裝警衛收起槍，臺下狂躁的喧囂蓋過江筱芳的驚呼，醜惡的人們嘶吼著高高揮舞手上的號碼牌，以金錢衡量人命，數字層層累積攀至高峰。

穿過高層包廂的金色圍欄，張如勛俯視整座歌劇院，所有人的身影如草芥般渺小。他嗅出了腥風血雨的滋味，如今身處風暴中心，想逃走？怎可能。

逃不掉的。

「我不喜歡這個交易。」張如勛冷靜地說。

許密雲沉下臉，他身後的羅信行從懷裡抽出一把手槍，打開保險，瞄準了艾蓮的腦袋嘲諷地問：「那這樣呢？」

跪在地毯上的艾蓮如驚愕的羔羊，瑟瑟發抖。

「如果我不跟你們合作，你對艾蓮下手對也沒好處。」張如勛哼笑了聲，他聽見藍映月恐懼地低聲啜泣，意有所指地說：「冷靜點吧。」

羅信行朝地面吐了口唾沫，臉上一副無處發洩怒火的鬱悶。許密雲絲毫不以爲意，他靠在椅背上，把手中的酒杯放在矮几：「給你機會不要，弄死了我可不管。」

此刻劍拔弩張的場面與臺下的喧鬧形成強烈對比，張如勛雙手交疊於膝上，觀察許密雲的神態。

他忍不住笑了起來，發自內心地覺得可笑。

會計師的頭銜，他的確配得起。

透過那些數字的流動，他明白那個骯髒的世界怎麼運作，正是因爲太明白了，所以感到厭倦、厭煩。從睜眼開始，每一天追逐的就是數字、利益、金錢，把他人踩在腳底下蹂躪，弄得對手家破人亡。

是啊，他很清楚有錢人玩的遊戲。

他當然做得到，對他來說根本輕而易舉。

「我發現我其實挺了解你們這些人的心態。」張如勛笑著，過往的不愉快卻如榔頭敲擊著他的腦袋，「你想跟我玩玩看嗎？」

許密雲停頓了一會，接著也笑起來，言語間充滿了不屑：「你試試看。」

張如勛二話不說，旋身離開包廂。

他推開厚重的大門，迅速穿過長廊。

「小芳。」他的語氣異常鎭定，推開另一道金色雕花門，「你們等一下照我說的話行動。」

收音器另一頭傳來劇烈雜音，江筱芳、鏢仔與藍映月不約而同地屏息。

長廊天花板上繪製著人神交媾的酒神饗宴，張如勛穿過精雕細琢的拱門，走下樓梯，來到了歌劇院的正門，高聳的深色木門中間是一對金色銜環雙獅。

推開門，震耳欲聾的吵嚷迎面而來，尖叫聲幾乎穿破耳膜，從大門延伸而去的筆直中央走道正對舞臺巨幕。走道兩側不少人發現了張如勛的到來，回頭一望後卻立即拋諸腦後，繼續獸性的狂歡。

張如勛一步一步地踏上前。

他想起了那個站在高樓之上俯瞰車水馬龍的夜晚，曾佳妍貼著玻璃凝望眾生：「我知道你不喜歡這個充滿銅臭味的世界，爾虞我詐，沒有可以信任的人。這樣的你還會相信我嗎？我有存在的價值嗎？」

見張如勛突兀地獨自緩步朝前，有些人詫異地冷靜了下來，有些人依然沉溺於狂歡。記憶中的曾佳妍在夜色裡紅了眼眶，顫抖的嗓音飄渺而充滿不安：「我們都被名為價值的枷鎖所困住……你逃不掉，我也是。」

身為人的價值嗎？

『張如勛。』江筱芳的聲音打斷了他的思緒，『當初和夏叔叔接觸的線人，真的是你嗎？』

張如勛沒有回答江筱芳的問題，他來到舞臺正前方，面對著臺階。少部分人降低了音量，有的人則持續競標。

美豔的拍賣官站在他面前，由上而下俯視：「先生，抱歉，」她指指身邊的武裝警衛，「不想死的話，就麻煩您從這裡滾開。」

張如勛想起了自己最後告訴曾佳妍的那句話：「我到死，都不會成為曾善之。」

「鏢仔，等會掩護我跟陳杉。」張如勛直視著拍賣官，兩名武裝警衛立即舉槍指著他。

陳杉的處境比想像中還要艱難，他雙膝跪地，用盡力氣瞪著張如勛，冷汗滴落地面，幾乎僅靠意志力支撐。

張如勛朝拍賣官笑了笑：「麥克風借我。」

女人挑眉，流露出嘲諷之意，還沒下令開槍，張如勛比她更快一步發言：「不給我，許密雲就會宰了你們。」

拍賣官遲疑了。她無法分辨張如勛話中威脅是否屬實，於是左右瞟了一下武裝警衛，隨即沉著臉迎接張如勛上臺。

全場霍然靜默，拍賣價也停止了攀升。

舞臺燈光出乎預料的刺目，張如勛抬手遮眼，從指縫間似乎能隱約窺見高高在上的許密雲。

冷汗浸溼了陳杉的西裝外衣，他蒼白著臉，狼狽不堪，斷斷續續吐著氣息。

張如勛決定要毀了許密雲的遊戲。

他朝臺下的數百名競標者開口：「抱歉，打擾了各位的興致。」

話音迴盪在寬闊的歌劇院，一時間詭譎氣氛蔓延，武裝警衛又警戒地舉槍瞄準張如勛。

「這艘船上有一顆定時炸彈，你們有三小時可以逃走。」張如勛笑了笑，低頭看自己的手錶，「時間有限，請各位珍惜性命。」

突如其來的警告太過荒謬，但張如勛沒給眾人思考的機會，緩緩抬手指向歌劇院中央的巨型水晶吊燈：「開槍。」

江筱芳第一時間拿出暗藏在身上的貝瑞塔M93R手槍，毫不猶豫地對著吊燈連結處連開了數十發。

槍械填裝的9mm子彈比起一般子彈更能輕鬆貫穿硬質表面，甚至連水泥磚牆也能輕易擊碎。巨大的水晶吊燈鬆動搖晃，底下的人群一陣驚駭，霎時尖叫四起，人們開始瘋狂逃竄。

武裝警衛轉而瞄準了江筱芳，陳杉立即發難，單腳踏前用金屬手銬重擊警衛的腦袋。

「陳杉！」

張如勛大喊，旋即張開手臂，在陳杉即將跌落之際把對方攬入懷裡。

損傷的天花板結構承受不住巨型吊燈的重量，吊燈搖晃幾下，接著重重地急墜，一聲巨響，吊燈宛如盛開的巨蓮，朝四面八方散射璀璨的水晶破片。

鏢仔由高處包廂直接開槍掩護張如勛與陳杉，連發槍響中，子彈貫穿了警衛的膝蓋。陳杉的體溫偏高，汗溼了後背，張如勛想也不想便攔腰抱起陳杉，把人扛在肩上拔腿就跑。歌劇院的逃生地圖明確地標示出舞臺後方有條逃生通道，可快速通往上層甲板。

穿過舞臺布幕，張如勛往後瞟了一眼，江筱芳緊扣著藍映月的手臂開槍殺出重圍。陳杉抬頭瞧見江筱芳正往他們的方向衝，於是不顧渾身直冒冷汗，猛力扣著張如勛的肩膀發號施令：「不要走逃生梯，舞臺右後方有一條維修通道，走地下機艙。」

透過微型收音器，所有人都聽到了陳杉的指示，鏢仔當下回應：「勛哥你們先走！」然後就持槍穿出包廂，快步從專用走道離開。

血腥味幾乎淹沒鼻尖，張如勛咬牙硬扛來到舞臺後方。簾後的後臺高聳幽暗，幾乎看不見最頂端，漆上黑漆的通風管與線管爬滿整整三面鐵幕牆，中央垂吊著燈架與表演用的道具線架，偌大空間僅有隱約的工作燈勉強點亮工作區域與走道。

與吵鬧混亂的座位區相較，此地靜謐而詭譎，形成強烈的反差。

江筱芳從後方追上，隨即反身殿後抵禦追兵，貝瑞塔手槍在黑暗中閃爍銀色光芒。一行人穿過道具吊架，快步逃離後臺區域，陳杉近乎無法動彈地掛在張如勛身上，臉色蒼白得可怕，身體呈現高燒狀態，疼痛麻痺了他所有知覺。

江筱芳接連向追擊而來的敵人開槍，然而效果有限，無計可施之下只得擊破一旁的滅火器，以暫時阻擋對方的視線。

煙霧大量噴射，瞬間炸出轟然巨響，張如勛慌忙地回頭問：「鏢仔呢？」

『不用擔心，我知道哪裡……』距離太遙遠，訊號雜音幾乎掩蓋過鏢仔氣喘不止的聲音，『勛哥你們先走！』

陳杉的腿部鮮血直流，沿路滴成一道紅色血線，藍映月趕緊扯下自己脖子上的絲巾綁住小腿止血：「三爺忍耐點。」

她的動作不算粗魯，但陳杉仍痛得發抖，虛弱地說：「往左走……維修通道就在逃生梯的左側。」

後臺異常寒冷，一行人按照指示來到逃生通道口前，黑暗中只剩上方的綠色逃生指引燈發著亮光，底下的逃生門卻被用鋼鎖緊緊鉗住，根本無法通行。

江筱芳當機立斷，開槍打壞鋼鎖製造假象，隨後拉起地上維修通道的沉重鐵蓋。眾人往下一瞧，底下一片漆黑，藍映月機靈地拿出手機照明。

下方是一條僅容一人通行的鐵牆窄道。

通道兩側密布各式電線與黑色大型排風管，成排的控制閥散發紅色微光，如星斗般綿延至遠方，彷彿看不見盡頭。

「從這裡離開吧。」江筱芳迅速脫下禮服扔往暗處，身上僅著運動內衣及短褲，腿側扣著槍袋以及五個彈匣，毫不猶豫就跳下維修通道。接著是藍映月，最後才是張如勛與陳杉。

通道內潮溼陰冷，渦輪與風管運作的雜音掩蓋了眾人的腳步聲，一行人迅速推進了一小段路，全靠陳杉氣若游絲地指引方向。曲折的走道彷彿永無止盡，通道的高度對男人來說稍嫌低矮，張如勛彎扭地彎著腰，雙手緊緊摟抱陳杉，陳杉的身體像團火一樣，連呼出的氣息都異常炙熱。

「再走十五公尺，往左就是空調機房。」陳杉悶著聲，難忍疼痛，「我動了手腳讓地下維修通道的監視器全部失效，並藏了一些彈藥跟藥品。」

江筱芳雙手持槍，步伐極快，目光專注在前方。

一段路程後，維修通道左邊出現了一道鐵門，空調機房的維修門十分狹窄，幾乎得橫著身子鑽過。江筱芳踹開門，感應燈隨即亮起，裡面空間不大，容納四個人勉強有餘。黑色風管宛如蜿蜒的巨蛇般爬滿四周，牆上有幾座亮著綠燈的配電盤，示意機器仍在正常運作。

「東西放在壓縮機後面。」陳杉拍拍張如勛的後背，語氣略為尷尬，「你先放我下來……」

張如勛愣了下，接著臉紅了起來。他緊緊圈著陳杉的腰，貼得很緊，腦袋裡面天人交戰，掙扎了一會才說：「陳杉，你身上有放槍？」

一時間，四人皆靜默無聲，詭譎氣氛瀰漫。

「你說……什麼槍？」江筱芳維持著持槍姿勢，眼神越來越疑惑。

藍映月雙手插腰，充滿鄙夷：「沒頭沒腦在說什麼啊？想找理由抱在手裡不肯放開嗎？」

陳杉掛在張如勛身上，冷靜地回答：「我沒有槍。」

張如勛冷汗直流，腦袋越垂越低。

「啊，需要槍嗎？」江筱芳手足無措，看著手上的武器不知如何是好，「爸爸只有給我這一把。」

「你在亂說些什麼啦！」藍映月見不得張如勛抱那麼緊，惡狠狠地罵，「還不趕緊放下三爺！」

牙一咬、心一橫，張如勛豁出去似的把陳杉安穩地擱在地上。

受到腿傷影響，陳杉只能單腳站立靠著牆直喘氣。他渾身綿軟，白色衣衫凌亂，因汗溼透出了膚色，精實的胸膛袒露，視線從櫻點般的乳暈往下移，雄偉的武器支稜可見——好一幅色情誘人的美男圖。可能是由於某種助興藥物的刺激，陳杉的狀態一瞧就是不太妙。

「等等等等……」張如勛的臉漲紅得像蕃茄，二話不說擋在兩位女性面前，「非禮勿視！不、不可以看！」

「什麼不能看！」藍映月緊揪張如勛的領口猛搖，語氣活像餓了數十年的惡狼，「現在最著急的事就是幫三爺療傷！讓開！讓姊姊看看！我來幫他療傷！」

兩人吵得不可開交，唯獨江筱芳瞪著大眼，腦袋呈現熱當機，完全失去思考能力。

「拜託。」陳杉只想翻白眼，無奈地出聲，「誰先幫我拿個補給品，就放在那裡——」

張如勛奮力抵擋瘋狂迷妹藍映月，乾脆傾身便朝陳杉吻了下去。

吻的熱度令人懷念，張如勛扣住陳杉的下巴，微微抽離一點，又捨不得離開這份溫暖，再度輕輕一吻。

陳杉幾乎愣住了，他微張著唇，頸子悄悄爬上一層薄紅。

江筱芳與藍映月雙雙震懾。

「你——」藍映月瞠目結舌，顫抖的指尖指著張如勛，「給我放——」

「我們！」江筱芳從後面掩住藍映月的嘴，急急忙忙對張如勛說，「我們我我我、我們先出去外面！讓讓讓讓、讓你、你你你你們處理一下！」

「處理什麼！老娘要——」藍映月掙脫大吼，還沒說完又被掩上嘴，江筱芳拿出專業的壓制犯人技巧，毫不費力地把不安分的藍映月拖出去外面，順便把門帶上。

其實只有那麼一丁點想念，但此時此刻，這份溫暖宛如甘霖一樣浸潤了心臟。陳杉慢慢地回應對方渴求的吻，就像止痛的糖，眷戀一點一滴融化理智。

張如勛突然想起要緊事，稍微拉開距離，低聲地問：「你說補給品放哪裡？」

話才說完，陳杉便抓著他腦後的髮絲，強硬地吻上。

「等一下、嗯……」舌尖推出一點，嘴再度被堵上，陳杉不給張如勛說話的機會，於是張如勛乾脆沉溺在溫軟的唇舌間，反抱住對方索取溫度。

大概是藥性的關係，陳杉的體溫仍舊發燙，腦袋昏沉無法思考。身體一旦虛弱，某種程度上心靈也會跟著軟弱，他只覺得自己需要一點安慰，又忍不住需索無度，想用黏膩的吻填補內心的渴求。

張如勛的掌心貼撫過汗溼的脊梁，熱度彷彿會傳染似的，他自己也快熱昏了腦袋，思緒浮浮沉沉，不由自主緊摟陳杉。

一吻過後，張如勛撥開陳杉額上溼潤的頭髮，貼著對方的額頭問：「陳杉，冷靜點。你還好嗎？」

陳杉眨著迷濛的雙眼，彷若浮沉在慾海，連僅存的思考能力都快消失殆盡。張如勛有點不好意思地再問：「需、需要我幫你個忙嗎？」

「什、嗯——」

陳杉還來不及反應，長哼一聲，所有疑問統統被另一人吞吃入腹。

久別重逢的熱吻特別令人眷戀，張如勛讓陳杉靠在自己的臂膀上避免跌跤。說實話，張如勛並非不曾糾結過自己的性取向，但他現在只覺得這問題根本沒什麼好思考的，喜歡就是喜歡，用不著懷疑。

他輕輕解開對方褲頭的釦子，扯下底褲，漂亮的肉莖彈了出來，張如勛邊吻著陳杉，邊替他手淫。

燙熱的肉莖快燒穿了他的掌心，張如勛嚥了口唾沫，也把對方那一點點呻吟全都吞入腹。

陳杉很帥，那雙腿相當長，令人嫉妒。脫下衣服之後，精實的身軀更是一種直觀的美麗。抽離親吻，張如勛琢磨著陳杉那張臉，陳杉咬著下唇悶哼，在性慾的影響之下，那按捺不住的模樣無比性感，別說女人爲他著迷，就連男人也會動搖。

絳紅肉莖虯著賁張的青筋，陳杉抓著張如勛背後的衣襬避免自己滑坐在地，斷斷續續地喘息，揪起的英眉微微透露委屈，更多的是不滿足。

張如勛換了個姿勢，讓陳杉靠著牆面：「站好，不要動。」接著，他在陳杉雙腿間跪了下來，有些臉紅地訕訕說：「總之，你忍耐點，撐不住就抓著我的肩膀。」

語畢，他張嘴把陳杉的肉莖一口含入。

「嗯嗯、嗯、啊——」口腔的熱度溫暖地包覆男人的陽具，太過刺激的舒暢讓陳杉再也忍受不了折磨，哼了出聲。

雙腿不堪地發抖，他仰起脖子呻吟，抓亂了張如勛的頭髮。張如勛把陳杉受傷的右腿扛在肩上持續吞吐，火燙的肉莖反覆擦過喉頭，張如勛從沒想過，替男人口交也能勾起淫慾。要不是時間急迫，不然就能多享受點了。

被唇舌舔弄了幾下，陳杉雙頰緋紅、呼吸急促，早已受不了。於是張如勛捏緊對方的翹臀，含得更加深入，陳杉頓時發出難耐的放浪呻吟。反覆來回幾次，陳杉沒撐住就洩了，盡數射入了張如勛的口腔裡。

陳杉不斷喘著氣，身子虛脫似的逐漸癱軟，漸漸往下滑。

在藥物的催化下，雙腿間的東西即使洩了一次依舊硬挺，張如勛抹抹唇，趕緊把人放好，本想仔細檢查陳杉的傷勢，沒想到陳杉想也不想便吻上他。

火辣強勁的深吻如野火延燒，張如勛也覺得自己快把持不住，一次的舒緩根本不足夠，反倒想要索求更多，陳杉著急地剝開張如勛的褲頭，方才那一點點甜頭絲毫平息不了體內的騷動。

張如勛抓著陳杉胡來的雙手，急急忙忙想阻止：「等、等等，你不要動。」

拉開褲頭，傳說中的手工內褲露了出來，陳杉的動作瞬間凝滯，接著惡狠狠地一把扯爛那條底褲。張如勛慌張說：「哇！等、你、你的腳傷，我怕弄痛你……」

「操我。」陳杉略顯惱怒，急躁地需索，「快點……」

雙手都在發抖，陳杉大概已經無法控制自己，摸索完張如勛同樣硬挺的陽具，又胡亂抓著對方的後腦勺一陣熱吻。

唇舌交纏，陳杉從鼻腔發出哼聲，早把疼痛與理性拋到九霄雲外。張如勛撫摸著陳杉的腰際，沿著一吋吋的肌肉慢慢往上，再搓揉乳尖，另一手按住不安分的長腿，緩緩將西裝褲與底褲褪到膝蓋之下。

渾圓挺翹的臀部彈出，張如勛一把扛起陳杉的雙腿，放在肩上：「……痛的話就告訴我。」

語音未落，硬挺的陽具便直直插入陳杉體內。

「啊啊、啊——」陳杉仰起脖子，露出了性感的喉結，張如勛細嗅著男人的汗水，參雜著一絲絲古龍水的香氣，他趁機一口咬上。

發浪的腸壁特別炙熱柔軟，張如勛腦門都忍出了青筋。他呼出喟嘆，硬生生拉回理智，只希望自己別弄傷了陳杉。先是淺淺地抽送，適應一會，緊接著重重抽插，繃緊的紅嫩肛口含著粗壯陽具，翻起一層層白沫。

昂起的前端隨動作滴落淫液，沾溼了陳杉大片胸膛，他情不自禁地呻吟，伴隨一次次的挺進，插入的陽具重重頂弄最爽的地方，小腿上的傷口滲出血液，沿著腿根滑下，肉體又痛又難過，又舒服得喉嚨發癢想喊。

室內悄悄升溫，喘息迴盪在狹窄的空間，性器迅速抽出再深入，陳杉攫住張如勛背部的衣衫，雙方肉體緊緊密合，彼此都再也難以忍耐，無度地索吻。張如勛一下一下撞入體內的粗莖幾乎快把陳杉操到昏眩，兩人的喘息交融成熱意，放任快感逐步攀升。

到達頂端的那瞬，陳杉一聲長哼，熱莖汩汩射出精液。張如勛隨即停下動作，用長吻表達自己的熱情與愛意。

兩人黏膩纏綿了一陣，稍歇喘息，張如勛捧起陳杉的臉細細地親吻：「陳杉……你還可以嗎？」

迷濛的雙眸蓄滿了生理性淚水，陳杉尚未從餘韻中清醒，紅腫的唇瓣看起來無辜又性感。張如勛貼著他的額頭，又是一陣輕吻，接著低聲在他的耳旁說：「抱歉，我還是來找你了。」

陳杉眨了眨眼，稍稍回神，他無可奈何且虛弱地哼聲，索性閉起眼睛：「你真的……沒必要蹚這渾水。」

「我想告訴你一件事。」張如勛輕撫他的額，「其實我從以前就很討厭念書。大家都認爲我必須考一百分，不知不覺間就成爲一種原則，好像讀了書，我就非得拿到這個成就不可，但那些數字不代表什麼，我並不因此感到快樂。」

陳杉默不作聲，手指下意識扣著張如勛的衣襬，沒有放開。

「重新遇見你以後，我很想跟你說，小時候和你混在一塊的日子，大概是我這輩子最快樂的時候。」張如勛失笑，聲音像勾著心弦，「不用念書眞的很快樂。」

陳杉輕輕地笑了下，兩人互相羨慕、彼此嫉妒，宛如糾纏的螺旋永遠分不開。陳杉寬慰似的撫摸張如勛的背，拍拍他，長嘆了口氣。

張如勛起身替陳杉整理好衣著，陳杉無力地躺在地上，腳上的傷怵目驚心，血液幾乎染溼了皮鞋。他依照陳杉的指示，打開壓縮機下方的排水道，從裡面取出一個黑色防水行李袋。迅速扯開拉鍊後，張如勛嚇了一大跳，裡面全是他喊不出名字的槍械與彈藥，旁邊還有戰備醫藥包與補給口糧。

陳杉渾渾噩噩撐起上半身，子彈僅僅貫穿了腿後，並未傷及骨骼，他熟練地清洗傷口替自己包紮，動作相當確實，似乎經過訓練。

張如勛看著他的動作，突然發問：「你眞的是臥底警察？」

「我是。」陳杉臉色異常蒼白，往傷口處打了一管止血劑，咬緊牙關，「……我原本就是警察。」

「這就是吳叔和你聯絡的原因？」

陳杉緩緩吐出一口長氣：「吳叔是夏逢生的上司，也是我上司。」

「爲什麼你想當警察？」張如勛輕輕地問，「因爲夏逢生嗎？」

「因爲我從小就明白自己喜歡男人。」陳杉停下動作，額上冷汗密布，他朝張如勛苦笑了下，「這件事被我爸知道以後，他拿酒瓶差點把我給打死。我受了重傷，在醫院足足躺了快一個月，那時候來看我的警察就是夏逢生。」

張如勛愣怔了一下，不知該如何反應。

陳杉笑了笑：「他帶了一盒草莓來探望我。我家很窮，連水果都吃不起，那是我第一次吃到草莓。」他低頭繼續手上的包紮，把繃帶打上最後一個結，「夏逢生告訴我，這沒有什麼……喜歡男人，是很正常的事情。」

陳杉是第一次接收到這般的溫柔，猶如冬日裡的暖火，使他一輩子無法忘懷。張如勛屏住呼吸，直視著陳杉的雙眼。

陳杉撇過目光，轉移了話題：「爲了吸引許密雲的注意，我故意放出消息，假裝有關SICA的金流資料都在我手裡，但隨著時間流逝，只要我始終沒進一步動作，許密雲就會看穿這個謊言，所以我必須速戰速決。於是我仿照夏逢生的做法，把假消息上報高層，背水一戰，就是爲了把藏在警隊的內鬼給逼出來。」

說著，陳杉對張如勛笑了笑：「我的確得到我想要的答案了。」

「你把你自己當誘餌，換我一條命，也想換到抓出害死夏逢生的內鬼？」迷霧散去，所有細節逐漸清晰，張如勛顫抖著嗓音，「由於是因爲夏逢生而成爲警察，所以你就非得用這種方式揪出內鬼嗎？」

陳杉躲開張如勛的視線，在旁邊的黑色行李袋中翻找：「局裡面有個神祕高層指使吳叔上繳臥底警察的名單，但吳叔不願意，畢竟當年夏逢生就是這樣死在自己人手中……我的方法是有用的，我拿到了許密雲的邀請函，代表他們感受到了我的威脅，而不是認爲可以忽視我。同時，吳叔也取得了消息，那個神祕的高層也會參與許密雲的派對。」

「許密雲明白我想抓出內鬼，我必須爲了找出眞相而赴約。」陳杉停下動作，長長地吐了口氣，苦澀一笑，「雖然即使逼出了內鬼，得知這個城市的警察局長就是許密雲的人，我好像也不能怎樣。」

陳杉與許密雲如同牌桌上的賭客，互相試探著對方手中的底牌，陳杉放出假消息製造對許密雲不利的假象，許密雲則利用內鬼迫使陳杉或臥底警察上鉤。

不過以結果來看，許密雲根本不害怕掀開自己的底牌，畢竟本該代表光明正義的警方高層都被納入了共犯結構，對陳杉而言無異於最深刻的絕望，所有希望皆在得知眞相的那刻被徹底掐熄。

張如勛好一陣子說不出話，直到耳內的收音器傳來一聲啜泣，才驚覺事態不妙。他急忙起身踹開門，直接衝出了空調機房。

外面是江筱芳、藍映月與鏢仔，三個人乖乖地抱著膝蓋，坐在維修通道耐心等候。

完蛋了，張如勛差點暈厥。

鏢仔臉色鐵青，腳尖前方是孤零零的一枚收音器，非禮勿聽乖巧得令人心情複雜；江筱芳滿臉通紅，一直不敢往張如勛的方向瞧，但看她那樣子，鐵定沒把耳機摘下來！藍映月則是一臉不情不願，雙頰卻布滿紅暈，顯然心有不甘又聽得很爽的樣子，她頻頻擦拭著眼淚，既感動又難耐又覺得好快活！

「……妳們幹麼不把耳機拿下來。」張如勛臉都綠了。

江筱芳一臉心虛把頭撇得更遠，藍映月則瞪了他一眼，嗔罵：「也太快了吧！」

「哪、哪有快！」張如勛紅著臉辯解，「事態緊急！我也沒射呀！」

背脊突然一陣發涼，張如勛趕緊轉過頭，陳杉那張臉黑得比鍋底顏色還深，看似想把人千刀萬剮。從他們的言談間，陳杉馬上猜到了是怎麼一回事。

第十五章

張如勛不禁心虛：「你、你幹麼這樣看我。」

陳杉從黑色行李袋取出一枚掌心大的針劑，威脅地盯著張如勛，拿起針劑就往自己腿上打下去。

「幹麼啦，不要用這種殺人的眼神看我。」張如勛雙手抱臂，一陣惡寒，「你打那什麼藥劑？」

陳杉額上還有些冒汗，咬牙切齒地說：「止痛鎮定劑。」接著把空針劑隨手往旁邊一扔。

止痛？鎮定？張如勛細思了會，猛地醒悟：「啊啊，你怎不早說。」

陳杉扶著牆硬是站了起來，冷冷反問：「是誰先脫我褲子的？」

張如勛滿臉無辜，藍映月與鏢仔都瞪了他一眼，唯獨江筱芳還是不敢看他。鏢仔無奈地哼了聲，拍拍膝蓋，從窄門鑽了進去，熟練地從黑色行李袋拿出幾把短槍，開始替陳杉著裝。

「因爲臥底身分的關係，非必要我是無法聯繫上吳叔的。」身上配掛警察慣用的M92，陳杉迅速打開槍彈匣，確認彈藥，「沒辦法，一旦被發現，我跟他都會有麻煩。」

張如勛狀似思考，突然插嘴問：「由於沒有警方支援，單靠你一個人恐怕無法掌握全局，因此……你需要鏢仔當援軍。」他指著黑色行李袋，「但萬一失手了呢？所以這些東西是要給鏢仔的？」

鏢仔頓了一下，沉默地替陳杉扣緊腿上的彈匣袋。

「你眞的很喜歡追根究柢。」陳杉笑了笑，背起肩背式彈匣袋，又從黑色行李袋中拿出一支手機，「我跟鏢仔約定好，在我失聯四小時後，他就必須來這裡跟我會合，不過其實我是騙他的，如果我失聯了，那代表我已經逃不掉了。萬一我失敗了，船上有個接應可以讓鏢仔在關島安全下船，我只需要把內鬼是誰的訊息傳到這支手機，鏢仔看完以後必須立刻銷毀——我給鏢仔的最後任務，就是把眞相帶給吳叔。」

如此一來，許密雲或者是警局的內鬼，便無法透過陳杉身上的任何資訊追蹤到他把眞相告訴了誰，而這個角色必須是他信得過的人。

鏢仔並未提及此事，只輕描淡寫說三爺什麼也沒託付，張如勛思忖，對陳杉而言，絕對沒人比忠心耿耿的鏢仔更値得以死相託。

「爲了報答三爺把我撿回來的恩情，無論您叫我做什麼，我都願意。」鏢仔難過地低下頭，聲音悶悶的，「就算您騙了我，就算您是警察，我也願意。」

「抱歉。」陳杉無奈地摸摸鏢仔的腦袋。

「難怪小矮子會知道這個地點，也幸好三爺沒怎樣。」藍映月抱著雙臂取暖，在門口朝內問，「所以我們現在該怎麼辦？」

張如勛冷靜地說：「我還有一件事情必須釐清。」

此時江筱芳跨入狹窄的空間內，擋住了眾人的去路。偏白的燈光打在臉龐上，她一反常態地冷漠說：「張如勛，你所知的眞相究竟是什麼？」

張如勛半晌說不出話，目光緩緩掃過所有人的臉龐。

他低下頭，一雙雙關注的眼神彷彿刺入了心窩，他艱難地擠出幾個字：「我……可能就是害死夏警官的人。」

在場的人皆不可置信，藍映月驚慌地掩住了唇，而陳杉冷下面容。

「我說過，我調查過SICA公司。」張如勛輕輕地苦澀一笑，「一直以來，我都用柔弱來看待曾佳妍，自以爲很了解她。打從一開始她就待在我與曾善之身旁，自然十分清楚一切，包含曾善之的所作所爲、包含我曾蒐集過關於SICA的資料，她都知情，這也可以說明爲什麼她會擁有曾善之的仿造虹膜，以及她找上我的原因……我……我好像，從沒有眞正去了解過她的想法。」

陳杉愣了愣，蹙起眉頭。

「夏逢生的線人，恐怕就是上個月初匿名向記者爆料的檢舉者。」張如勛盯著腳下的一攤血汙，在冰冷的燈光下，他有如臨終之人，交代遺言似的慢慢闡述眞相，「SICA公司的弊案因此再度浮上檯面，那個時間點正好是她跟許密雲訂下婚約的時候。由於時機太過恰巧，許密雲對我起了更多疑心，他大概認爲我是忘不掉曾佳妍才又興風作浪，於是爲了避免SICA的事端擴大，許密雲決定採取激烈手段，剷除本就懷有異心的曾善之，同時還拿曾佳妍要脅我重新執業，再加上艾蓮對整起事件的誤解，更讓許密雲確信我便是夏逢生的線人。」

「所以……是曾佳妍？」江筱芳嗓音發顫，「她利用了你，成爲夏叔叔的線人……卻也間接造成了曾善之的死亡？」

張如勛垂著頭，沉重的事實壓得他抬不起頭。他深吸一口氣，懊悔地說：「從頭到尾，我都是局內人。」

遠處轟的一聲巨響，整艘船猛烈晃動，在場五人幾乎無法站穩。

刺耳的火災警報聲大作，空調機房內的牆上配有地圖型全區管線配置的操作盤，只見船艙下側靠近渦輪的區域亮起紅燈，代表運作異常。

「怎麼一回事？」藍映月整個人跪在地上，高聲驚呼，「爆炸嗎？」

眾人的目光一瞬間全集中在張如勛身上，張如勛心頭一涼，慌張地抓著牆邊喊冤：「不是我！炸彈是我胡謅的！」

「是許密雲。」陳杉冷哼一聲，將黑鋼戰術刀收在腰側，執起突擊型卡賓槍，「畢竟你剛才在眾人面前這麼說，他正好可以嫁禍給你，直接讓你坐實恐怖分子的罪名。」

藍映月忍不住翻了個白眼咒罵：「張如勛！你的體質眞的很帶衰！」

「曾佳妍被軟禁在十三樓的寰宇套房內。」江筱芳大喊，扣住張如勛的手臂，「只要找到她就知道你的推測對不對了！走吧，先離開這裡！」

郵輪的動力失效，地板微微傾斜，刺耳尖銳的警報幾乎掩蓋過所有人的聲音，鏢仔抄起手槍，拉著藍映月的手臂避免她摔落，江筱芳則拽著張如勛，接過陳杉扔來的補給彈藥與閃光彈掛在肩上，在隊伍中殿後掩護。

拉開保險，陳杉手持突擊型卡賓槍，蓄勢待發：「先往甲板上走。」

以陳杉爲首，眾人離開空調機房，卡賓槍前端安裝了照明用燈，在黑暗中點亮一絲曙光，一行人在引領下穿過通往四面八方的維修通道。

狹窄的通道幾乎擦著肩膀，空調也失去了運作能力，空氣逐漸混濁，越靠近前方，越能感受到一股火燒般的悶熱。

一路上，陳杉完全沒有任何猶疑，似乎非常熟悉內部地形。腿上的止血帶滲出血絲，但止痛針暫時麻痺了知覺，他的動作絲毫不見遲滯。經過一段時間，通道的壁面赫然出現一座向上延伸的鐵梯。

陳杉爬了上去，推開覆蓋在鐵梯上方的鐵板，接著鏢仔攙扶著藍映月攀上，隨後是張如勛，江筱芳最後。上層同樣一片漆黑，只剩緊急照明燈亮著紅色光芒，小型空間內擺滿了各式清潔用物品，是房務專用的儲物間。

刺耳的警示蜂鳴不斷作響，緊急廣播開始播送預錄的逃生宣導，機械式的平板女聲以各國語言指引逃生，在危急之中顯得突兀弔詭。

「從這裡往上走就是房間所在的區域。」陳杉對鏢仔說，「你帶著藍姊去第一層甲板，你們兩個混入人群先離開這艘船，小芳掩護我去找曾佳妍。」

江筱芳點點頭，從腰後拿出一只白色小盒，從中取出微型收音器遞給陳杉。

「美國軍方的東西？」陳杉打量掌心上那枚指甲蓋大小的東西，笑了下，「不愧是天使寶貝，還眞多小玩具。」

「我也要去。」張如勛直視陳杉，「我擔心曾佳妍的精神狀況……而且有些話，我必須當面問她。」

陳杉盯著他，沉默不語，隨後從腰後取出一把手槍扔給張如勛。張如勛嚇了一跳，急急忙忙接在懷裡，一旁的江筱芳雙手握槍，冷靜地說：「事不宜遲。」

轟的第二次巨響，船身一陣強震，又傾斜了一點，眾人差點站不住腳，一連串的機槍槍響和尖叫隱隱約約透過空調出口傳來。

逃生宣導的廣播變成尖銳的雜訊，接著，一道柔和溫順的男性嗓音緩緩流瀉：「喜歡玩遊戲嗎？我也是。以沉船那一刻爲限，我給你們時間思考，看是要自動出來見我，還是——每十分鐘，我就掃蕩一個區域，直到找出你們這群小老鼠爲止。」

藍映月驚懼不已：「怎麼一回事？」

「是許密雲。」張如勛開口。

廣播的背景聲是持續不斷的槍響，掌心上沉重的冷鐵告訴他，這一切都不是玩笑。

「人命在你手上。」最後，許密雲說，「你可以決定怎麼做。」

「別去。」江筱芳緊張地說，身軀不自覺地發抖，「我們……還有夏叔叔都……」話到一半如鯁在喉，艱澀得難以說出口。

她知道，張如勛如果去見了許密雲自然是功虧一簣，再也沒有人能替夏逢生平反冤屈，可是本能的正義感卻違背了心中的願望，理智告訴她不能傷及無辜。

張如勛握緊槍，思索著下一步該怎麼走。

「不用怕。」陳杉說。

江筱芳抬起頭，額際冷汗密布，那平穩的低沉嗓音瞬間安撫了她的焦慮。

「妳掩護張如勛去找曾佳妍。」陳杉告訴江筱芳，「找到人以後，直接在頂樓停機棚等我。我負責吸引許密雲他們的目光，並且到船長室聯絡海巡署與吳叔。」他冷笑，又接著說，「很簡單，就陪他玩一場遊戲，最好瞄準他們的右腿讓他們喪失行動能力。」

陳杉迅速地指示眾人前進的方向及船上的路線圖，假如遇見敵方，不宜猛幹。他給了江筱芳大量彈藥，鏢仔也取得了四發閃光手榴彈，隨即帶著藍映月往第一甲板逃生區前進。

江筱芳把9mm彈匣握在手中，牙一咬，捏得死緊：「陳杉，如果你發生了什麼事，我絕對不會原諒你。」

陳杉單手將黑色戰術刀往腰後掛，朝她挑眉。

「小時候，我和雅婷交換了橡皮擦，這個祕密只有你知道。」江筱芳倔強地一笑，「因爲雅婷的橡皮擦上寫了你的名字，害我不得不跟你解釋，小時候夏叔叔總拿這件事揶揄我。所以我要跟你說，我一直都沒放棄過，小心不要被我搶走。」

陳杉笑了出聲，張如勛立即瞪大眼，還來不及思考就被江筱芳拽著手臂跑。

黑暗逐漸掩過光明，吞噬了陳杉最後的身影。

從地下二樓的房務儲物間直奔至十三樓，必須花上很長一段時間，途中還可能遇見許密雲的人馬。考慮到張如勛沒受過任何野戰訓練，陳杉建議他們從通風管道間上樓。

江筱芳與張如勛朝走廊推進，一段時間後，耳邊傳來第一聲槍響，另一頭隨即斷了消息。張如勛心頭一跳，和江筱芳互望一眼，江筱芳用下巴示意張如勛繼續前進。收音器的功能因雙方距離太過遙遠而逐漸失效，只剩單純的雜音。

到達地下二層的通風口處，一路上唯有紅色的警示燈依然運作，這裡屬於房務人員的內勤區域，原本人員就不多，早已統統疏散。江筱芳來到陳杉指示的地點往上一瞧，通風口正冒著濃密的黑煙，氣味嗆鼻，完全無法通行。

「糟糕了。」江筱芳握緊槍枝，緊張地說，「大概是爆炸的關係，濃煙從這個通道往上竄，根本不可能通行，我看我還是一個人從樓梯突破——」

「先等等，還有另外一邊可以走。」張如勛阻止了江筱芳，他點著唇思索了下，接著指向走廊另一端，「地下三樓的另一側，從旁邊的逃生梯往下走幾公尺，有一條通風管道間和這裡是對稱的。雖然麻煩了點，但同樣可以直接通往十三樓。」

江筱芳遲疑了一會，問：「你怎麼知道？」

「剛才在空調機房裡面，牆上不是有管線配置圖嗎？」張如勛掩著口鼻，伸手揮走難聞的氣味，「上面標示得很清楚。」

「很清楚？」腦海浮現那些彎彎曲曲的線路，江筱芳忍不住說，「你怎麼可能記得住？」

張如勛不假思索：「那張圖並不複雜，看一眼就能全記起來……往這邊走。」

江筱芳「唔」了一聲，不太相信這個說法。若非工程人員出身，單憑理解力怎可能一眼看明白？再說了，要記住整艘船的空間配置及布局，又怎可能像他講的如此簡單？然而張如勛熟門熟路地領著她穿過房務人員的工作區，毫無躊躇，兩人經由逃生梯抵達了更深一層的地下三樓。

這條路線不如陳杉提供的那麼簡單，必須離開內勤區域來到一般房客的交誼廳。江筱芳推開區域之間的隔門，左右探看，室內同樣一片漆黑，唯有警鈴嗡嗡迴盪。

船身微微傾斜，發出金屬刮擦的悶聲，彷彿地獄傳來的陰獸怒吼。江筱芳霍然停下，迅速躲在門後，示意張如勛別動。

前方有五只探照燈在黑暗中四處搜尋。

寡不敵眾，張如勛的心幾乎快跳出來。江筱芳持著槍，貼緊走廊牆面，冷靜地用唇語告訴張如勛保持鎮定。

搜索的光線十分刺目，江筱芳從腰後拿出一枚閃光手榴彈，食指扣在安全插銷上，靜靜等待腳步聲逼近。對方的步伐略顯沉重，清脆的金屬碰撞不斷傳來，火力顯然不容小覷。

張如勛不安地瞧了一眼江筱芳，她早已閉起眼睛，屏氣凝神地默讀秒數。

猛不防地，敵方像察覺了不對勁停下腳步，肩上配置的軍用無線電對講機傳出雜音，一連串聽似暗號的對話讓江筱芳不自覺豎起耳朵，緊接著，那五名武裝警衛立刻掉頭迅速趕往他處。

張如勛與江筱芳互看了一眼，心裡大概有個底。

是陳杉。

等腳步聲遠去，江筱芳隨即把閃光手榴彈扣回腰側，輕巧地推門而出。低層船艙的交誼廳內一片空蕩，散亂著四、五張沙發，張如勛不敢吭聲，連呼吸都十足謹慎。他指了指對面的走廊，也就是敵人離去的方向，示意江筱芳繼續前行。

因爲空調失去作用，呼吸越發困難，江筱芳忍不住掩鼻，兩人盡速離開此地來到另一側樓梯旁。左右兩邊船艙使用不同的空調系統，該處的通風口尚未被濃煙占據。

空調管道大致可分爲橫向與直向，通常隱藏於天花板之上，並且穿過各樓層擔負令空氣對流的功能。鋁製通風管道的寬度不大，且橫向管道結構脆弱，無法承重，兩人當然不可能像電影演的那樣從通風口爬進去兩、三百公尺的路程，只有垂直穿過樓層的管道間才可能承重，且攀爬時必須留心腳下，以免失足墜落。

「垂直往上爬。」張如勛指著上面的通風口，「爬上七層以後，會來到四樓的室內瞭望臺，那個有個較大的橫向通風口。寰宇套房位於最高樓層，所以我們抵達四樓以後，要再換另一個垂直管道間，繼續往上爬。」

江筱芳拖來單人沙發，踩上一腳，頂開空調出風口的隔柵，輕盈地蹬上天花板的通風管道，此處正好可接通垂直的管道間。

輪到張如勛時，他先將手槍遞給江筱芳，江筱芳瞧了手槍一眼，不禁苦笑：「你沒開保險，怎麼開槍？」

張如勛神情略爲尷尬，二話不說跟著跳上通風管道，還讓江筱芳拉了一把。

通風口十分狹窄，江筱芳尚可靈巧爬行，張如勛就不太行了。停止流動的空氣令管道間內異常悶熱，他們橫向爬行一點距離，隨即轉入垂直的管道。通風管道是由鋁製方管如竹節般一節一節組合而成，他們踩著凸起的連結點，慢慢地往上爬，雖然平常有運動的習慣，張如勛仍是爬得滿身大汗。

由於郵輪空間有限，船艙的空間設計必須考量最大利用限度，一個樓層大約三百公分，除非遇上需要挑高的大廳空間，否則七層對他們來說很快便能抵達。

越往上爬，除了震耳欲聾的警示聲，幾乎聽不見任何人的聲音。

抵達四樓，江筱芳先在通風口左右掃視，確認沒有任何敵人以後，才踹下出風口的隔柵，直接跳上地面。

四樓是環形設計的室內瞭望臺，往外望去可以見到貫串一至十三層樓的大型挑高中庭。

最底下是人工種植的熱帶叢林，還設置有大型瀑布，各式各樣的商場與賭場則位於兩側樓層。頂端則是玻璃天井，而最接近天空的制高點便是十三樓的寰宇套房。

本該美輪美奐的星空瞭望臺此刻一片漆黑，星斗布滿夜空，焰火在夜空下燃燒，狼煙般的黑煙冉冉上升。人們的吶喊和哭叫不絕於耳，船上無論男女老少皆聚集在甲板上等待救援，機械式的逃生宣導迴盪在空曠的天井，就像無情的奪命倒數計時。

轟的一聲，白熾光芒照亮了天空，天井上方的玻璃罩跟著撼動。

「閃光手榴彈？」江筱芳迅速進入備戰狀態。

「是陳杉！」張如勛從瞭望臺往下望，指著底下漆黑的叢林大喊。

闊葉樹遮擋了視線，叢林間槍響不斷，這裡是絕佳的隱匿空間，陳杉如豹子般蟄伏於黑暗，將敵方一一獵殺。子彈接連發射出赤色燦光，敵人非常多，幾乎呈包圍之勢，然而陳杉移動速度極快，遠攻時利用手榴彈與槍械令敵人失去戰鬥能力，近戰時利用戰術刀制服敵人，毫不拖泥帶水。

江筱芳二話不說，立即朝人多的地方扔閃光手榴彈：「陳杉！小心了！」

金屬清脆敲擊地面，微型收音器同步接收到這個聲響，另一頭的陳杉不可置信地喊：

『你們走錯方向了！』

砰的一陣巨響，強烈閃光伴隨音波幾乎快震裂耳膜。江筱芳朝天井下方開槍，突擊型卡賓槍熱彈連發，敵人一下就發現她的存在，另一組人馬很快往樓梯上跑。

『張如勛！』陳杉氣急敗壞，『快往上走！』

「不行！敵人太多！」江筱芳咬牙說，「我跟陳杉引開他們，張如勛你先走！」

『江筱芳！』陳杉在慌忙之中大喊，『張如勛，你們快走！』

煙硝四起，子彈一排排打在圍牆上碎出粉塵、貫穿了天井玻璃，在夜空畫出一道道橘色光芒。江筱芳伏低身子躲避攻擊，沿著圍牆奔跑抵達另一側，向樓梯口再扔一顆閃光手榴彈。

「你們……」張如勛腳下生根似的愣在原地，他無法不顧一切地拋下他們。

「快離開這裡！」江筱芳朝下方以跪姿射擊，**M93R**連發威力十分強大，暫時壓制了敵人的行動。

『張如勛！快走！』伴隨著始終未間斷的槍響，陳杉在另一頭怒吼，『不要扯我的後腿！』

等張如勛回過神，他的身體早已經做出反應，踏上通往十三樓的樓梯。

富麗堂皇的華美樓梯隱沒在漆黑之中，大片玻璃窗反射著海波的璀璨，槍響不斷，張如勛拚命狂奔。他第一次如此痛恨自己幫不上忙，只能洩恨般地奔跑，瘋狂、憤怒、痛苦等情緒一股腦地上湧。

張如勛發了狂地往上衝，伴隨著爆炸聲與鋼鐵扭曲的低鳴，船身再度傾斜，整艘船都在晃動。他急忙扣緊扶手，穩住身體後，繼續奔跑。

敵人全數集中在下方樓層，一路上張如勛沒遇見半個人，地毯上如冰的月色成了引路的光明，槍響構成了心跳，重重地打在心頭。他氣喘吁吁地爬上樓，抵達最後一個樓層時，已是渾身熱汗、心跳如擂鼓。他緩了緩呼吸，擦掉流入眼睛的汗水。

這艘頂級郵輪的最高樓層，只有一間寰宇套房。

張如勛打開緊掩的紅木門，迎面而來的是整片落地窗。許密雲站在玻璃窗前方，正對黑墨般的海浪與晦暗不明的夜色。

他像是在此處等待已久，也預料到了即將發生的一切，他的四周放著八臺監控螢幕，多角度的夜視監視器正對著陳杉，螢幕上的他正無聲地奮戰。

除此之外，套房內還有六名持槍的武裝警衛，羅信行與艾蓮也在一旁。

「不急著逃亡反而往這裡來……」許密雲輕輕半轉過身，微笑說，「是因爲這個女人嗎？」

羅信行抓著曾佳妍的頭髮，將她推出一步之外。

女人消瘦了許多，一襲寬鬆的長袖洋裝更顯身軀單薄，張如勛一時間認不出來。她的雙唇像枯乾龜裂的大地，深黑的眼窩藏著不安轉動的眼珠子，曾佳妍開始不斷急促喘氣，然後放聲尖叫，像隻受驚嚇的小鳥撲翅想掙脫掌控。

曾佳妍的狀況比想像中更加令人恐懼，張如勛不可置信地注視著她，她與印象中的樣貌實在相差太遠。

許密雲咧開嘴角，露出森然的牙：「這麼想帶走曾佳妍，多半不是因爲你對她還有舊情，而是因爲這一切都與她有關，對吧？告訴你一個祕密，我根本不知道夏逢生的線人是誰。究竟是你？還是艾蓮？還是誰呢？我並不知道，我只是預想了許多種版本，然後等你一一驗證。」

原來如此。

張如勛忍不住握緊拳頭，許密雲只是把所有關鍵捏在手裡，猶如俯瞰沙盤的上帝，觀看眾生的一舉一動揣測眞正的結局。

曾佳妍扭曲面容，痛哭失聲，她不斷掙扎，嘴裡喃喃著聽不清楚的話語，精神呈現混亂狀態。羅信行抓住她的手腕，將她摔向張如勛腳邊。

「我問你一件事。」張如勛咬牙切齒地說，「這麼做好玩嗎？」

許密雲笑了笑：「你不用質問我這些，該看看你自己的處境，你很清楚惹毛我是什麼下場。」

曾佳妍匍匐在地上哭泣，細瘦的手腕布滿被綑綁過的青痕。監控螢幕上，敵方不斷增援，腳上的傷讓陳杉的行動逐漸略顯吃力，只見他拋下衝鋒槍，改換上警備用的M92，但是單發手槍抵擋不了太久。

許密雲掌握了太多資源，在雙方差距懸殊的情況下，張如勛想贏實在太困難了。

窗外的海面波光粼粼，潔白的月光灑在曾佳妍單薄的肩上，更襯得她脆弱無比。太過理性的分析奪去了張如勛的信念，敲碎了他以爲局面仍有一絲希望的那份天眞。

張如勛啞然失笑，絕望逐漸充斥他的內心。

「跟你說件小事，無論是販毒還是走私，抑或是掩蓋金流、掏空一間公司，對我來說都很簡單。但是……我不想。」

「那又怎樣？」

八臺螢幕在閃光彈的影響下，瞬間一片白亮，幾秒過後又恢復正常運作，隱匿在叢林間的陳杉從腰後抽出止痛針劑猛力往腿上扎，又迅速換了彈匣起身應戰。那道槍傷並不是無關緊要，陳杉的身體素質也絕非異於常人，他只是不斷地利用止痛針止痛，死命硬撐著。

張如勛想起了擺在江力家中的那幅畫，藍底的畫中盛開著豔紅的罌粟花，陳杉曾經用畫筆仔細琢磨著畫布上的那一小片寧靜，側臉的神態認眞而專注。罌粟花底下是夏逢生的照片，俊帥的男人摟著陳杉與江筱芳的肩，笑得燦爛無比。

他們三個人分別踏上了不同的道路，又因已逝的夏逢生而再度聚首，如今卻不知該何去何從。

握緊的拳頭鬆開，卻心有不甘地發顫，張如勛斂下目光，緩緩開口：「除非你放過他們。」

許密雲挑眉，戲謔地說：「這時候才討饒未免也太慢了。」

「你會需要我。」

張如勛的視線一一掃過在場所有人，許密雲、羅信行，還有艾蓮。無情的掌權者、在一旁嘲弄的走狗，以及倉皇無助的人質——艾蓮的妝已經花了，她眼神惶恐，表情充滿了痛苦。

最後是曾佳妍，她把自己縮得很小，不斷抖著身子，糾結的長髮半掩著青白的臉龐。她只是想逃出名爲「價値」的掌控，卻依舊無力掙脫，無法與這龐大的幽黑漩渦對抗。

監控螢幕播送的各式畫面宛如默劇，一發子彈擦過陳杉的左肩，他又拿出止痛針麻痺自己的肉體，繼續奮戰；江筱芳躲在牆邊，扔了顆閃光手榴彈，她無法再掩護陳杉了，身上的彈藥早就快用盡，只能不斷逃竄。

「曾善之以前說過……」張如勛凝視著無聲的螢幕，「他沒辦法做到的事情，我都可以做到。可是他不喜歡我缺乏目標，說我毫無所求，只想過單純的生活，認爲我心軟成不了大器。但那是因爲，我太清楚曾善之所做的每一件事了，雖然對我來說，要做那些事情很簡單，只要我閉上眼，忘記每個人的模樣，就能辦到。」

許密雲雙手環胸，饒富興味地勾起嘴角。

「只要你放過他們。」

張如勛輕輕地說，一股難以名狀的沉痛湧上心頭，他笑了下：「還有曾佳妍。」他明白曾佳妍想要什麼，這麼久以來，她所渴求的是什麼，他很清楚，「請許先生放過曾佳妍，讓她過她想要過的日子，別再去打擾她……這樣的話，你希望我做什麼，我都可以辦到。」

許密雲挑眉，繼而縱聲大笑。

低樓層傳來的隱約槍響，就像昭示著這場悲劇的結局。

許密雲支著下巴思索，腳步輕挪，愉快得不得了。最後，他停在張如勛面前，雙手捏著曾佳妍的肩膀將人提起，曾佳妍站都站不穩，僅能縮著肩膀無力地任由許密雲擺弄。

「曾善之下的一步好棋，讓你輸得太過徹底。」許密雲搖晃著曾佳妍，神情充滿快意，「曾善之讓你們交往，是希望把你培養成他的武器，可惜你不是塊玩遊戲的料，曾善之只好把你綁在身邊，萬一出了事還有人可以當代罪羔羊，畢竟這隻羊必須足夠明瞭公司的運作，具備罪證確鑿的條件，必要時還能當替死鬼，就跟杜允珖一樣。可惜曾善之輸給了野心，他自以爲掌握了我的命脈就想隻手遮天，還爲了假意投誠把你踢開，將曾佳妍送給我。曾善之太愚蠢了，這些小動作我全看在眼裡，他只不過是我隨時可以找人取代的棋子罷了。」

張如勛垂下腦袋，這一切他心知肚明。許密雲冷笑：「我還以爲，你大費周章想跟我玩遊戲會給我什麼驚喜，沒想到你比曾善之更不堪一擊。你的遊戲還沒開始，就先輸掉了。」

身邊重要的人皆命懸一線，面對許密雲的威脅，張如勛毫無招架之力。許密雲好似一條陰險的蛇，緊緊地纏繞在曾佳妍身上。

艾蓮滿臉淚水，羅信行看她那個樣子，鄙夷地笑了聲，接著招招手，兩側的武裝警衛立刻退下，八臺螢幕畫面隨即被切斷，黑色螢幕上只剩張如勛可悲的影子，再也無法映出陳杉的一切。

曾佳妍的亂髮掩蓋了她瘦削蒼白的臉龐，淚痕未乾，空洞的雙眼直直地注視張如勛。從她的雙眸中，張如勛彷彿看見了自己的身影，他苦澀一笑，動了動唇，緩緩說了一句：「對不起。」

這一瞬間，曾佳妍朱唇微啟，似乎也重複了同樣的話。

對不起。

曾佳妍嫣然一笑，張如勛還沒反應過來，便見她的袖口中溜出一把細小的鑿冰錐，她的動作既輕柔又緩慢，像飄起來似的，手持錐子轉身刺入了許密雲的脖子。

一切是那麼的讓人難以預料，曾佳妍彷若捏著許密雲的頸項，溫柔地朝對方微笑。許密雲眼睜睜地瞪著曾佳妍，一下、兩下三下四下五下，鑿冰錐迅速刺穿他的脖子，鮮血泉湧，染紅了他的西裝。

羅信行爆出怒吼，拿起手槍對準曾佳妍的腦袋，不過張如勛快了羅信行一步，抓住槍口後朝對方的臉部重重地送上一拳。手槍掉落在地，艾蓮馬上奪槍指著羅信行，渾身抖個不停。

許密雲滑脫束縛，錯愕地跪在地上，他顯然不敢相信發生了什麼事，盯著噴灑在地上的鮮血，不斷開闔的雙唇亟欲吸取空氣，宛如離水的金魚大口呼吸，又慢慢地窒息。

「哥！哥哥！」羅信行驚慌失措，他不敢碰血流如注的許密雲，只能看著許密雲嘔著血掙扎。

濃厚的血腥味在空氣中擴散，許密雲咳了聲，動脈血液從他的指縫噴出。他啞聲說了幾句聽不清楚的話，但喉嚨受傷太重，嘴裡再次湧出了血。瀕死之際，許密雲雙目發紅，既恐懼又憤怒地瞪著曾佳妍，沒幾秒他便喪失了力氣，緩緩地軟下身子，愕然的眼神漸漸失去生命光芒。

「救命、救命——」羅信行驚駭地爬離染血的地毯，嚇得無所適從，「誰來救我！怎辦！怎麼辦！他死了我該怎麼辦！」

曾佳妍跪在地上，張如勛連忙抓住她的肩膀檢查有無受傷，血液染紅了她的半邊臉頰與白色洋裝。羅信行像個無助的小孩一樣劇烈顫抖，沒有勇氣靠近許密雲的屍體，只是一個勁地哭著叫旁邊的艾蓮救救許密雲。

「佳妍！」張如勛搖了搖曾佳妍，與她四目相對。

曾佳妍彷彿靈魂回歸，雙眸恢復以往的神采，滿是鮮血的雙手想撫上張如勛的臉龐，卻在最後一秒猶豫了。

彷彿完成了一件任務，她垂下肩呼出長嘆，啟唇又輕聲說了一句：「對不起。」

尾聲

三個月後，郵輪爆炸案以人為操作失當結案，船公司依判決付出了天價賠償金。由於該起案件死傷慘重，電視臺播送了好幾個月的相關新聞，穿鑿附會的說法極多，但沒有人能給出證據。

醫院內消毒藥水味一如往常刺鼻，長廊的白窗簾被陽光穿透，隨風飄起。張如勛買了一束百合，錯身而過的護理師與醫生並不認識他，也不曉得他經歷過什麼樣的故事，這個世界少了一個許密雲，依舊持續運行。

張如勛隔著玻璃詢問櫃檯，並把一張紙條遞給裡面的女人：「護理師小姐，不好意思麻煩您了。」

女人接過紙條瞧了一眼，沒說半句話就起身帶領張如勛。

從走廊穿過中庭，白色醫院裡充滿著寧靜祥和的氣氛，男女老少在中庭裡晒太陽，笑語不斷，皆統一穿著淺藍色病患袍。此處像透明膜內與世隔絕的烏托邦，人們活得無憂無慮。

護理師帶著張如勛來到一間特殊病房，用感應卡打開門以後，單間獨立的病房空間映入眼簾。房間另一端有個半開放式的中庭，小中庭種有各類花草，迷迭香、鳶尾花、金盞花，幾乎覆蓋了鋪滿卵石的淺水岸。

有個女人背對著張如勛，坐在輪椅上沐浴陽光，那畫面一如早晨的病院帶著蒼白的清新，就像病床上刷洗過的被單，混雜著藥水味。

護理師並未離開，她告訴張如勛只有二十分鐘的時間。張如勛把百合插在床旁的花瓶，逕自走向中庭。

曾佳妍原本的一頭長髮已剪短至耳下，露出青白的頸項，讓她看起來像個未經人事的少女。

「吃過飯了嗎？」張如勛在一旁的石階上坐下，自顧自地朝她說話，「我替妳帶了一些水果，還有妳以前說過很喜歡的蛋糕，噢對，我也買了妳常用的保養品和香水，都交給護理師了。」

曾佳妍恍若未聞，長睫之下僅有深邃的空洞。

張如勛並未感到驚訝，他拿出一個紙袋，從裡面撈出幾本空白畫冊：「我還帶了些顏料……妳可以畫妳最喜歡的油畫。」

微風吹過，樹梢沙沙作響，曾佳妍纖細的手腕被綁在輪椅上，彷彿一折就斷。張如勛沉默了一會，順著她的視線，見到兩只白粉蝶在樹叢中飛舞，彼此追逐。

「妳父親……曾善之的事情我已經處理好了，公司的事也不用擔心了。」張如勛彷若自言自語，「放心吧，我把那些證據提供給了警方，艾蓮跟我同樣是證人之一。少了那個人，羅信行也只不過是紙老虎罷了，自然當庭認罪了……接下來的一切，就全都交給法律了。」

曾佳妍猶如精巧漂亮的人型空殼，對外界的一切無動於衷。輕快悅耳的雀鳥鳴聲傳來，薰衣草的香氣隨風飄散，薰衣草是曾佳妍最喜歡的植物，她曾希望能打造一座屬於她的普羅旺斯花園，可惜臺灣的氣候並不適合這種嬌貴的香草。

張如勛撫摸著草葉，淡淡的草腥染上指尖：「三年前，為了擺脫父親與許密雲，妳私下從我身邊拿走了許多資料，並以線人的身分與夏逢生接觸，然而蘭城營造倒閉、夏逢生也不幸逝世，之後妳就開始祕密接受精神治療。由於夏警官生前將線人的身分保護得滴水不漏，因此無人知曉真正了解實情的人究竟在何處。」

曾佳妍不為所動，張如勛望著遠處搖曳的枝葉，聲音很輕，彷彿也要隨風消散。

「三年後，妳不想被父親利用成為許密雲的未婚妻，因此主動把以前的線索提供給記者，但再度失敗了……畢竟少了夏逢生，擁有大量資源的許密雲更能掌控一切。無計可施之下，妳找上了失業的我，想靠我去偷取妳父親更多的機密以自保，又或者是進一步扳倒許密雲，然而許密雲卻因此對曾善之動了殺機，決定永絕後患。」

睫毛輕輕顫動，白皙的頸項透著青色脈動，一跳一跳的，證明生命的存在。

「今天判決出來了……我想，妳應該沒興趣知道。」張如勛苦笑了下，「妳早就猜到結局了吧？」

風吹撫過曾佳妍的髮梢，她突然扭過頭，縱聲尖叫，瘋狂撕扯著雙腕的拘束帶，撕心裂肺吶喊。張如勛慌忙喊護理師，護理師趕緊跑過來在她的手臂打上一針鎮定劑，尖叫戛然而止。

「張先生，麻煩您先出去！」護理師抱起癱軟的曾佳妍，「拜託您先出去！」

張如勛被護理師推出病房，獨自一人站在長廊上。

診斷書上說明，曾佳妍長期受思覺失調與嚴重人格障礙困擾，因此有關許密雲被害一案，曾佳妍只被判處五年有期徒刑，同時必須接受治療，全案可上訴。

心中的鬱悶糾結成一塊，張如勛望著悠悠飄過的白雲。共犯結構仍然存在，許密雲也不過是其中一顆螺絲釘，掉了自然會有人補上，不過這已經不是他能插手的了。

護理師從病房出來，搓了搓手臂，嘆息：「她冷靜下來了。」

「不好意思，造成您的困擾了。」張如勛苦笑賠罪。

「郵輪事件眞的嚇壞她了，基本上她已經不行了。」護理師搖搖頭，從口袋裡拿出一本小冊子，「你帶了那麼多禮物給曾小姐，可惜她唯一有反應的就是玩這個。」護理師聳聳肩，「雖然她寫的答案都是錯的，可見她的思考邏輯還是很混亂。」

張如勛愣了愣，收下護理師給他的小冊子，那是一本數獨書。

「沒有其他人來探望曾小姐，只剩你了。我本來以爲你多來看看她，陪她聊聊天，說不定會好點。」護理師嘆了聲，「我看她這樣應該是好不了了……張先生，以後你就不用再來了。」

護理師轉身離去，張如勛一個人繼續站在長廊上，目送對方的背影遠去。

風又吹起白色窗簾，張如勛打開那本小冊子，曾佳妍的字跡令他懷念。頁面上有幾個九宮格形式的數獨題目，每格都有該塡入的正確數字，曾佳妍卻全都塡錯了。

然而張如勛隱隱察覺到某種暗示，因爲每個九宮格內的所有答案加起來，由左至右分別是八、八、六。

即便每一格塡入的數字都不同，每個九宮格塡入的數字加起來皆是同樣的結果。

——拜拜嘍。

最後，杜允琺的忌日那天被帶走的人，竟是許密雲。

張如勛合起冊子，深吸一口氣，仰天吐出鬱悶。

當他踏出醫院的時候，江筱芳已在外頭等候多時。她一身警察裝扮，倚在警車旁吃燒餅，見了張如勛立即揮手，急急忙忙收起午餐。

「情況怎樣？」江筱芳擔憂地問。

張如勛搖了搖頭，淡然說：「還是一樣。」

「也是。」江筱芳嘆口氣，「畢竟她遭受了這麼恐怖的事情……希望醫院能好好幫助她。」

張如勛聽著江筱芳的話，沒說什麼，這是他能給曾佳妍的最後餞別。

兩人站在醫院的停車場沉默了一陣，高聳密集的建築在人行道上投下一大片陰影，還有幾個計程車司機在旁邊下棋。

「謝謝你。」江筱芳突然開口。

「嗯？」

「謝謝你願意成爲證人。」江筱芳望著遠方，把亂翹的短髮往耳後勾，「以曾佳妍的狀況根本無法出庭，還好有你在。爸爸今天去告訴夏叔叔這個好消息了，如果夏叔叔地下有知，一定會很開心。」

「喔，嗯……沒什麼。」張如勛低下頭，揉揉鼻尖，「我也算有點責任。」

「還有件事情我想告訴你。」江筱芳對張如勛說，「如果不說出口，我會一輩子放在心裡。」

「什麼？」

「小時候，夏叔叔總是告訴我，有喜歡的人就要勇敢追求。」江筱芳望著天空，漾起淡淡微笑，「雖然我現在應該來不及了吧。」

張如勛愣了下，接著歉然一笑：「抱歉……謝謝妳。」

雖然早已預料到答案，江筱芳仍是朝天大大嘆了口氣：「要碰上喜歡的人還眞不容易啊。」

張如勛依然掛著笑容。

今日是入冬以來難得的暖陽，陽光隨著熱意滲入肌膚。江筱芳伸伸懶腰，吐出深埋許久的戀慕以後，心情輕鬆了不少，她笑了笑，點點陽光灑在她淨白的臉龐，恍若幼時那個純眞的孩子。

不久鏢仔來了，手上還提了四杯星巴克。他把咖啡遞給張如勛與江筱芳，自己也拿了一杯。

「醫生有說他能碰咖啡因嗎？」江筱芳接過咖啡，說了聲謝謝。

「我挑了無咖啡因的，不確定好不好喝。」鏢仔聳聳肩，瞧著袋子裡面僅存的一杯，「但這是冬季限定的，他應該會喜歡。」

「時間差不多了。」張如勛看了眼腕上的手錶，「我們該走了。」

三人跨上警車，離開了灰白色外觀的醫院。一陣子沒碰面，沿途三個人不停地聊天，還偷開小差繞到南京東路一家張如勛常去的小麵館解決了午餐。

陽光燦爛，行道樹遮蔽了大半藍天，江筱芳握著方向盤，行雲流水地轉彎。

廣播電臺主持人播報著由北到南國道上的大小狀況，以及最近的新聞：「國道一號北上路段，桃園中壢交流道區段目前車流較多，請用路人多加注意。基隆地區昨夜凌晨三點半發生一起火警事件，所幸無人傷亡……爲您插播一則最新消息，臺北市政府警察局局長目前遭法院申請羈押，不排除涉及走私、收賄之相關刑事案件……」

江筱芳切換至另一個頻道，車內音響流瀉出輕快旋律，與女人的歌聲交織成悅耳的曲調。空調吹送著宜人的溫度，張如勛在副駕駛座上，挪動安全帶開了個話題：「對了，鏢仔決定得怎樣？」

鏢仔喝了口咖啡，似乎有點不太好意思：「噢，我報考大學了。」

「眞的嗎？」江筱芳透過後照鏡朝鏢仔微笑，「那眞是太好了，有需要什麼資源儘管跟我開口，別客氣。」

「我想應該沒什麼問題。」鏢仔赧顏一笑，「謝謝姊，我可以的。」

「眞好。」張如勛勾起嘴角，回憶著往事，「現在校園生活離我們好遠。」

「也是呢，畢業這麼多年，還眞有點想不起來當學生是什麼滋味了。」江筱芳再度穿過車水馬龍，「不過我還記得以前我們三個人的模樣，感覺什麼都沒變……唉，這樣感嘆歲月流逝好像老人，鏢仔都要笑了。」

鏢仔連忙搖搖手，緊張地說：「不，才沒有，你們還很年輕……我以前很孤僻，沒交過什麼朋友……希望這次可以遇到跟你們一樣的好朋友。」

望著前方的擋風玻璃，天上白雲緩緩湧流，張如勛笑了笑。

警車抵達另一間醫院的停車場時，已是下午兩點，交通管制警衛很好心地替江筱芳找了一個樹蔭下的車位，三個人下車以後，直接前往醫院八樓。

八樓的8042病房是單人病房，一名中年警察正站在病房門前與主治醫師聊天。

「吳叔。」江筱芳率先與他打招呼，並驚訝地問：「你怎麼也來這裡了？」

頂上微禿的中年警官「唔」了聲，視線掃過張如勛：「我是來跟臭小子討論復職的事情，我才想問你們一群人來這幹麼？」

「陳杉不是今天出院嗎？我們來接他的。」江筱芳癟癟嘴。

「出院？」吳叔狠狠一拍自己已經快沒幾根毛的腦門，「那小子早就出院了！剛剛跑了！真是折騰人的死傢伙，幹麼呢，害羞什麼！」

在場的幾人裡面，大概只有張如勛一點也不感到意外。

淡水河的落日總是令人惆悵，金紅色的太陽失去了熱情，只剩晚風吹來帶著餘溫的空氣。河畔有一群青少年丟著棒球歡笑胡鬧，揮灑青春寫下未來值得緬懷的記憶。

「一個人在這裡不無聊嗎？」張如勛踏著河堤邊染上金色的草皮，挨著陳杉身旁坐了下來，「幹麼，那些小帥哥有我好看？」

陳杉哼笑了聲，夕陽映照在他身上，彷彿裹上一層柔和的蜜。

這一帶是他們以前下課必經的路線，沿著河堤走，他們會在這裡分道揚鑣，各自回家。後來陳杉告訴他一條捷徑，只要穿過阿婆店後面，從橋下走，繞過土地公廟，就可以更快抵達娃娃機臺店，但張如勛走過幾次，每次都覺得爬上爬下像貓走的路似的，十分麻煩。

「夕陽好像從沒改變過，還是這麼漂亮。」張如勛大口呼吸著青草的氣息，「好久沒一起去吃阿婆店的冰了，不知道還有沒有開著。」

一名少年丟出的棒球不慎滾入淡水河，於是笑得和另一個同伴抱在一塊，張如勛不禁跟著笑了，陳杉也勾起嘴角。

「我有時候都會想……」望著平穩的河面，陳杉自言自語似的說，「我這麼做，夏逢生會不會生我的氣？」

有人騎腳踏車從河堤經過，與後座的朋友大聲聊著天。這個區域都更後跟以前完全不同，張如勛幾乎快不認得了，不變的唯有仍舊平穩的淡水河，慢慢地流過每個人的記憶。

「我也不清楚。」張如勛笑了笑，「但是要罵的話，他可能要罵好多人。」

陳杉笑出聲。

「喏。」張如勛把拿鐵遞給陳杉，「你家小朋友給你的。」

陳杉接過早已冷掉的飲料，淺嚐了一口，才把紙杯拿到眼前端詳，咧嘴一笑：「草莓拿鐵。」

他又笑著喝了一口。

闊別數十年的風景即使改變了，感觸依然如昔。

「你有什麼打算？」張如勛問他。

陳杉把飲料放在草地上，讓溫柔的晚風吹拂。

「我從以前就習慣一個人。」陳杉面對著逐漸退去溫度的夕陽說，「一個人獨來獨往，沒人知道我的任務，沒有支援，只能孤軍奮戰，這一切都是希望能替夏逢生平反。」

「現在呢？」

「現在任務結束了，反而不曉得該怎麼辦了。」

陳杉苦澀地勾起嘴角。

仰頭望著橘紅如火的天邊，金星亮晃晃地點綴晚霞，張如勛起身拍掉膝蓋上的雜草，伸出手對陳杉說：「不曉得怎麼辦的話，就跟我走吧。」

經過幾個月的療養，陳杉右小腿上的槍傷已經好得差不多了，只是緊繃的肌肉仍有些不適。陳杉伸出手，讓張如勛攙了一下。

張如勛盯著他的小腿：「還痛嗎？」

「有些怪怪的感覺。」陳杉也不由自主地端詳起自己的小腿，「不過還可以，不影響活動，就是對溫度變化比較敏感些。」

「肩膀呢？」

陳杉動了動左肩：「沒什麼大礙。」

「上來。」張如勛蹲下身背對陳杉，認眞地說，「只有一次機會，錯過就沒了。」

這傢伙未免太過認眞了。

陳杉心想，蹙起眉頭，有點想笑，依言爬上了張如勛的背。河面映著金陽最後的餘暉，張如勛一步一步前進，後背寬闊又溫暖，令陳杉不自覺鬆懈心防。

兩人穿過圍欄，遠遠地瞧見了阿婆店，那裡還開著門，深褐色的木門掛著菸酒公賣局的鐵牌，鏽蝕得看不清楚字跡，附近下課的國中生擠在門口跟老阿婆買飲料。

張如勛停下腳步，驚訝地說：「這裡竟然一點也沒變呢。」

陳杉挑挑眉，同樣感到驚奇。

三三兩兩的國中生經過他們身旁，一邊打鬧一邊離去，後面還有一個小女孩催著他們趕緊去補習，叫他們不要鬧。

「陳杉，我問你。」夕陽拉長了影子，柏油路上只剩他們兩人，「你小時候，有喜歡過我嗎？」

陳杉愣怔，沒有回應。

張如勛尷尬地笑了聲，心中說不上來是失望還是早有預料，趕緊換個話題，「其實嘛，這也不是很重要……」

「小的時候……」河面波光粼粼，陳杉被璀璨所吸引，頓了一下才接著說，「我曾經在教室撿到一塊橡皮擦，剝掉外層以後，上面寫著你的名字。」

張如勛停下腳步，陳杉從後方緊緊摟著他的肩，笑了聲：「然後我把橡皮擦用完了。」

一股如蜜暖意流過心頭，張如勛先是一呆，而後輕輕地笑了。

兜兜轉轉了一圈才明白彼此的心意，張如勛同樣望著閃爍的河面，最後說了一句：「謝謝你。」

陳杉勾著嘴角，閉上眼，貼著他的頭後。

曾經共同擁有那份青澀回憶的他們，因爲各自踏上不同的方向而分道揚鑣，但歷經曲折之後，終究又碰在了一起，攜手構成了後來的故事。
今後的人生，他們將陪伴著彼此，繼續走下去。

（全文完）

番外一　關於交往這件事情

今年冬天，嚴格來說並不寒冷。

張如勛僅穿著一件駝色羊毛針織衫，從捷運出來剛踏入醫院內，室內溫暖的空調便將他的背部熱出一層薄汗。

早晨八點，醫院人潮不多，張如勛穿過中央大廳，大廳牆上的電視正播送著新聞快訊，女主播神情肅穆，口齒清晰地報導著上月發生的郵輪爆炸案。

張如勛在窗口掛了號，主治醫師已在門診室等候許久。二十幾分鐘後，張如勛踏出診間，大概是突來的消息太過驚喜，以至於他現在還有些恍惚。

張如勛帶著餐盒與幾本參考書、電影雜誌，沿途和幾個認識許久的護理師打了招呼，最後搭乘電梯抵達三樓。

3304病房是癌症病患專用的單人病房，考量到舒適的環境有助於病情，張如勛無論如何都要給妹妹能好好休息的空間。

「巧筠，今天過得如何？」

張如勛踏入病房，把水果與一些營養補給品放在病床旁的桌上：「別太認眞念書，要記得多休息。」

病床邊的另一張矮桌上攤開著參考書，書頁上以螢光筆畫滿註記。明年就要大學學測了，她沒太多時間能浪費，張如勛拉了張椅子在床邊坐下，張巧筠立即就把他手上的參考書奪了過去。

「妳不是喜歡看電影嗎？」張如勛拿出雜誌按在矮桌上，「不要太累了，妳要多休息，看點閒書喘口氣也不錯。」

張巧筠拿著參考書，誇張地翻了個白眼：「你不懂，我是需要努力才能考上大學的人，跟你不一樣。」

張如勛有點無辜，搔搔頭訕笑：「我只是怕妳累嘛。」

剛長出的細軟短髮服貼著頭顱，讓張巧筠看起來像個小男生。張如勛從鼻腔呼出一口氣，彷彿也把內心的憂愁悄悄化開。

張如勛笑著對她說：「主治醫師說情況不錯，大概學測前就能出院了。」

張巧筠嚇了一跳，寫著筆記的手停頓在半空中，大眼盯著他，慢慢地紅了眼眶。

「喔，是喔。」張巧筠把注意力轉回矮桌上，卻模糊了視線，「那眞是太好了。」

窗外是藍天白雲，淺藍色窗簾在陽光中飄揚。張如勛帶了幾盒水果和餐點與妹妹分享，張巧筠收起參考書，跟哥哥一邊閒聊一邊吃早餐。

「那工作的部分呢？」

「嗯？」張如勛正忙著把花生醬抹在土司上，沒意會過來。

「就你說的餐廳的工作。」張巧筠咬了一口柳橙果醬三明治，擔憂地問，「你在你朋友的高檔餐廳做晚班服務的那份工作，不是很累嗎？」

「喔……」張如勛心虛地答，「做久了也習慣了。」

張巧筠盯著他許久，他只好轉移話題問妹妹要不要喝果汁，或是要不要來點草莓。

「其實你是被包養吧？」張巧筠哼了聲。

張如勛嘴裡的綜合果汁差點全噴出來。

「等等。」他按著額角，狼狽地說，「誰跟妳說我被包養？」

「不然你哪來的錢幫我付醫藥費跟住院費？」張巧筠有點賭氣，「我不希望你為了我這樣。」

「妳想太多了，高檔餐廳的薪水很高，真的！」他這個妹妹從小聰明，很擅長找線索，人稱火眼金睛。恰好張如勛真的有開餐廳的朋友能圓這個謊，否則他絕對逃不過她的法眼。

「少騙我了。」張巧筠銳利的目光掃視著自己的兄長，「前陣子來醫院探病的時候，你身上還有成熟的木質調男香，我記得你是不噴香水的。」

張如勛心頭一涼。那是檀木跟黑琥珀的氣味，顯然是從某人身上來的：「香、香水是……是……是我朋友的。」

「而且你的脖子上還會有吻痕。」聞言，張如勛立刻反射性遮掩脖頸，張巧筠瞇起眼冷笑，「實在是有夠遲鈍，不曉得護理師們每天都在討論你脖子上的吻痕嗎？」

張如勛的臉一陣青一陣紅，結結巴巴解釋：「這絕對不是包養，雖、雖然有點像……不，我在講什麼？總之事情不是妳想的那樣，千萬別亂猜，好嗎？」

張如勛不擅長說謊，他妹妹也曉得，再繼續逼問下去只會讓張如勛更難堪。張巧筠不想逼迫哥哥說出企圖隱瞞的事，只得嘆了口氣，輕描淡寫表示：「好好好，反正之後等我出院也可以去找打工，一邊工作一邊念書，至少你負擔可以減輕一些。」

「也不用這樣。」張如勛咳了聲，低聲安撫她，「妳想做什麼，哥哥都會支持妳，不用跟哥哥客氣。我就只有妳這麼一個妹妹，不疼妳我要疼誰？我現在工作很順利，也過得很快樂，別擔心了。」

張巧筠斜了他一眼，想說什麼又生生吞回去，擠出了無奈的笑。

她的哥哥張如勛，從小就是資優生，一路領先在別人前頭直到出了社會。都怪他們的父親，都怪她自己的病，張巧筠十分希望如果有那麼一天，她可以做些什麼回報自己的哥哥。

吃完早餐，張如勛收拾好桌面，護理師正巧來投藥。這位美女護理師是最近剛報到的新人，年紀輕輕，笑容可掬，人也機靈，剛來沒多久就跟張巧筠成爲了好朋友。張如勛順勢邀請對方吃點水果，護理師也不扭捏，喝完充滿營養的綜合果汁還不忘誇獎張大哥的貼心。

護理師離去後，張巧筠朝著門外發愣了一會，突然問：「那你交女朋友了嗎？」

張如勛嚇了一跳，連忙說：「不，當然還沒有。」

「連個曖昧對象也沒有？」否則吻痕怎麼來的？

張如勛沉思了好一會，久久沒出聲，張巧筠只能靜靜等待答案。當她等得都快放棄的時候，張如勛才開口：「有沒有對象，我覺得應該是有，只是……我……現在還沒辦法確定。」

「什麼意思？」

「總之，我有一個喜歡的對象。」張如勛苦笑了下，「可是他這個人很彆扭，總喜歡臨陣脫逃。」

張巧筠挑眉，不動聲色地拿起遙控器打開電視，讓政論節目的談話聲沖淡一點惆悵的氛圍。

「上個月發生的郵輪爆炸案真的好可怕。」張巧筠目不轉睛地盯著螢幕，轉移了話題，「你朋友現在還好嗎？」

「醫生說他復原的狀況不錯。」張如勛看了眼手錶，輕聲說，「時間也差不多了，我去探望他一下，離開前我會再來看看妳。」

當張如勛踏入位於八樓的病房時，裡頭已有其他訪客。

鏢仔這天下午剛好沒事，於是來這裡陪伴無聊且無處可去的傷患。

「我帶了水果。」張如勛提著保鮮盒獻寶。

鏢仔豎起食指示意噤聲，並趕緊拿過保鮮盒放入冰箱，自己指了指手錶，就跟張如勛揮手告別了。

空調發出微弱的雜音，床上的人睡得極熟，手臂與小腿上分別纏著白色繃帶，臉頰有幾處擦傷癒合後新長出來的粉肉。嗎啡的副作用是嗜睡，張如勛重新替病床上睡昏的男人蓋好棉被，把暴露在空氣中的雙手裹得嚴嚴實實，自己則拉了張椅子坐在病床旁閱讀文庫本小說打發時間。

每翻過一頁，張如勛就會下意識摸入棉被裡面，感受另一個人手心的溫度，又或者是細細地摩娑手背上的每一處骨節。沒等他看完幾頁，床上的人便眨眨眼，睡眼惺忪地瞪著他，目光似乎還沒辦法聚焦。

張如勛訝異地問：「怎這麼快就醒來了？」

陳杉咳了聲，蹙起眉頭，翻動身體，趁機抽開被人緊握的手：「……鏢仔呢？」

「先回去休息了，他晚上還要打工。」張如勛倒了杯溫水給他，「今天感覺怎樣？」

接過水慢慢啜飲，陳杉從鼻腔哼出幾個單音，就當作回答了這個問題。稍微扯動左邊手臂就會抽痛，連喝水都有些艱辛，但陳杉寧願自己來。

「我帶了一點水果……對了！」張如勛獻寶似的拿出手機給陳杉，「你看，我買了寵物監視器，可以透過**APP**看見老貓每天都在幹麼，出遠門也不必太擔心，是不是很不錯？」

小小的手機螢幕內家徒四壁，只有一隻發福的八字眉醜白貓躺在正中央的地板上，睡姿堪稱奇特。

是很不錯，陳杉心想，不過他還是把手機稍微推開，點點頭簡單示意。

張如勛像習慣了一樣，自顧自地滔滔不絕講著今天發生的大小事，一邊說話一邊著手整理周邊。陳杉有時回應幾句，有時懶得開口，嗯嗯啊啊敷衍，而更多時間皆是默默地轉著電視頻道。

「好了，我們開始吧。」張如勛手提水桶，又拿毛巾，興致勃勃地對陳杉說，「來擦澡吧！」

陳杉皺起眉頭，他十分討厭這件事，尊嚴根本被張如勛那個沒神經的白痴反覆凌遲。

他原想跟張如勛來硬的，但那傢伙的固執可不是一般人能想像，下場只是自討苦吃。

「你可以大方依賴我。」張如勛說，「喔，對，別像上次一樣隨便亂動，痛的話就按一下止痛針吧。」

「我可以請個帥一點或漂亮一點的看護嗎？」陳杉臉都綠了，他看著緩緩升起的病床，連反抗的能力都被剝奪殆盡。

「我知道你現在很不開心。」張如勛動手替他脫下病患袍，鬆鬆垮垮地拎在手上，「傷成這樣不能走不能動，心情鬱悶，還覺得我會變心喜歡女人，想把我推開。可是你要明白，我以前是異性戀沒錯，而異性戀要喜歡上同性非常困難，我很清楚這一點，所以現在的我喜歡你就更加無法辯駁了。這絕對不是斯德哥爾摩症候群，更不是把你當成一時的浮木。」

張如勛說著，忍不住笑：「也可能是我從很久以前就對你有遐想了。」

陳杉眉頭緊鎖，不光是肉體痛苦，就連聽著張如勛的話也像折磨。

「之前逼你跟我上床是我錯了，行不行？」

「我沒說不行，其實我滿喜歡的。還是你喜歡上別人了？」

「沒有。」肌膚上的寒涼太過刺激，陳杉哼了聲，「可是我不喜歡你。」

「這句話你已經說過十幾次了，換句臺詞行不行？」

「我習慣一個人。」

「沒關係，你以後會習慣兩個人。」

「長得比我高的人看了就不順眼。」

「我懂，你國中的時候比我高，其實我看你也挺不順眼的，現在比你高剛剛好而已。」

陳杉被他逗得失笑，又在心裡面嘆了一口氣，有點無奈。

毛巾重新浸過溫水，再度覆上傷痕累累的肌膚。男人體態偏瘦，帶著結實的美感，張如勛用毛巾擦拭過頸肩、手臂。

張如勛全神貫注地執行工作，思緒也異常清晰。以他對陳杉的認知，他早預料到陳杉會在他告白的那一刻推開他。畢竟陳杉獨來獨往慣了，且陳杉所走的那條路，若一個人孤寂地走或許反倒輕鬆，換成兩個人就不一樣了。

陳杉是個重感情的人。張如勛笑了下，想起了陳杉小時候那副桀敖的模樣。

「笑什麼。」陳杉不滿地說。

「我在想我們住一起會是怎樣的情況。」

「你把你家人放在哪裡了？」陳杉語氣冷靜，「不要再胡思亂想了。」

「喔——原來你在意的是我妹妹嗎？所以才不想跟我交往？」張如勛朝他露齒一笑，「放心，我會跟她說她有大嫂了。」

「誰是大嫂？」陳杉額際浮出青筋，被套話的感覺不是很爽。他最近似乎太相信張如勛這王八蛋了。

「是我錯了，那說姊夫行不行？」

陳杉不打算理會這人的不要臉，閉目養神，把張如勛的聒噪全當耳邊風。

張如勛會去醫院，但並非每天。

鄭輪爆炸案後，必須配合檢調單位製作筆錄並出庭作證，其實非常忙碌。案件偵辦從寒冬開始，眨眼到了初春，雖然高等法院尚未開庭定論，但總算能喘一口氣。不知不覺間，張巧筠已經順利考完大學學測，再過幾天就能出院了。

她最開心的事情就是能回家抱貓，還有吃巷口的那家潘仔陽春麵。

「我們要不要換一間大一點的房子？」張如勛滑著手機，心不在焉地問。

「你覺得現在住的地方不好嗎？」張巧筠頭也不抬翻著漫畫書，頭髮長了一點。

「也不是。」張如勛思索了下，嘆了口氣。

張巧筠猛然抬頭，驚訝地說：「該不會你上次說的那個對象已經答應交往了？」

「還沒。」張如勛再度嘆一口氣。

「原來只是哥哥一廂情願。」張巧筠翻了個白眼，「人家都還沒答應你就想同居，你知道這樣很變態嗎？」

「不是同居啦，小孩子亂想什麼。」張如勛補充，「但是變態的話，對方可能早就這麼認為了。」

張巧筠露出震驚的表情，好一陣子才勉強擠出一句：「老實說，我覺得哥哥想多了。」

「怎麼說？」

——其實我想自己搬出去住。

張巧筠沒膽把這個念頭說出口，躊躇了一會才答：「我明白哥哥是未雨綢繆，但……你要先追到人家再說。」

張如勛再度嘆一口氣：「就跟妳說我不是在思考同居了嘛……真是的，我才不是變態。」

兄妹倆幾乎聊了一整個早上，後來張如勛看時間差不多了，才向妹妹告別去八樓找他的「朋友」去了。

哥哥一走，病房內冷清許多，張巧筠一頁一頁翻著漫畫，等她看完並放下漫畫時，才發現自家哥哥把手機丟在旁邊的桌上。張巧筠嘖嘖兩聲，心想張如勛原來也有粗心的時候，看來對方不肯點頭對哥哥的打擊真的很大。

她二話不說拎起手機，走出病房替人送手機去。

院內的護理師她大多認識，稍微一探聽，就能得知哥哥的朋友究竟在哪間病房。張巧筠搭乘電梯到八樓，在走廊上左彎右拐，找到了8042號病房。

她敲敲房門，裡面並未回應，持續敲門，還是無人應門。

雖然這樣做有點失禮，不過看看裡頭有沒有人應該不要緊。張巧筠搭上把手打開門往內探，沒想到連個人影都沒有。

張巧筠還在發愣，護理長正巧經過，又退回來一點對她說：「妳哥哥跟他朋友去頂樓的花園散步了。」

這間醫院最令人稱奇的地方，就是頂樓的玻璃溫室。雖然這年頭兩個男人一起散步已經不是什麼稀奇事，張巧筠仍好奇了起來，想著8042病房的傷患究竟是怎樣的一個人。

她再度搭電梯抵達頂樓，推開溫室的玻璃門，各色熱帶植物垂掛在四周。

接近中午時間，裡面散步的人不多，張巧筠踩著輕快的步伐，穿過爬滿葡萄綠藤的石造拱門，望著玻璃屋頂外的天空，心情雀躍了起來。她在藤製長椅上坐下來等候，偌大的溫室宛如迷宮，要找到人也挺困難的。

手機的待機畫面是醜貓阿財，雖然哥哥很不滿意她取的名字，都喊老貓陳三小，但她才是從沒聽過有人幫寵物取這麼怪的名字，而且為什麼貓姓陳？這些問題張巧筠都問過哥哥，不過始終得不到答案。

閉上眼感受溫暖的陽光，張巧筠似乎聽見了張如勛的聲音。

說話聲漸近，還伴隨著其他人的聲音，張巧筠輕巧地爬起，順勢躲到矮樹叢後打算來個驚喜。她稍稍撥開樹叢，遠遠瞧見哥哥與一男一女正在聊天。

哥哥身邊的女子非常漂亮，是個短髮大長腿的女警，張巧筠不禁暗暗替哥哥感傷，等級這麼高，怪不得哥哥追得如此辛苦。另一名男子身材高瘦，用拐杖撐著自己，看得出來右小腿有傷，只是正巧背對著她，看不清容貌。從那冷淡的聲音來判斷，男子似乎有點不開心。

他們聊了一陣子，張巧筠聽不太清楚內容，而後女警揮揮手跟他們道別，並說下次會再來醫院探望，張如勛跟著揮揮手，目送人家走。

難怪啊難怪，張巧筠在內心吐槽，居然沒去送人家，難怪哥哥追不到女朋友！

四周人潮逐漸減少，大家都準備去吃午餐了，張巧筠還躲在樹叢後面，思索著自己究竟應該選在什麼時機給哥哥驚喜。然而還沒給張如勛驚喜，她哥哥就先給了她一個更大的驚喜。

張如勛側著頭，朝身旁的男人笑了笑，突然就往對方的唇奉上自己的愛意。

張巧筠倏地睜大眼，嚇得下巴差點收不回來。

另一個男人卻扭頭就走，這時她才看清對方的面貌，頗帥的一個男人，神色淡然卻隱含著怒氣。

沒想到哥哥的喜好竟然是這種類型的，很會挑！

張巧筠躲在樹叢中，爲了這個驚喜嚇得久久無法回神。

這天中午，手機當然沒有順利地歸還到張如勛手上，等張如勛返回妹妹的病房時，張巧筠正假裝自己從沒踏出過病房，心虛地翻著小說。

張如勛帶了兩個便當，跟她討論著出院事宜，但張巧筠一個字都聽不進去。

「哥。」她突然打斷話題，從旁邊的書櫃裡抽出兩本書，「你有沒有看過這套小說？我覺得很好看喔。」

張如勛摸不著頭緒地接過書冊，看似是言情小說，封面卻畫著兩個男人。

「這是什麼故事？」他隨意翻了翻內頁，瞧不出門道，「我很少看這類型的小說呢。」

「就是……一個主廚跟股市投資顧問的故事啦。」張巧筠眼神飄移，「我覺得滿好看的，讀完挺有感觸……說不定你可以學到什麼。」

學到什麼？張如勛一臉問號。是跟主廚學做菜的方法嗎？他不曉得妹妹爲何要推薦這套書，不過還是滿懷感激地收下了。

這一頓飯張巧筠吃得心不在焉，面對張如勛的問題都回答得七零八落，張如勛以爲她是想睡了，於是貼心地沒有逗留。

他前腳一踏出醫院，張巧筠立刻跑到護理站詢問8042病房的相關細節。

幾個消息靈通的護理師說，8042病房收治的的確是郵輪爆炸案的傷患，張如勛很常去找那個男人，另外還有一個矮子跟一個女警，偶爾是檢調與警察們。

哦對了，護理師說，8042那位先生長得不錯，姓陳，看樣子應該是沒有女朋友。

雖然有千百個問題想問哥哥，但張巧筠明白，唯有忍耐才能成爲人上人，於是她硬生生把攻受疑問憋在心頭，無論如何都不能打草驚蛇。

根據手中的線索，8042男跟哥哥同年次，老舊的國中畢業冊裡有他們的合照。男人姓陳，單名杉，依老貓的年紀與名字研判，此貓必然是哥哥愛慕人家已久的證據，可是貓名叫做陳三小實在是有夠沒氣質的。

辦理出院後，張巧筠就在廣州街跟哥哥同住。即便如此，張如勛還是常跑醫院，當然是爲了那個男人。過了一陣子，男人也出院了，雖然張如勛沒說，但張巧筠認識的護理師們仍與她保持聯繫。

除此之外，就沒聽說其他消息了。

那天撞見他們倆勾勾纏八成是上天安排，張如勛把陳杉保護得很好，同時也在私情與親情之間巧妙地維持著平衡，不造成雙方壓力，張巧筠光想就覺得累。

曾經分開過又再度聚首，究竟是什麼感覺呢？

她躺在沙發上摸著老貓發愣，腦袋裡面想的都是他們的事情。她嘆了一口氣，寧可張如勛別這麼保護她，卻委屈了對方。

正巧，張如勛推門回來，見狀立即問她：「怎麼了？爲什麼嘆氣？」

還不是因爲攻受問題。張巧筠在心裡默默吐槽，沒膽說出口。

「學測成績出來了。」張巧筠拿起桌上的紙張在空中揮舞，轉移話題，「今天晚上來吃大餐吧。」

「眞的嗎？」張如勛把成績單拿過來仔細端詳，眼眶逐漸溼潤，鼻頭發酸，「哇，成績很不錯呢，我妹妹太厲害了……太好了。」

張巧筠跟著被感染喜悅，咧嘴笑說：「幹麼啦，哥哥太誇張了吧，不過就是普通的分數而已。」

「以後妳的生活會開始多采多姿。」張如勛露齒一笑，朝妹妹雀躍地說，「這間房子太小太舊了，換個大一點的環境會比較好，我之前就在考慮搬家，想說等妳分發到新學校，我們就搬到學校附近吧，這樣上下課也比較方便。」

「我打算申請南部一所大學的資訊工程系。」

聞言，張如勛嚇了一跳：「爲什麼？妳的成績應該可以塡臺北的大學吧？」

「依我的成績，塡那所大學可以申請獎學金。」張巧筠垂下視線，依舊噙著笑容，

「而且南部的生活開銷也比較少，我想我可以自立自強……我該離開你的保護了。」

張如勛蹙起眉頭：「妳……怎麼了嗎？」

「別那麼緊張。」張巧筠摸了摸貓，「我也需要有自己的生活了。」

張如勛有點憂鬱，揪著成績單半晌說不出話，彷彿嫁女兒一樣充滿了不捨。

「哥哥，我長大了，該是獨立的時候了。」

「妳再考慮一下吧。」

「不，我已經決定了。」張巧筠瞇起眼笑著說，「我可不想交男朋友還要被哥哥管呢。」

張如勛陷入沉默，像是賭氣，又像委屈。張巧筠曉得哥哥生悶氣的模樣，不打算繼續纏著他說道理。

後來是張如勛自己打破了僵局，他在客廳反覆整理環境，不斷深呼吸，最終別過臉悶聲說：「學校的事情可以再討論，但今天一定要吃大餐。」

張巧筠忍不住大笑，撲過去緊緊抱住自己的哥哥。

所謂的大餐，其實就是滿足平常不敢享受的食慾。張巧筠選了一間美式漢堡餐廳，點了一堆炸薯塊與大分量的德州漢堡，吃飽喝足後，他們還去夜市逛了一圈，順便買了幾件新洋裝。

慶祝了一整晚回到家，張巧筠洗好澡準備就寢時，剛好看見張如勛穿著鞋子準備出門。

「這麼晚了。」張巧筠瞧著牆上的時鐘，「你還要去哪裡？」

「出門一趟，馬上回來。」張如勛對她說，「把頭髮吹乾，睡前記得喝杯熱牛奶，知道怎麼弄吧？」

張巧筠翻了個白眼，爲什麼她哥哥這麼像老媽子？

等張如勛踏出門，張巧筠立刻關上室內所有燈光，一溜煙跨入陽臺躲到盆栽後方，觀察著下方巷子內的動靜。

沒多久，張如勛的身影鑽出公寓大門，小跑步向前。

遠遠的，靜巷裡有個人抽著菸，因爲太暗，那點星火反而顯眼。星火下墜，掉落在地，張如勛與男人在黑暗無人的巷子中緊緊擁抱彼此。他埋在男人的頸肩撫摸著對方的背脊，像汲取著對方身上的溫暖，又或者是正在溫暖著對方。

他們都是這樣偷偷地見面、偷偷地擁吻、偷偷地曖昧。

偷偷地——

張巧筠不知哪裡來的勇氣，半身探出欄杆，驀地扯開嗓門朝巷口大喊：

「張如勛——是我哥哥！他眞——的——很喜歡——你你你！」

鄰居熄滅的室內燈亮起，整條巷子的人都驚醒了，而底下的兩個男人早嚇傻了。張巧筠還覺得不夠，再度吸足一口氣，石破天驚地喊：

「我哥哥——最喜歡——你了！可是！我不知道——他是在上面——還是在下面——」

不到幾分鐘後，張巧筠就被教訓了，還一次被兩個人教訓。

張巧筠雖然覺得自己很無辜，心情卻挺雀躍的，挨罵著挨罵著還笑了出來。誰上誰下這個問題仍然得不到解答，不過比起這個，張巧筠心想，哥哥總算有個伴侶可以互相照應了。

她不自覺地咧嘴一笑，張如勛罵到一半，氣得七竅生煙數落她還有心情笑。

當然有心情，而且還非常快樂。

「欸，我哥做菜很好吃喔。」

「張巧筠，妳還有心情跟人家開玩笑？」

「考不考慮來我家住？他會替你煮飯洗碗跟洗衣服喔。」

「張巧筠，我在跟妳說話，眼睛看我！」

「哥哥非常喜歡貓，還會跟貓自言自語，每天都說陳老貓是他的小寶貝。」

「張巧筠！」

「我哥很煩對不對，你一定是被他纏到不行才答應交往對吧？」

陳杉笑了出來，說了聲，對。

張如勛憋著一股氣，有點懊惱又有點難爲情。

張巧筠滿意地點點頭，心裡有個畫面。

他們以後會住在一起，會一起養貓，會一起睡覺，一起吃飯，一起組裝家具，一起牽著手散步，聊天時喜歡拌嘴，然後抱在一起大笑。吵架以後，他們很快就會原諒對方，接著一起吃著爆米花看電影，又或者是用濃烈的吻，安慰著彼此害怕失去的心情。

簡單而溫暖，彼此在對方眼中都是最美好的樣子。

聽著喋喋不休的碎念，張巧筠看著眼前的兩個人，露齒一笑。

幸福之路很簡單，哥哥會牽著對方的手，一輩子走下去。

番外二　最閃耀的小星星

號稱臺北市天字第一號的警分局，最近調來了一位巡佐。

警力配置本來就時常變動，局裡面的人都習以為常，不怎麼期待。一來這位新來的鐵定沒背景，否則怎會調來這麼忙碌的分局？二來又是個男的，一群想脫單的基層員警根本不屑一顧。

新巡佐報到的那天，眾人在忙碌之餘抬起頭，隨即失去興趣，意興闌珊地繼續手邊的工作。

新巡佐看起來年紀輕輕，右眼下方有顆勾人的桃花痣，笑起來頗帥，大概又是個靠臉吃飯的抱腿草包。一眾基層員警紛紛嘆息，這世上最讓人不爽的就是有空降部隊來教訓自己。不過有個值得一提的地方是，這位新巡佐的名字碰巧跟某位知名黑道分子一樣，姓陳，單名一個字，杉木的杉。

但正所謂人不能看表面，指的大概就是陳杉這款。

這位巡佐在第一天上班的夜晚，就幹出了震撼臺北市所有警分局的大事。

林森北路的某間酒店內，酒池肉林裡面各類酒瓶散落一地，兩旁妖豔的小姐紛紛尖叫退開，新巡佐腳踩在桌上，各色光線投射在那張俊帥的臉龐。

他單手揪著金樂仙老闆的領帶，笑著說：「鄧安邦，好久不見了，你應該沒忘記我最討厭別人動我的東西了。」他緩緩地高舉右拳，「噢對，看過正義的鐵拳嗎？」

鄧安邦還來不及反應，下一秒就被無情的拳頭洗禮，小姐們的尖叫聲成了當天晚上最悽慘的主旋律。

在正義的號召之下，這間受吳分局長稱頌的「模範酒店」被瘋狂橫掃，酒杯與玻璃瓶在空中飛舞，巡佐的喪心病狂、門口保全的大喊、鄧安邦崩潰的吼叫，構成了災難般的夜晚。

昨夜跟巡佐一起執勤的小菜鳥在局內泣訴被暴力支配的恐懼，在場聽眾無不毛骨悚然，新巡佐的那張臉在腦海悄悄浮現，不知爲何搭配的背景是一片屍山血海。難怪，據說這個巡佐從南部調來……卻沒人知道究竟是從哪個「南部」。

有些祕密是千萬不能觸碰的，眾人細思恐極，悄悄嚥了口水，他們拍拍小菜鳥的肩膀，要他堅強——一定要活下去。

以上故事來自江筱芳兩分鐘前的訊息，張如勛在計程車後座拿著手機閱讀，冷汗從額際向下流。

不是吧？這也太誇張了。

最近江筱芳腳步一踏高三階，升官到中央去了，他們見面的機會變少，只能偶爾傳訊息問候彼此的近況。張如勛立即回覆對方，說最近陳杉看起來滿安分，每天回家都說上班不無聊，挺開心的……張如勛輸入著輸入著，越想越不對勁，趕緊把那串文字刪去，只傳了一個笑臉給江筱芳要她放心，背脊又是一陣涼。

難、難怪最近陳杉心情這麼好，原來是公報私仇了！張如勛把手機收到公事包內，臉上一片慘綠。

想必陳杉這一拳是爲了鄧安邦的那張邀請卡，跟……那條手工內褲。張如勛臉上青紅交加，說不出的彆扭。

用點腦袋想也知道，哪有人會需要訂製內褲？不就是爲了吃豆腐嗎！只有自己像個笨蛋一樣還讚歎別人用心良苦！一想起此事，張如勛便想找個地洞鑽進去，可惜計程車上沒這東西。

時間是晚間八點四十五分，富麗嘉酒店已經開始營業。

門前侍應生看見張如勛的計程車抵達，恭敬地替他打開車門。張如勛穿過富麗嘉酒店門口的前廊，兩旁準備上工的舞小姐們甜甜地喊他勛哥，而面對這群波濤洶湧，張如勛心如止水，畢竟他心中更在意的是陳杉的鐵拳究竟灌注了多少實力，竟能讓金樂仙酒店停業三天。

踏入樓梯間時，張如勛恰巧看見身穿俐落褲裝的藍映月，她雙手插腰，優雅地訓斥著績效差的舞小姐。

藍映月已經正式成爲富麗嘉酒店的經營人。

隨著陳杉回歸警隊，酒店經營權也再度回到莉莉天使寶貝姊姊手中，不過他本人早已離開臺北，帶著夏逢生的遺願回鄉務農度過餘生，於是便把酒店經營權無條件交給了藍映月。畢竟富麗嘉酒店能有如今的一片天，除了前代經營人的努力，藍映月也貢獻了不少功勞。

張如勛連忙在藍映月發現他之前遠離火線，這女人比起以往更加惹不起了。他轉身踏入自己十幾坪大的辦公室，拉開辦公椅，安安分分當起一名處理帳務的小會計。

由於上一個會計王哥差點慘死在鏢仔的球杆之下，會計這職缺一直空著沒人接替，直到酒店換人當家作主才找到合適人選。藍映月說，張如勛爲人正直（意思是不會收回扣）、性格開朗（意思是不怕打罵）、願意吃苦（意思是可以要求加班），也沒人比他更適合當會計。

藍映月自從當了老闆以後，脾氣收斂許多，只是雖然她學會了笑著罵人，說話也委婉不少，張如勛還是能聽出話中的眞意。但反正自己也回不去金融業界，他心想，隨遇而安也不錯。

辦公空間是舒適的新古典風格，內置一張胡桃木西洋骨董桌，右邊小吧檯上的黑膠音響是藍映月祝賀他上任送的高檔貨。張如勛打開筆電，開始了今晚的工作，其實就是簡單的帳務核銷和進出貨的核對，電腦螢幕上被密密麻麻的金額數字占據，對他而言再熟悉不過。

一旦進入工作模式，便鮮少有人能打斷張如勛，即使外面失火了，他可能都還會捨不得走。

桌面上文件堆積如山，時間流逝得極快，就在工作順利進行到一半時，辦公室門被不速之客敲響，對方沒得到回應便立即開了門。

張如勛略感懊惱地抬起頭一瞧，發現是剛到職不久的新人妹妹。

「勛哥，那個……」妹妹頂著長鬈髮與傲人上圍，羞怯地說，「等會有臨檢，藍老闆叫我來通知你一聲，說沒事的話可以先跟我一起下班唷。」說完，漂亮妹妹朝他拋了個媚眼。

張如勛露齒一笑：「謝謝妳，妳可以先下班沒關係，我得解決完手邊的工作。」

沒想到對方不為所動，漂亮妹妹癟癟嘴。早聽說張如勛不近女色，她本來還不信，該不會是喜歡男人吧？

漂亮妹妹失落地關上門，張如勛隨之嘆了口氣。

酒店臨檢在臺北市的夜晚並不算常見，果然，鄧安邦必定是吞不下這口怨氣，非得要富麗嘉酒店陪著一起停業。張如勛沒停下手邊工作，沒多久又接到內線電話，等會警方會過來清點人數，對方再次告知酒店的行政人員沒事可以先下班。

手指敲著鍵盤，對張如勛來說，沒有什麼事比工作被打斷更令人難受，但如果磨蹭到警察來盤查，會更浪費時間。眼前的請款單跟山一樣高，他心有不甘，想走也不是，下意識地加快審核的速度。

張如勛持續敲擊鍵盤，不知不覺忘了時間，不曉得過了多久，辦公室的門再度被不速之客打開，是一位跟他關係不錯的侍應生。侍應生詫異地說：「勛哥怎麼還在？警察已經在酒店門口整隊了，您要不要先下班？不然等等會更難離開的。」

張如勛苦笑：「馬上就好。」接著重新埋首在工作中，拚命地複算金額。

侍應生聳聳肩，這男人表面隨和，個性卻挺固執的，總是非得達成預設的目標才肯罷休。反正勸也勸過了，他只能無奈地關門。

不到一分鐘，又有人不請自來，張如勛核對著請款單上的天價金額，頭也不抬反射性地說：「馬上好，給我一點時間，我等等就離開這裡。」

「想去哪？」陳杉倚在門旁，雙手環胸，昂著下巴，「臨檢還落跑，你把警方放在哪裡？」

張如勛驚訝地抬頭，差點把那疊請款單給碰倒。他都忘了陳杉分發到的單位就是第一分局，富麗嘉酒店在他們的管轄範圍內。

「那、那個，你們警方都到了嗎？」張如勛急急忙忙整理旁邊碰亂的請款單，「唉，我現在應該來不及離開了吧，眞是抱歉，讓警察的業務量增加了。」

門邊的陳杉似笑非笑，沒有答腔，幾名漂亮小姐從半掩的門外經過，吱吱喳喳地談笑。

張如勛手忙腳亂地疊起幾份文件，還趁機鍵入幾個數字，一邊整理一邊碎念：「你今天怎麼有空來這裡？普通時候不是不用來支援嗎？」

陳杉聳聳肩：「吳叔說人手不夠。」

爲了避免不法包庇或仇家尋釁，身爲臥底的前黑道，陳杉其實可以避開踏入以前的地盤，畢竟回歸警察身分後，最忌諱的就是被人懷疑與過去仍有糾葛。張如勛蹙起眉頭，不滿地說：「可以找別人的嘛，吳叔讓你回來這裡好嗎？」

「沒差，反正我也沒指望升官。」陳杉搖搖頭，笑著說，「鄧安邦那麼小心眼，吳叔不多給我工作做，還怕他記恨呢。」

「既然如此，那、那你忙完的話……」張如勛手上動作沒停，表情有點害臊，「我們就一起回去吧？好久沒有一起回家了。」

陳杉說了聲好，卻反手喀的一聲關上門。

張如勛抬頭瞪著陳杉，陳杉也微笑看著張如勛。

關起門後，室內瞬間一片安靜，只剩下牆上的掛鐘兀自地走。氣氛有點詭譎，張如勛忍不住瞇起眼，強壓心中疑惑謹慎地問：「你……不去幫忙臨檢嗎？」

陳杉嘴角噙著不懷好意的笑：「當然。」

張如勛直覺不妙，陳杉從腰後抽出警棍，一下一下敲著掌心，一步步地往前進。張如勛心跳如擂鼓，腦袋嗡嗡作響，正想逃跑時，陳杉快一步將他壓制在柔軟的辦公椅上，警棍也架到張如勛的脖子上，不費吹灰之力。

陳杉訝異挑眉，與其說張如勛是被動遭受脅迫，倒不如說他非常主動配合。

兩人的距離如此近，張如勛彷彿能看透陳杉黑瞳深處星芒般的閃爍，溫熱的體溫滲入肌膚，松木般沉雋的香氣混雜著淡淡的汗水氣味襲來，使人昏眩。

「陳、陳杉，你、你你、你想幹麼？」張如勛投降般緩緩舉起雙手，不自覺地吞嚥唾沫，「不是上班執勤嗎，警察先生噴什麼香水？」

不僅十分配合，還相當入戲呢，陳杉心裡有點想笑：「今天比較特別一點。」

張如勛癟著嘴，臉上略顯羞赧：「特別什麼？」

「臨檢啊，不然呢？」陳杉笑了下，喉結隨著說話上下滾動，他幾乎是貼著張如勛的唇說：「好了，乖乖配合，先讓我檢查看看你的身分證……」

警棍沿著胸膛漸漸下滑，張如勛瞬間漲紅了臉，慌慌張張抓住陳杉的雙腕：「住、住手！你、你該去工作了吧！不、等等等——」

哪有人臨檢來這裡調戲自己老公的！

張如勛奮力想抵抗，沒想到陳杉好似玩出了興致，揪著張如勛的領子用手肘一擋，他就動彈不得了。

不過老實說，張如勛第一個想到的是，如果亂動衣服會弄皺，倒不如不要動。

「很好，乖乖配合才有糖吃。」假正經憋了一陣沒憋住，陳杉還是忍不住笑出聲，「你根本故意的吧。」

果然，自己越來越像口是心非的戀愛腦笨蛋了。張如勛狀似委屈地回：「才不是，你也不想想看，衣服弄皺了我等等怎麼出去？」

陳杉笑得露出潔白的牙齒，貼著張如勛的額頭低聲問：「只不過檢查個身分證，幹麼怕衣服弄皺？你都在想些什麼？」

張如勛這下才察覺自己說錯了話，卻支支吾吾地擠不出任何反駁，每次靈活的腦袋碰上陳杉那張嘴就是失靈，他乾脆惱羞地抿嘴。陳杉捧住他的臉，彎彎的眼裡滿是燦爛的笑意，張如勛注視著他的雙眸，逐漸鬆懈了下來，鬼迷心竅地啄了一口柔軟的唇。

兩人雙雙一愣，而後陳杉笑得更加燦爛：「小心我控告你襲警。」

張如勛撇過臉，不敢抬頭看人，他現在不知該把視線往哪擺。思考的方向一旦跨出了某條界線，別說是那雙眼，就連瞧著長褲下的長腿，以及被制服包裹的緊緻腰線，他都能想像出等會或許會發生的無限可能。

眞糟糕，張如勛嚥了下口水，輕輕挪了姿勢，企圖掩飾即將失控的某個部位，卻躲不過陳杉的法眼。

陳杉重新揪住張如勛的領帶，使勁一扯，更加拉近兩人的距離：「看來，這位民眾好像藏有危險的武器……」

說著，膝蓋悄悄靠上椅子，輕緩地磨蹭著張如勛雙腿之間不可言喻的位置。

陳陳陳陳杉——究竟去哪裡學來這種招數的！

張如勛紅著臉，趕緊撥開陳杉的膝蓋，胡言亂語似的喝阻：「你、你住手！這、這、這裡是辦公室，不、不太好吧！到底是去那裡學這些招數、平、平時也不用，現在、現在不、不好吧！」

話雖這樣說，陳杉倒是從沒見過嘴上欲拒還迎卻這麼主動的人，明明說不要，還抱著別人的膝蓋拚命亂揉，連大腿都被摸了好幾把，到底是誰性騷擾誰？

陳杉雙手環胸，由上至下睥睨：「你好像很喜歡我的腿？」

張如勛立即驚醒，舉高原本緊黏在腿上的雙手，無辜地說：「呃，難得嘛，你又不穿制服回家，而且每次都是你要求我穿警察制服給你看……」

如此一來，要陳杉穿上之前，自己勢必得先脫下來，而且叫陳杉多拿一套回家，他就拒絕說什麼不想跟同事做這檔事，什麼跟什麼嘛。

聞言，陳杉當機立斷搬出警察那套義正詞嚴地訓斥：「臨檢就臨檢，配合一點，否則有你好受！」

什麼？來眞的臨檢？

張如勛滿臉疑惑，雙手舉得更高，內心有點委屈夾雜著莫名的興奮，但陳杉神情太過認眞，讓他不敢輕舉妄動。

陳杉換了個姿勢，皮鞋猛地踩在雙腿中間的椅面上，冷淡說：「手舉高點。」

這姿勢有點妙，張如勛嚇了一跳，那隻令人不安的鞋尖幾乎是貼著褲襠，差個幾公分就能碰到些微硬挺的部位。他吞了口唾沫，不知該羞愧得無地自容，還是該坦然面對。

「坦白從寬。」陳杉的嗓音依然冷漠，鞋尖不安分地輕抵著褲襠硬物磨蹭，舉止曖昧，撩得幾乎令人渾身著火，「說清楚，裡面藏的是什麼東西？」

身軀竄起一陣顫慄，那個部位徹底硬了起來，張如勛只想喊救命，這下完全不用裝了！他趕緊揪著對方的小腿與腳踝，滿臉通紅地低聲求饒：「陳、陳杉……」

陳杉愣了下，隨即挑眉。

張如勛從小到大就是標準的乖乖牌，所以某種程度上來說也算挺純情的，但據他所知，此人其實不是個喜歡中規中矩的乖乖牌。黑得發亮的鞋尖又往前踩了些，刻意繼續左右磨蹭，令褲襠硬挺的玩意兒撐得更高。

張如勛哼出聲音，隨著撩撥的舉止，理智的底線正在擺盪，他幾乎是抱著陳杉的小腿，以乞憐的方式求饒，慾望燒得他頭昏腦脹。

陳杉傾身向前，離張如勛只有幾公分的距離，沉著嗓音說：「抬起頭。」

張如勛乖乖照辦，陳杉輕輕地啄了他的唇，一次、兩次，卻在對方主動迎上時拉開距離，張如勛頓時失落地蹙眉。陳杉唇角帶笑，另一隻手霍然揪住褲襠的硬挺處，張如勛被這個舉動嚇了好大一跳，渾身由下而上竄起激靈。

指節先是勾勒褲襠的形狀，按著頂端揉蹭，又沿著薄薄的西裝褲往下滑。

弱點落入敵人手中，張如勛想動又不敢動，覺得陳杉也太過分了。他不自覺地吞嚥唾沫，明白陳杉是故意玩弄他，但自己也只能憋著氣，額上忍出了青筋，腦袋開始幻想著把陳杉按倒在桌面上……不可能不可能不可能，他打不過陳杉。雖說理智正在燃燒，智商勉強還掛在線上。

抬起頭，陳杉那雙炯炯有神的星眸近在咫尺，張如勛像暈船一樣陷入裡頭，不自覺地仰起了腦袋，想再啄一口香吻。

陳杉勾著笑，低聲在他耳旁說：「張先生，請你配合點，讓我檢查一下。」

褲頭的拉鏈逐漸失守，隔著黑色底褲都能琢磨出形狀，扯開一點縫隙，壯碩陽根便彈了出來。

情急之下，張如勛伸手扣住陳杉的領子，試圖擺脫男人的掌控，比方說做點更進一步的事情，因爲陳杉實在是太壞心眼了，他已經不想思考眼前這男人要玩到何時。

但陳杉快他一步，喀的一聲，張如勛的雙腕被手銬扣在一塊。

張如勛愣愣盯著腕上的金屬物，又瞧瞧陳杉得逞的表情，不由得委屈了：「那我要怎麼碰你……」

話還沒說完，陳杉笑了笑：「這次不用你忙。」

還未理解這句話，張如勛便眼睜睜看著陳杉跪在他的雙腿之間，扶著碩大的陽具，一口含入了嘴裡。

張如勛咬緊牙根，悶哼著發出了幾聲喟嘆。軟舌描繪著陽具的輪廓，輕輕舔弄，吐出一點，又含得更深，舒服的快感幾乎逼瘋他。

該死的！他完全不敢相信陳杉竟然穿著制服在辦公室幫他口交！

老實說，張如勛不是沒幻想過這種場景，只是真實上演的快感遠遠不是幻想所能比擬的。他吞了一口唾沫，想起身又被按回去，只好貼著辦公椅椅背，從善如流地接受陳杉的服務。

吞吐到一半時，陳杉笑了聲，喉頭傳來的微微震動差點殺了張如勛。真糟糕，真要命，張如勛心想，倘若哪天死在陳杉手裡，他也願意。

陳杉跪在辦公桌前細細品嘗，桌燈投下一層淺淺光暈在他的髮絲上，張如勛可以看見對方輕顫的睫毛，淫豔的紅唇正溼漉漉地吞吐著陽具。他臉頰臊紅，雙腿之間的褲襠也高高突起，亢奮得難以自抑。

「陳杉……」快感逐步侵蝕思緒，張如勛垂著腦袋，伸手輕輕撫摸陳杉的髮絲，迷迷糊糊地問，「讓我抱抱你，好不好？」

肉莖從紅唇彈跳而出，陳杉朝他笑了下，隨即扯著他的領子把人拽下椅子。張如勛的運動神經不太靈敏，撞到地面落得腫了個大包，一陣天旋地轉，換成張如勛仰面向上，陳杉緊緊把人壓在地上。

陳杉單手做出噤聲的手勢，低聲說：「安分點。」

躺在辦公桌下的張如勛滿面通紅，緊盯著陳杉接下來的每一個舉動。陳杉先是拆下腰上的皮帶等配件，踢掉鞋子、脫下褲子，只餘制服上衣後，才跨坐到他身上。背對著天花板的燈光，陳杉的臉也有點紅，看起來特別性感，他單手撫弄張如勛的肉莖，朝張如勛微笑。

張如勛心跳如擂鼓，光看這場脫衣舞就快按捺不住了，他啞著聲音：「手銬拿掉，讓我幫你……」

陳杉另一手探到自己的後穴，輕輕抽出小小的銀質錐狀物，銀絲狀的潤滑液沿著腿根淌流而下。陳杉笑了笑，耳根染上層層豔紅：「好像不用你幫忙了。」

救命啊！張如勛完全不敢相信，原來這小子早就準備好要來臨檢！今今今今天是什麼好日子嗎？

宛如被下了迷咒，張如勛的腦袋已經完全無法思考，只有眼前人的一舉一動能牽動他的每一條神經。

陳杉扶著他的陰莖，緩緩往下坐，早已擴張好的後穴毫不保留地吃入整根碩大陽具。肉壁既柔軟又溫暖，張如勛哼出聲音，忍不住小幅挺動胯部。

主導權在陳杉手上，整根吃入以後，他喘了口氣，先是緩慢地擺動，讓自己先適應陽具的尺寸，接著握住自己早已硬得滴水的陰莖開始上下捋動。

室內充斥著黏膩的曖昧氣息，陳杉俯下身與張如勛熱吻，用唇瓣交換彼此深刻而濃烈的愛意，另一方面，抽插的動作也不再含蓄，粗大的肉莖在緊窄後穴中來來回回，簡直像要貫穿陳杉。

額上冒著熱汗，陳杉抓著張如勛的領口，伏在他身上，體內被操過的地方陣陣酥麻發癢，讓他忍不住細細哼吟。擺動的幅度越來越大，張如勛咬著牙，單手攬住陳杉的腰肢，還趁機偷摸幾把漂亮的長腿與腹肌，一下一下只想操穿這個人。

陳杉渾身發汗，臉頰與胸口皆是一片緋紅，他舒服得想哭，所有呻吟卻都被張如勛吞進腹裡。

就在兩人正快活的時候，房門冷不防被打開了。

張如勛心頭大驚，陳杉迅速摀住他的嘴，帶著人壓低身子躲到厚重的實木辦公桌下。情勢太過危急，陳杉感受到含在下身的陽具一跳一跳地射了，某人的子孫毫不留情全射入了自己體內，他忍不住低頭怒瞪了一眼。

張如勛只能裝死，閉上眼完全不敢看陳杉。

「奇怪？人呢？」藍映月的聲音響起，撇頭朝外面說，「他們不在這裡啦，眞是的！」說完，三吋高跟鞋的足音隨即遠離，順便把門給帶上。

陳杉放開張如勛，差點被摀死的張如勛大口喘氣，還不敢太大聲地說：「哇啊——你怎麼沒鎖門！」

陳杉面無表情，性致全消，乾脆起身整裝，一大股精液隨著動作滑落。

「我我我我……我只是一時緊張。」張如勛急急忙忙說，「不是故意要要、要、要射在裡面的……」

陳杉賭氣似的完全不想理會張如勛，自顧自地套上長褲、繫緊皮帶，把旁邊的苦苦哀求當成耳邊風。

沒幾下，陳杉又恢復了人模人樣，底下晾著鳥的張如勛驚慌失措地喊：「陳陳陳、陳杉！手、手銬！手銬要解開啊！」

陳杉冷哼了聲，從口袋掏出鑰匙，扔到了文件櫃的最上面，頭也不回地轉身離開。

這下完蛋了。

張如勛臉都綠了，不僅沒讓人爽到，還把人弄生氣了。他趕緊從地上爬起身穿好褲子，接著費盡千辛萬苦，總算在櫃子的最頂端撈到了那把小鑰匙。

打開手銬，走出辦公室時，張如勛還作賊心虛地左右張望，只見富麗嘉酒店反常地沒有半點人影。

大概是被召集去臨檢了，張如勛心想，但富麗嘉是正規經營的酒店，通常這種例行公事一下就能結束。他在酒店內部來回走動，來到了酒店二樓的大舞池，裡面一片黑暗，靜謐無聲，連個人影也沒見著，明明通常臨檢都是在這裡集合。

正當張如勛疑惑的時候，室內燈光乍亮——

一票酒店美女端著香檳與蛋糕出現，齊聲大喊：「生日快樂！」

張如勛嚇了一大跳，江筱芳、藍映月與鏢仔不知從哪裡現身，拿著香檳朝四周一陣狂噴。張如勛連忙躲閃，又驚又喜，今天是他的生日嗎？太久沒人幫他過生日了，連他自己都忘記了。

「勛哥生日快樂。」鏢仔溜到了他面前，遞出一個大紙盒，沒有包裝，上頭寫著是貓咪專用的智慧型玩具，「我想你應該會喜歡這個。」

「謝謝。」張如勛受寵若驚，「如果你有什麼需要補習的，可以來找我沒關係。」

鏢仔搔搔頭，羞愧地笑了一下。

「拿去。」藍映月遞了個紅包，「我這人比較實際。」

那疊起碼是張如勛一個月的薪水，難得老闆給吃紅，他笑了笑，毫不猶豫地收下。

「好久不見了。」江筱芳說，她的笑像春天的風，總是令人感到舒暢，「陳杉說你一定會忘記自己的生日。」她從自己的包包裡拿出一張卡片，「謝謝你，從以前到現在你都是照顧別人的角色，今天是你的生日，就讓我們替你慶祝一下吧。」

那是一張生日卡片，張如勛打開來，裡面是一張陳杉與他國中時的照片，兩人因爲吵架被老師罰牽手而彆扭到不行。張如勛挑眉，差點笑出聲，驚訝地看著江筱芳：「妳怎麼會有這張照片？」

「這張照片是我珍藏已久的寶貝呢。」江筱芳得意地說，「很可愛吧。」

張如勛咧嘴露出潔白的牙，他向每個人道謝，有人起鬨要最漂亮的妹子獻吻，卻被藍映月阻止。在眾人的歡呼聲中，張如勛吹熄了蠟燭，切下大家替他準備的大蛋糕。

「陳杉呢？」張如勛問江筱芳。他的心從剛剛就懸在那裡，遲遲放不下。

江筱芳搖搖頭，表示不知道。他轉頭問藍映月，她卻給了一個曖昧的笑，什麼話也不說。鏢仔比較好心，指了指上頭，雖然張如勛不太了解鏢仔的意思，但大概就是在酒店的樓上——

酒店的樓上？

張如勛心頭一跳，立刻跟眾人道別，自顧自地轉身就走。

穿過長廊，踏上華麗的樓梯，張如勛快步追逐著臺階，手心發汗，一邊跑一邊時不時抬頭往上瞧。

他的心跳極快，到了最後一層樓，踏上最後一階，推開了通往天臺的鐵門。

晚風迎面吹來，夜空之下，廣闊的頂樓天臺只有一個人的背影。

陳杉轉過身，單手捧著一個小小的草莓蛋糕，上頭插了一根細細的蠟燭。他略爲無奈地說：「怎麼這麼快？我連蠟燭都還沒點著，這裡風太大了。」

張如勛直直地望著他好一陣，最後踏出腳步，把眼前的男子攬入懷裡，深深擁抱。
「難爲你了。」張如勛露齒一笑，貼著他的額頭問，「害不害羞？」
「可不是？」陳杉略顯難爲情，手上的草莓蛋糕仍舊端得好好的，「長這麼大第一次籌辦生日派對，就給我好好享受。」
張如勛笑出聲，親吻了一口，眼底充滿無盡的愛意。
「你不看一下我送你的禮物嗎？」陳杉昂著下巴示意。
張如勛鬆開懷裡的人，挑眉，順著陳杉的目光看去，天臺的角落佇立著一座看似違章建築的房屋。
那是一座彷如以玻璃打造的小屋，斜屋頂上種滿各類隔熱的植物，室外則種植著闊葉樹叢。透過建築整面的落地玻璃，可以看見屋內也充滿了各式熱帶植物，裡頭的暖黃燈泡正散發著溫暖光芒。
光芒透出玻璃，違章建築像明亮的小星星，在臺北的夜空下兀自閃爍。
「覺得怎樣？」陳杉笑著說，「裡面有柔軟的床、有淋浴間、有熱水器，還有洗衣機，喜歡嗎？」
某個執著的傢伙爲了這臺洗衣機煩了他很久，陳杉可是想忘都忘不了。
張如勛直愣愣地瞧著那間小屋，他微微點頭，而後朝陳杉露齒燦笑。
「喜歡。」張如勛瞇起眼睛，「但我更喜歡你。」
陳杉笑了出聲，兩人的手悄悄牽在一起，緊緊握住彼此。
「要試試看嗎？」陳杉斜睨著張如勛。

「當然，鴿舍3.0實在是太棒了。」張如勛臉龐泛紅，振振有詞，「而且我需要雪恥，剛剛沒讓你爽到是我的錯。」

陳杉噗哧一笑，咧著嘴說：「那就——」

張如勛吻上了陳杉。

夜空之下，鴿舍3.0燦爛如星，將會永遠地閃耀。

後記 傻瓜般的勇氣

以前有一陣子我非常沉迷日劇，尤其非常喜歡《水手服與機關槍》（原著：赤川次郎）這部戲劇，演員堤眞一與長澤雅美完美地詮釋了這個故事，看到完結篇時我還貢獻了不少眼淚。在寫這個故事的時候，我時常想起這部日劇的每個場景。我喜歡以快樂包裝苦澀的劇情，不願屈服於命運的主角群，爲了一個看似無法達成的目標而努力，不輕言放棄，這種感動引發了我想寫這本書的衝動。

主角是個再普通不過的普通人，這樣一個普通人遇上了滔天麻煩，但爲了自己所愛的人們，無論自己多麼弱小，他還是勇敢地奮力一搏。我把這本書的節奏加快，希望能帶給讀者一連串如同連擊般的劇情享受，隨著主角的披荊斬棘，一步步找出背後的眞相。這種傻瓜般的勇氣，有著日劇般的不切實際幻想與浪漫，我每每都醉心於此。

當然，幻想總是很美好的，我在寫這本書的時候其實嘗到了不少挫折。包含劇情安排、人物糾葛與故事的呈現，這本小說的各種細節幾乎快把我搞瘋了，連載期間甚至一度刪文整批重改。那時我十分灰心喪志，覺得怎麼改都不滿意，找再多資料都沒有派上用場。好在修改劇情的期間，有不少讀者留言打氣，每次收到我都相當感動，有時候我會想，如果沒有讀者的鼓勵，說不定我到現在還沒寫完。（大笑）

在反覆修改劇情的過程當中，碰上描寫性格的橋段時，我總是感到驚奇的。因爲這些角色在我的腦海裡彷彿活過來了似的，自己開始演繹劇本。

陳杉因爲家庭背景與成長過程使然，寧願自己孤獨地走，也不願拖累別人，然而事實上他是一個極爲重情義的人，他會同情跟他一樣的人，用自己的方式照顧他——比如說鏢仔。雖然我沒有描寫到兩人相遇的過程，但我想應該是這樣子的。

像陳杉這種人，正好適合與充滿溫暖的張如勛在一起，讓張如勛用纏人又固執的溫柔去擁抱他。不過其實我最喜歡的角色是江筱芳跟藍映月，她們都是獨立且堅強的女性。

無論如何，我還是寫完啦（灑花）而且寫完以後的成果讓我非常滿意，苦盡甘來，總算值得了！

不免俗地來感謝一下各位，感謝閱讀此書的讀者，如果闔上書本後的你們能得到一絲的滿足與快樂，那就是給我的最大回饋了，以後的我仍會因爲你們的滿足而繼續寫下去。感謝大B板讀者的支持，謝謝你們，大B板是個溫暖的地方，在那裡也認識了不少朋友，眞的很感謝有你們。還有謝謝每次都幫我抓錯字、抓邏輯錯誤的編輯大大，除了要鼓勵低潮時期的頹廢作者，偶爾還要鞭笞拖稿症末期患者，每次都麻煩妳，實在是辛苦了。（擦汗）

最後的最後，我要重複地感謝每一位讀完這本書的讀者，這是身爲一個作家存在的意義，謝謝你們。

程雪森

城邦原創 長期徵稿

題材

(1) 愛情：校園愛情、都會愛情、古代言情等，非羅曼史，八萬字以上，需完結。
(2) 奇幻／玄幻：八萬字以上，單本或系列作皆可；若是系列作，請至少完稿一集以上，並附上分集大綱。

如何投稿

電子檔格式投稿（請盡量選擇此形式投稿）

(1) 請寄至客服信箱 service@popo.tw，信件標題寫明：【投稿城邦原創實體書出版／作品名稱／真實姓名】（例：投稿城邦原創實體書出版／愛情這件事／徐大仁）
(2) 稿件存成word檔，其他格式（網址連結、PDF檔、txt檔、直接貼文於信件中等）恕不受理；並請使用正確全形標點符號。
(3) 請附上真實姓名、性別、聯絡電話、email、POPO原創網會員帳號、作者簡介與出版經歷。
(4) 請加入POPO原創市集（www.popo.tw/index）申請成為作家會員，並將投稿作品公開放上該網站至少4萬字，若想全文公開也可以。

紙本投稿

(1) 投稿地址：10483台北市民生東路二段141號6樓
城邦原創實體出版部收
(2) 請以A4紙列印稿件，不收手寫稿件。
(3) 請附上真實姓名、性別、聯絡電話、email、POPO原創網會員帳號、作者簡介與出版經歷。
(4) 請自行留存底稿，恕不退稿。
(5) 請加入POPO原創市集（www.popo.tw/index）申請成為作家會員，並將投稿作品公開放上該網站至少4萬字，若想全文公開也可以。

審稿與回覆

(1) 收到稿件後，約需2-3個月審稿時間，請耐心等候通知。若通過審稿，編輯部將以email回覆並洽談合作事宜，如未過稿，恕不另行通知。
(2) 由於來稿眾多，若投稿未過，請恕無法一一說明原因或給予寫作建議。
(3) 若欲詢問審稿進度，請來信至投稿信箱，請勿透過電話、客服信箱、部落格、粉絲團詢問。

其他注意事項

(1) 請勿抄襲他人作品。
(2) 請確認投稿作品的實體與電子版權都在您的手上。
(3) 如果您的作品在敝公司的徵稿類型之外，仍然可以投稿，只是過稿機率相對較低。

國家圖書館出版品預行編目資料

爲愛鼓掌啪啪啪 / 程雪森著. -- 初版. -- 臺北市；城邦原創出版：家庭傳媒城邦分公司發行, 民 109.08
面； 公分

ISBN 978-986-98907-9-3（平裝）

863.57 109011883

爲愛鼓掌啪啪啪

作　　者／程雪森
企畫選書／楊馥蔓
責任編輯／陳思涵

行銷業務／林政杰
總 編 輯／楊馥蔓
總 經 理／伍文翠
發 行 人／何飛鵬
法律顧問／元禾法律事務所　王子文律師
出　　版／城邦原創股份有限公司
台北市中山區民生東路二段 141 號 6 樓
電話：(02) 2509-5506　傳眞：(02) 2500-1933
E-mail：service@popo.tw
發　　行／英屬蓋曼群島商家庭傳媒股份有限公司城邦分公司
聯絡地址：台北市中山區民生東路二段 141 號 6 樓
書虫客服服務專線：(02) 25007718・(02) 25007719
24小時傳眞服務：(02) 25001990・(02) 25001991
服務時間：週一至週五09:30-12:00・13:30-17:00
郵撥帳號：19863813　戶名：書虫股份有限公司
讀者服務信箱 email：service@readingclub.com.tw
城邦讀書花園網址：www.cite.com.tw
香港發行所／城邦（香港）出版集團有限公司
地址：香港灣仔駱克道 193 號東超商業中心 1 樓
email：hkcite@biznetvigator.com
電話：(852)25086231　傳眞：(852) 25789337
馬新發行所／城邦（馬新）出版集團 Cité(M)Sdn. Bhd.
41, Jalan Radin Anum, Bandar Baru Sri Petaling,
57000 Kuala Lumpur, Malaysia.
電話：(603) 90578822　傳眞：(603) 90576622
email:cite@cite.com.my

封面插畫／青菜 QINGCAI
封面設計／Gincy
印　　刷／漾格科技股份有限公司
電腦排版／陳瑜安
經 銷 商／聯合發行股份有限公司
客服專線：(02)2917-8022　傳眞：(02)2911-0053

■ 2020 年（民 109）8 月初版　　Printed in Taiwan

定價／320元

ISBN 978-986-98907-9-3